一品仵作

拾壹

MY FIRST CLASS
CORONER

鳳今

目錄

第一章　摯愛不渝　005
第二章　血濃於水　029
第三章　帝后歸來　061
第四章　秋後清算　097
第五章　未來可期　123
第六章　退位獻降　153
第七章　大齊建國　183
第八章　各有歸宿　203
第九章　帝后大婚　219
番外一　朝朝暮暮　241
番外二　北燕風雲　279
番外三　真武大帝　293
番外四　執手白頭　305
特別篇　那年初夏　331

第一章

摯愛不渝

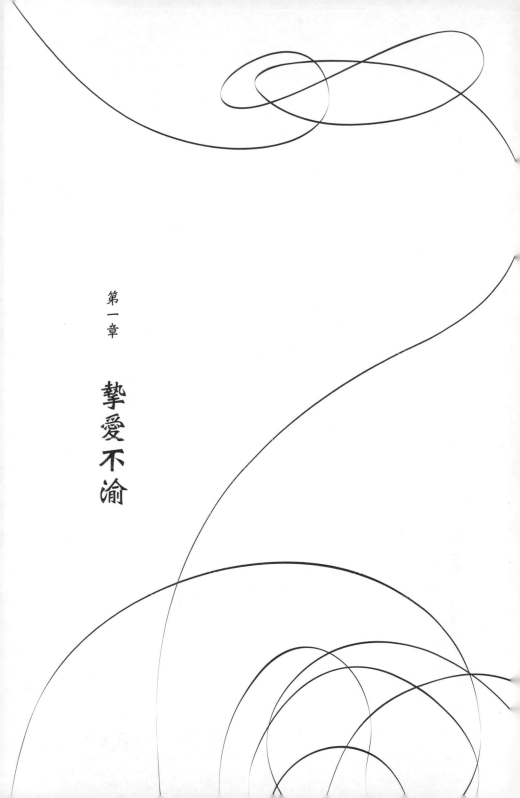

「寬衣，讓我看看。」

「……娘子先讓為夫瞧瞧，可好？」

「好。」

風推高帆，浪移船山，百餘戰船拱衛著壯闊如樓的寶船。華艙外，神甲侍衛們面海而立，個個賽礁石。

屋裡榻前，腳凳上擱著銅盆，水已見紅。喜服被棄在地上，上頭扔了兩塊血帕。

暮青裹著龍袍坐在榻邊，步惜歡為她塗著藥膏，燭影珠光映在男子的眉宇和指尖，窗外是寂寂深秋，屋裡卻似在人間陽春天兒裡。

暮青看著步惜歡，看著看著，就出了神。一別五年，此刻如若醒來，覺知一切是夢，她也是信的。

「可疼？」步惜歡問。

「疼。」暮青的手心滿是縱橫交錯的割傷，她能忍，卻不願忍，因為此刻有人疼惜。

步惜歡的力道果然輕了幾分，似雪羽在撓她的掌心。

暮青道：「看樣子我的手要廢幾日，所以你別勞我動手，自己寬衣吧。」

「傷口雖深，萬幸未傷著筋骨，娘子能不能不咒自己？」步惜歡抹著藥膏，語氣頗淡。她的手燙傷過，雖用心養護，仍留了疤，而今傷上加傷，他忽然惱悔，惱當年答應她離開，悔今夜放元修離去。

男子的眉心鎖著，鎖住了燭光珠影，也鎖住了苦悲憂愁，抬眸時眸中已盈滿笑意。「娘子替夫寬衣別有一番情趣，不妨養傷為先，待養好了傷，一切花樣兒任由娘子，可好？」

暮青看著步惜歡眼中克制的情意，聽著他百般推拒的言辭，越發確信他有事。他知道瞞不住她，可還是要攔著，只能說明他更擔心她看見衣衫下的景象，那景象一定是她難以承受的。

「阿歡……」暮青艱難地問：「兄長真遇刺了，是嗎？」

暮青看著止血膏，恍惚間回到她離開洛都皇宮的那夜，又回到義莊尋父那夜，爹爹身上蓋著的草席和兄長朦朧的笑容交織在一起，分不清當年今日，是幻是真。

步惜歡將暮青擁入懷裡，慢條斯理地道：「大圖長公主刺駕是宮侍們親眼所見，事後姬瑤挾持廢帝營救藤澤，景子春不慎被兩人逃入永安渠中，人是否尋獲，尚無消息。據監察院的消息，姬瑤刺駕，巫瑾遇刺，此二事皆可信，但駕崩一說尚且存疑。」

「存疑？」暮青頗為意外。「宮侍親眼見到天子遇刺，為何駕崩存疑？莫非沒人親眼看見天子駕崩？」

「的確如此。據說太后封了門窗，待火撲滅後，殿內的兩具屍體已是焦屍了。妳斷案無數，理應知道，世間之事親眼所見也未必為實，何況是未見之事？」

「但你的蠱毒發作了。」暮青枕在步惜歡胸口，聽著時沉時虛的心跳聲，把悲痛掩在了眼底。

「蠱主是他，他傷得重，我蠱毒發作也不足為奇。大圖內亂當頭，監察院容易行事，不日定有奏報，妳莫要憂思過重，事情尚有出現轉機的可能，相信天無絕人之路。」步惜歡撫著暮青的背，像是要將她的每一根髮絲、每一寸肌骨都印入掌心，刻在心頭。

「我不知道你竟信天了。」暮青的淚水奪眶而出，他六歲登基，外戚攝政，母妃被害，父王懦弱，六親無靠，何時信過天？這回竟要信天命，可見轉機多麼渺茫。「若無轉機，你能壓制蠱毒多久？」

步惜歡未答，暮青聽著他陡然沉急的心跳聲，不敢相逼，等了許久，聽見一聲長嘆：「三年五載總是撐得住的。」

暮青本已有心理準備，在得知兄長遇刺時，她就知道她失去的不只兄長，終將失去的還有此生至愛。只因兄長說過阿歡的功力能壓制蠱毒，她便存著僥倖心理，想著若上蒼不肯許他們相守一生，縱是半生也無怨，沒想到他的時日竟只剩三年五載？

暮青腦中一片空白，回過神來後，不顧步惜歡的阻攔強行扯開了他的衣襟。只見曾經明潤如玉的胸膛上密布著青黑的脈絡，如同以活人的血肉織了張網，網中有塊肉瘤，許是步惜歡的情緒陡然生變，那肉瘤竟動了動，向著心脈鑽去。

見步惜歡蹙緊了眉頭，暮青跳下床榻，不顧披髮赤足衣衫不整便往外奔。

「婆婆！婆婆！」

步惜歡要攔，奈何蠱毒發作，情急之下，心脈奇痛，不由哼了聲。

暮青聞聲折返，萬幸的是，屋外傳來了魏卓之的聲音——

「微臣即刻去請！」

登船時，暮青因怕武林義士們會遭大圖朝廷迫害，故而說服眾人前往南興。梅姑本有回鄂族之意，奈何暮青下馬禮拜，說有要事相求，她才上了船。

魏卓之匆匆來請，梅姑來得很快，一進屋就問：「少主人？」

暮青撥開珠簾，低聲道：「婆婆請隨我來。」

她在地板上赤足行走，腳步放得極輕。步惜歡正在榻上調息，蠱安分了些，但離心脈近了寸許。

梅姑見之大驚。「血蠱？陛下怎會……」

話未問完，她就已有所悟，罵了句混帳，匆忙道：「先容老奴助陛下療治。」

「有勞婆婆。」暮青深深一禮，而後退至簾外，盤膝坐下，對帳枯等。

這一生，似這樣煎熬的夜晚暮青已歷經數回，她坐在駝毯上，沐著珠簾瑩白細碎的光，隨著海浪沉沉浮浮，好似此生仍是羈旅之客，幼時安穩，幾年歡愉，不過是前生羨而不得的大夢罷了。

朱窗未啟，星月雲海皆不可見，暮青卻仍然望著天，她要一直看著這天，看它會不會一直黑著，直到海枯石爛，地老天荒。

可她等來的不過是日月斗轉，夜盡天明。

天終究是亮了，熹微的晨光從海上照來，照亮了暮青的眼眸。那眸明澈無波，不見悲怨，能見到的唯有山石般的堅毅。

她看向錦帳，帳子恰巧掀開了。

梅姑面帶疲色，暮青將她扶到桌旁坐下，命人備茶水衣袍。

梅姑擺了擺手。「老奴無礙，倒是陛下，蠱毒雖暫且壓住了，但只可緩一時……」

暮青問：「婆婆可知解蠱之法？」

梅姑聞言，眼中湧動著說不清道不明的神色，決然搖頭道：「沒有。」

暮青沉默了片刻，往梅姑面前一跪，她還穿著天子龍袍，這一跪是代步惜歡，代朝廷百官，代南興萬民。「請婆婆莫要瞞我，無論是何酷法，我都願一試，不惜己命！」

見暮青長叩不起，梅姑想起故主，不由悲從中來。她離席跪下，悲憫地道：「並非老奴誆您，血蠱的確無法可解，欲除此毒，唯有移蠱。」

「何意？」暮青看向梅姑，她從未在她眼中見過如此悲憫的神情。

梅姑道：「需擇一人，將蠱蟲引出陛下體內，移入那人體內。此法謂之移蠱，實為替命之法，殘酷至極。當初在先聖墓中，守棺之蠱便是血蠱，乃先生以心頭精血豢養而成，唯後人之血能飼喚血蠱。陛下所中之蠱同理，當年，陛下必是以心頭精血飼煉的蠱蟲，故而替命之人須是他的血脈至親。據老奴所知，陛下與少主人尚未育有一兒半女，即便日後有了，血濃於水，你們忍心捨此孩兒嗎？」

「……」

「血蠱是神殿豢養死士的手段，死士如若叛主，需獻祭至親之命。老奴所言的『沒有』，說的不是無法，而是無解。無解，少主人可懂？」

暮青險些脫力，卻穩住了自己，過了半晌，她鄭重一拜。「謝婆婆告知。」

梅姑悲嘆一聲，扶起暮青。「陛下使的是蓬萊心經的功法，少主人可知，此功祕笈原是先生之物？當年，先聖女殿下決定捨棄兒女情長，將一生獻給鄂族，先生早已料到，於是將祕笈贈予殿下，本意是想保護殿下，誰料突發事端，兩人被迫私奔那夜，殿下未將祕笈帶在身上，祕笈便成了神族之物。老奴此生最恨老天，今日倒信了輪迴之說，世事輪迴，萬物有靈，先生興許一直在保佑著少主人。如非陛下因緣習得心經，少主人與夫婿絕無再見之期，而今既能相見，便是上蒼憐恤。老奴會盡力為陛下延壽，路尚未絕，望少主人萬萬打起精神來。」

「我會的，謝婆婆。」暮青笑了笑。

梅姑看著這笑，彷彿見到了當年決意繼位的故主。她想再說些什麼，可如同當年那般，話到嘴邊，挑挑揀揀，皆覺得蒼白無力，最終只能哽在喉頭。

少主人才二十三歲，背負的也太多太重了。

「陛下每日需調息三個時辰，戒大喜大悲，勿操勞過重。每月朔日，血蠱躁動，老奴自會為陛下護法。陛下近日會虛弱些，望膳食清淡，切勿大補。」梅姑囑咐了些務實之言，而後便叩安告退。

臨走時，她瞥了眼錦帳，搖了搖頭。在城門外，她竟未看出南興帝身中蠱毒，他毒發近一個月，竟能日夜驅馳，率軍血戰，與人交手，談笑風生，這人的風華氣度真像當年的先生……可惜天妒英才，老天慣愛捉弄人，從古到今，一直未改。

帝后的衣袍和茶食已擱在門口，梅姑一一端進屋中，這才走了。

暮青到榻前撥開錦帳，見步惜歡睡得沉，剛拿來帕子要為他擦汗，手腕便被握住了。

「妳的手傷著，怎麼就是不當回事？」步惜歡睜開眼，嗓音乾啞，語氣疼惜。

「你醒了？」暮青見步惜歡眸中只有倦意，不見睡意，不由猜測梅姑之言他聽見了多少。「我為你擦擦汗，換身衣裳，可好？」

步惜歡一聽，想起往事，竟有些窘迫。「娘子這些日子也是奔波勞苦，不如寬衣上榻，妳我共枕同眠，可好？」

這話帶著幾分懇求的意味，暮青心軟了，點頭道：「好。」

她褪下龍袍，垂下帳子，上了榻。

錦帳遮了晨光，帳中昏昏如夜，暮青為步惜歡褪下汗溼的衣衫，男子的肌骨清俊明潤，暖玉雕砌的一般，步惜歡苦撐著半坐起來，雖盡力避著，但更衣之時兩人難免肌膚相觸。她肌膚微涼，他的卻微燙，彷彿春冰與溫泉相逢，寒翠與暖玉相撞，那戰慄感令兩人都屏住了氣息。
不知不覺間，步惜歡出了一身細汗，肌膚顯出幾分春粉顏色，倒襯得氣色好多了。
暮青笑了笑，看來這人沒背著她偷過腥，她為步惜歡繫上衣帶，免他折磨之苦，而後遠遠地躺了下來。
被紅帳暖，兩人同衾共枕，卻隔著距離，想親近，卻避著，像極了洞房羞怯的新婚夫妻。
許久後，步惜歡將暮青攬入懷裡，肌膚相親的剎那，兩人感受著心跳和苦痛，誰也沒說話，就這麼相擁著，彷彿這一刻便是千古。
青鳥在海上盤旋，啼聲傳入屋裡，和著潮湧聲，歲月靜好，不過如此。
半晌後，暮青道：「阿歡。」
「嗯？」步惜歡闔眸而應，聲音慵懶得讓人聽了想睡。
暮青道：「待你身子好些了，我們要個孩兒可好？」
步惜歡一僵，暮青睜開眼，心知梅姑之言他一定聽到了。
「青青。」步惜歡睜開眼，望著精雕美飾的榻頂，像望著萬里無雲的青空，平靜地問：「待駛出大圖海域，命魏卓之率船隊出使西洋，妳隨船西行，可好？」

暮青一愣。「西行？」

步惜歡道：「《祖州十志》中記載：『西邊有海，無望無際，盡處有異人國。』太祖時期時，曾有漁民出海時打撈到一具浮屍，金色捲髮，高鼻深目，漁民以為是妖怪，報與海師，海師奏報朝廷，朝臣猜測是西洋人，只是此後再未遇見過。這些年，魏卓之督造戰船，寶船戰艦已具備了遠洋之力。妳不是說師從英國的威廉教授傳授的嗎？英國可是西洋之國？那位教授可還在世？送妳去投奔他可好？為夫……時日無多，即便孩兒出世，也難盡為父之責，不過是徒享幾年天倫之樂，而後留你們孤兒寡母面對政事沉浮，閱盡黨爭醜惡，嘗盡人世酸楚罷了。」

「你是擔心我教導不好孩兒，還是擔心孩兒年幼時，我扛不住社稷的重擔？」暮青坐起來問。

步惜歡撫上暮青的臉龐，流露出的眷戀之情像刀子般割著她的心。「只要妳想，定能做好，可妳志不在此。自從蠱毒發作，我常悔當初貪戀兒女情長，將妳痴纏在帝王家，令妳無時無刻不在涉險……這些年來，妳所嘗的苦皆因我而起，如今，我既知自己時日無多，何忍妳誕下孩兒，此後餘生，空守深宮，撫育幼子，肩負江山，孤苦白頭？與其如此，我寧願護妳遠走，放妳去大洋彼岸尋妳的志向去。」

暮青聞言，淚意盈滿眼眶，問：「你怎知大洋彼岸能成全我的志向？」

步惜歡道：「那套學說非本朝之學，妳的恩師既肯將學識授予女子，想來大洋彼岸的國度必定思潮開明、國力昌盛，以妳的才學，在那裡必定大有可為，興許……還能再遇見一人，相知相惜，共度餘生。」

「不可能再有那樣一個人了。」暮青躺下，眼淚滾落，她悶在他懷裡，倔強得像個孩子。「我不去，也去不了，況且語言早就生疏了。」

步惜歡笑著呢喃：「妳果然會說西洋話……」

暮青愣了愣，卻沒吭聲。

步惜歡玩笑般地問：「可還記得妳曾說要給為夫講個鬼故事？如今莫說百日，便是千日之期也過了，可能求娘子講來解乏？莫怕為夫嚇著，為夫可是將要做鬼的人了。」

暮青聞言呼的一聲仰起頭，顯然被這玩笑給惹惱了。

步惜歡一向不懼暮青的眼刀，瞪了會兒，暮青又窩了回去，悶聲悶氣地道：「當年不是說了嗎？你半信半疑，我可沒瞞過你。」

步惜歡的心跳漏了一拍——是，她當年的確說過，死後化魂，再世為人，猶記得前世之事……

她的確不曾瞞過他，這些年往來的詩信中，她提及的典故和教導查烈時所列舉的朝代君王，史學經集中皆不可考。這些年，他常回想她當年之言，從將信將疑到愈發深信，卻不知從何問起。

暮青也不知從何說起，那一生雖年華短暫，卻也不是寥寥幾語說得清的。

步惜歡也不催促，只是撫著那錦緞般的青絲，像撫著一把人間難尋的瑤琴，奏著一曲無聲的紅塵曲，網羅起諸般心緒。

許久後，暮青的氣息愈漸緩長，正當步惜歡以為她睡了，她忽然說道：「法醫，我從前的職業。」

「……嗯。」步惜歡的手頓了頓，斟酌著問：「娘了的手劄中有此記述，只是語焉不詳，為夫不甚明瞭，所謂法醫，是仵作行還是醫藥行？」

他記得手劄中寫的是：法律醫學鑑定。

法律應指律法，何謂醫學鑑定，他亦能猜度一二，但國律與醫道毫不相干，一職緣何能司兩行？

當初，他覺得這稱謂不能說不貼切，只是稱謂未免太大，當今仵作行尚且當不起這令人肅然起敬的稱謂。

「法醫學是醫學，但不屬於臨床醫學，若要成為醫師，需深造臨床醫學相關專業，參加執業醫師資格考試。」暮青說罷頓了頓，等待步惜歡琢磨意會。

「唔。」步惜歡只應了聲，沒有打斷暮青。

「法醫職業是公職，需參加國考，入職後即為國家司法鑑定人員，從事法律醫學鑑定。職司主要有：現場醫學勘察、醫療跟蹤取證、活體傷情醫檢、屍體解剖、症狀分析、測試比對、觀察審訊、遺物鑑定等等。」暮青又頓了頓。

步惜歡笑了笑，她從前說話可不在意旁人聽不聽得懂，而今為了他一頓再頓，這等待的心意真乃世間至寶。

「娘子接著說。」

「法醫鑑定是刑事偵查取證的核心，故而法醫生既要學醫也要學法，諸如：法醫人類學、人體解剖學、法醫骨學、內科學、外科學、法醫病理學、法醫毒理學、法醫毒物分析學、臨床法醫學、法醫物證學、精神病學、法醫法學、刑事偵察學等等。」

「嗯。」

「相對於臨床醫生專注於活體醫學，法醫是把活體醫學和死亡醫學都作為研究對象。即是說，法醫學是非常複雜的學科，是一門循證醫學，可以看成是溝通法學與醫學的橋梁學科，故有法醫之稱。」

「……原來如此。」步惜歡的神情有些恍惚，試探著問：「在那邊……女子可任公職？」

暮青道：「可以，雖然不能說在就業上完全消除了性別歧視，但女子可以讀書、工作，可以從教、從商、參軍，甚至從政為官。」

步惜歡露出驚奇之色，隨即釋然一笑。聽她說法醫之事，即可猜知她所在的國家必定思潮開明，國力強盛，興許強盛到遠超他的想像，女子任公職又豈是稀奇事？

「我對政治不感興趣，自幼便立志要成為法醫。」暮青道。

「為何有此志向？」步惜歡問。從前，他以為她自幼跟隨爹爹出入義莊，見慣了冤案，故有天下無冤之志，如今看來，怕是另有緣由。

「我六歲那年夏天，家中失火，爸媽身故。警方勘察現場，發現有被盜痕跡，懷疑是一宗因入室盜竊而引發的殺人縱火案。屍檢稱，我爸的死因是銳器傷造成的大出血，而我媽……腹部有刺創三處，致命傷在頸部。廚房少了一把菜刀，但我爸媽身上未見砍創，警方懷疑菜刀被凶手帶走了，原因可能是我爸與凶手發生過搏鬥，凶手受了傷，才帶走了那把刀。但現場毀壞嚴重，當年的檢驗技術不夠成熟，現場根本提取不到有價值的物證。警方帶警犬查遍了周遭，沒找到那把菜刀，推測凶手有前科，反偵察意識很強，他們查遍了當地犯有前科的人員，沒能找到受傷的人，案子就一直沒破。」

「案發時我在外婆家，僥倖躲過一劫，外婆傷心過度，半年後就離世了。我在她遺物中發現了一張被火燒過的照片，那是我第一次看到父母的遺物，於是把照片帶在身上，發誓要成為法醫，親手檢測封存的證物，破獲此案，告慰父母的在天之靈。」

「我當時還小，不知避嫌原則，只是以此鞭策自己。初等教育九年，中等教育三年，我越級三次，十五歲上了大學。法醫大學學制五年，最後一年時，學校成立了交流專案，我取得了保送資格，獲得了去國外名校深造的機會。在那裡，我遇到了恩師威廉教授，在教授的推薦下申請留學，兩年半修完了四年的課程，獲得了犯罪現場調查碩士學位後，一邊跟隨教授在法醫實驗室實習，一邊參與法醫病理學和犯罪心理學的研究，完成了博士學業，那年，我二十五歲，拒絕了教授的邀請，決定回國。」

「我一回國就參加了國考，而後受到友人的邀請，協助他們審訊了幾個危害國家安全的重要嫌犯，之後就作為犯罪心理學專家調入一局。一局又名機要局，隸屬管理處，因工作性質涉及國家機要，故而工作人員的身分多不公開。我對外的身分是檢察院的法醫，負責屍檢和重大傷亡案件的現場調查，審查法醫鑑定書，必要時進行複檢，出具複檢鑑定書。」

「我工作期間為父母的案子申請了重檢程序，時隔二十年，鑑定器材已更新數代，檢驗技術也成熟了很多，但由於管理疏漏，物證存儲失當，給重檢造成了不小的難度。同行用了多種技術手段修復檢驗，耗時半年，終於在一小塊衣物殘片上檢測出了兩種DNA。經過大量比對，發現與一個服刑犯一致。警方從他當年的居住地、工作單位和親朋入手，查出案發前，他因偷竊被單位開除，一個居住在案發地的親戚為他介紹工作，去見介紹人的當天早上發現他穿了件長袖襯衫，當時是夏天，親戚生疑，他聲稱感冒了，卻不肯去衛生所，後又嫌吃住不慣，便推了工作，回家了。警方找到他的妻子，證實他的手臂受了傷，他稱自己在飯館喝酒時被地痞砍了，為哄妻子開心，還說給她買了條項鍊，而那項鍊正是我媽的。我一直保存著的那張照片裡，我媽正巧戴著那條項鍊。」

「天網恢恢，從我申請重檢，到程序啟動、檢驗比對、審訊排查，到公訴審理、量罪判決，歷時三年有餘，而申請重檢之路，我整整走了二十三年。」

「罪犯被執行死刑那天，我趕往墓地，回來的路上出了車禍。那場車禍我懷疑未必是意外，車禍大約半年前，霓裳對我說，行動處懷疑我們部門藏有內奸，名單遭到了洩漏，而當時我剛巧以罪案專家的身分配合國際刑警端掉了一個跨國犯罪組織，這個組織據說是某國在某地區的暗中合作夥伴，霓裳擔心我有危險，那段時間，她形影不離地保護我，可就在我出事前一天，她突然接到命令要去國外執行任務，臨走前，她將我託付給了行動處的兩個同事。」

「那天下著雨，我們在盤山公路上行駛，正下坡，旁邊有輛蒙著雨布的運輸車擦肩而過，沒多久，同事忽然急打方向，我從後視鏡上看見那輛車上的貨物滾落下來，像是一捆捆圓木樁子。那條路往上走是公墓，而後有座林場，路上有運輸車本不稀奇，但運輸車載著木頭去林場就有古怪了。我當時心知不對，可事故發生得太快，車子翻了，然後我就失去了意識。」

步惜歡怔著，縱然早有猜測，但這故事還是驚著他了。

「阿歡，就算遠洋船能將我送至大洋彼岸，那裡也不是我曾經到過的西洋，這世上沒有任何一艘船隻的航線是千年的時光，所以我回不去。即便我能，也不會走。」暮青坐了起來，認真地道：「我曾經以為我此生會與罪案為伴，婚姻從不在我的人生規劃中。我不知道我為何會來到這兒，但現在我明白了，上蒼讓我穿越千年的時光是為了尋一個人，一個在浩瀚時空中唯一與我契合的靈魂。」

這是暮青此生說過的最動人的情話，步惜歡望著她，眸波也似星辰也似海，潮波將要湧出之際，他將她攬了回來，問她：「我們相遇已是千古幸事，故而上蒼不肯許我們執手白頭嗎？」

「或許吧。」暮青含淚笑答：「我已知足，你呢？」

步惜歡道：「我曾說過，遇見妳，是上蒼待我不薄。可上蒼許給妳我的日子太短暫，我會擔心妳和孩兒……」

「那你不擔心天下黎民嗎？我若出使西洋，你只能立瑞王為儲君。瑞王像他父親，孝義勇武，你在信中曾說他正直有餘，在政事上的資質稍顯平庸，那麼……北燕虎視，大圖內爭，正逢亂世，他能坐得穩江山嗎？我若遠渡重洋，元修必將因為我的失蹤而遷怒南興，到時生靈塗炭，你忍心嗎？」

步惜歡不可能想不到那時的局勢，但他還是放走了元修，為了不讓她承受摯友死於面前的痛苦。他勸她遠走西洋，若她答應了，可想而知他回到汴都後會如何行事——他會命監察院刺殺元修，策亂大圖，並將瑞王召入宮中教導政事，盡力令北燕和大圖陷入內爭，絕除戰事之患，而後遴選輔政班子，為南興國祚的存續耗盡他最後的時日。

夫妻之情，君民之義，他都想獨自扛著，這人用情之深沉，為君之恩義，是她平生僅見，她其實最想問的是上天，捉弄這樣的人於心何忍？

「阿歡，你做得夠多夠好了，日後換我為你，可好？你的責任，由我來守。」暮青道。

「我不忍心。」步惜歡閉著眼答。

「但我願意，你一向尊重我的選擇，不是嗎？」暮青問，儘管她不想在此時氣人，但還是把他氣著了。

步惜歡有氣無力地道：「妳是吃定我了。」

暮青揚了揚嘴角，聲音咕咕噥噥的：「也不知誰被誰吃定了……」

步惜歡闔著眸，默不作聲。

暮青也未再作聲，兩人共枕相擁，聽著海上的風浪聲，呼吸漸沉漸長。

他們都累了，這一覺睡得很長很長，暮青迷迷糊糊地轉醒時，聽見的是呼嘯的風聲。

海風拍打著窗子，珠簾搖撞，聲如雨打屋簷，乘風破浪穩如平地驅車的遠洋寶船竟然上下如飛。步惜歡睡得沉，呼吸時沉時浮，心口被蠱蟲盤寄的肌膚紅紫妖異。暮青探了探他的額頭，頓時一驚，掀開錦被就下了床榻。

「傳梅婆婆！傳軍醫！」暮青穿上衣裙，拉開房門，只見巨浪翻天倒海，傾盆暴雨撲進屋來，潑天的雨幕裡，梅姑頂著風浪而來。

「少主人，今夜有險，莫出房門！」說話時，梅姑已運力抵上房門，歸入了門閂。

「阿歡發燒了，那蠱不對勁！」暮青顧不上詢問險情，回到榻邊便攏起了帳子。

梅姑一看，沉聲道：「陛下病重，壓不住蠱，風急浪高，老奴不敢施針，先為陛下渡些功力，少主人速命軍醫開方煎藥，散熱祛驚。」

「有勞婆婆。」暮青讓到一旁。

沒多久，魏卓之和軍醫就到了，梅姑正為步惜歡壓制蠱毒，軍醫見這陣勢竟不驚慌，到了榻前立刻診脈，診完脈便親自煎藥去了。

暮青見軍醫面額有疤，身形壯實，不似醫者，倒像海寇，想來是個有來歷的人。魏卓之既然帶了他來，暮青信得過，也就沒盤問，只問：「人員可都安好？艦船頂得住風浪嗎？」

魏卓之道：「啟稟殿下，這風浪不容小覷，但戰船也不是爛泥糊的。此次出海，航線遠，時日長，遇上風浪是必然的，微臣點的都是堅船勇將，本事過硬，請殿下寬心。只是看這風浪的勢頭，今夜很難消停，難挨的怕是陛下……」

暮青問：「附近可有海島能避風？」

魏卓之苦笑。「是有座島群，但在風頭上，船靠不過去，只能順風而行。這場風浪怕是會讓咱們偏離航線，至於偏去何方，偏離多遠，眼下不好說，得等風浪停了再看。」

暮青沉默了片刻，說道：「你是大帥，航事就交給你了，陛下跟前有婆婆和軍醫，你也放寬心，若有急情，我再傳你，先忙去吧。」

眼下也只能這樣了。

魏卓之走後，暮青守在榻邊，目光一刻也不敢從步惜歡身上移開。

船上空間寶貴，隨船的藥品大多磨成了粉，軍醫們早在起航前就按常見病症配好了藥包，藥包煎煮頗快，也就兩刻的工夫，軍醫就抱食盒頂風冒雨地回來了。

藥盛在將軍罐中，暮青盤膝坐著，將罐子牢牢地護在腿間，任船身傾晃，始終按著罐子。掌心的傷撕開，血染罐身，她卻覺不出疼，也覺不出燙。

梅姑收功之時，血蠱的妖色褪了幾分，步惜歡昏睡著，暮青索性將湯藥含入口中，給他渡了下去。

藥香瀰漫，苦意入喉，暮青輕聲道：「阿歡，說好三、五年的，你可不能騙我。」

梅姑不忍，轉頭望向西窗，又想罵天了。可日月斗轉，亙古不改，老天早就看慣了人世間的生死悲歡，豈會有情？天若有情天亦老，月如無恨月常圓，今夜大浪滔天，吞日蔽月，莫不是生靈苦蒼天已久，要把這天給翻了不成？

暮青守在榻邊，握著步惜歡的手，猶如一個在海上漂泊的孤獨旅人，等待著天塌船傾，抑或風停浪歇。

天不會塌，船也未傾，風浪在大作了數個時辰後，停歇了。

暮青出了屋，見海天灰濛濛的，風浪不知把船帶向了何方，放眼望去彷彿身處混沌之中。她下了樓梯，上了甲板，風浪過後的海平靜得連一絲風也感覺不到，唯有被海水浸過的甲板透著腥澀的寒意。

暮青跪了下來，仰頭望著混沌的天，她曾對元修說自己沒有執念，但她撒了謊，她有——她願將餘生的歲月分一半給阿歡，與他攜手此生，不求長生共白首，但求作伴赴黃泉。

暮青向天一叩，長跪不起，雨後的寒意刺著她的額心，一道金光忽然從海面上升起，照亮了半寸甲板。

暮青抬頭望去，見金烏東升，茫茫海面上，萬丈金光勾勒出一座島嶼，橫臥在遠方，形似一尊臥佛。

一道佛偈聲自島上而來，越過茫茫汪洋，穿過日光洪流，宏亮如鐘，震人心神——

「阿彌陀佛——」

第二章

血濃於水

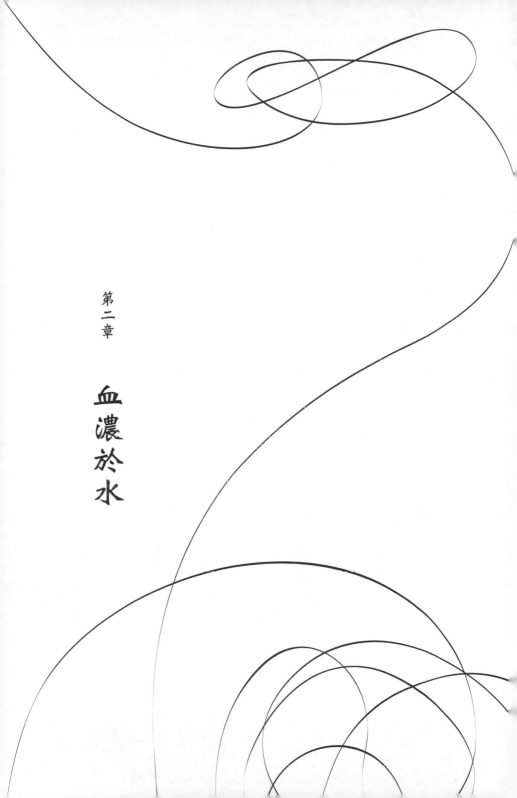

山金海闊，一葉小舟自漫漫金輝中搖來。

魏卓之聞聲而出時，正撞見暮青從甲板上奔來，她一向冷靜，從未這般失態，話幾乎是吼出來的——

「快迎！是空相大師！」

魏卓之一驚，空相大師帶著太上皇出海雲遊列國，一去五載，杳無音信，怎會在這片不知名的海域出現？

這時，暮青已奔至船梯處，魏卓之急忙攔駕。「來者只聞其聲，尚難辨身分，還是命探船前去較為穩妥。」

暮青應了，她有多確信那是空相大師的聲音，就有多懷疑自己出現了幻覺。

當年，生父出家，步惜歡命侍衛暗中保護，一路跟到了星羅。出海那日，魏卓之點海船物資相贈，空相大師請魏卓之轉告侍衛們莫再跟隨，並呈上了一封奏疏。信中只有一言——

萬法緣生，皆係緣分，緣未盡，自再會。

自此之後，山海迢迢，空相大師和恆王一去無蹤，兩人雲遊到了何方，路上有何見聞，是否尚在人世，皆杳無音信。

五年了，暮青從未想過還有再會之期，更別提在這等生死關頭再會。

魏卓之命一艘巡洋艦並二、三十艘鷹船迎著那一葉小舟而去，暮青一瞬不錯地注視著海面，彷彿注視著內心渺茫的希冀。她從未像此刻這般期望世間有奇蹟存在，從未覺得時間流逝如此漫長，她迎著海風眺望汪洋，一度以為自己會一直站在船首，直到老去。

但奏報終究來了。

巡洋艦隊與小船在漫漫晨暉中相會後，一艘信船揚帆急返，報聲一路高奏。「啟奏皇后娘娘，來者是太上皇和空相大師！」小將腔調激昂，他並不知這奏報對帝后意味著什麼，對南興意味著什麼，他只因偶遇太上皇和高僧而喜。將士們紛紛跪迎山呼，暮青在如浪的呼聲中奔向船梯，喚來一艘快船，迎上船隊，上了巡洋艦。

空相大師和恆王已在艦上，一照面，來不及寒暄，暮青便將兩人請入上房，拜道：「陛下身中蠱毒，命在旦夕，懇請大師相救！」

寶船艙內，滿室藥香。

步惜歡邪熱未退，昏睡的面容在晨光帳影裡顯得蒼白孱弱。

「阿彌陀佛……」空相大師立在榻前，一聲佛號格外悠長。

恆王手持佛珠，一身僧袍，青灰的僧帽下鬢髮霜白，顯然尚未剃度。他低眉斂目，似乎未看榻上之人，唯有撚動佛珠的指尖微微泛白。

暮青道：「我早知阿歡有痼疾在身，原以為是練功落下的，藥到可除，直到大圖復國才得知，當年阿歡以性命為籌碼換取結盟，在心頭種下了血蠱。我執政三年，本以為能助兄長穩固帝位，不料兄長遇刺，凶多吉少。阿歡蠱毒發作，我正束手無策，昨夜一場暴風雨將船隊推離了航線，今晨才有幸與大師重逢。大師乃得道高僧，可知有何解蠱之法？」

空相嘆道：「萬法緣生，皆是緣分，天意如此……老僧曾聽無為道友提起過，血蠱以宿主心頭之精血煉製，解蠱之法遠在天邊近在眼前，殿下不該問老僧啊……」

暮青瞥向恆王，見恆王垂首撚珠念念有詞，不由問：「別無他法嗎？」

恆王出家已有五年，梅姑說起替命之法時，暮青還真沒想起他來，即便想起，人海茫茫，尋也無從尋起。

她承認，重逢時她的確大喜過望，可冷靜下來又覺得不可行，阿歡不會答應，恆王畢竟是他爹。

「阿彌陀佛……」空相雙手合十，僧目一閉，搖了搖頭。

屋中靜了下來。

恆王撚著佛珠，念的經文含混不清，伴著過珠之聲，急如風打雨落。半晌後，聲響驟停，恆王悶不吭聲地轉身而去。

暮青與空相大師出了屋，見恆王下了船梯，上了來時的那艘小船，逕自搖著櫓往島上去了。

這座島嶼形似臥佛，卻是座無名島，島上有民百餘戶，因地處大圖遠海，官船罕至，且島周遍是暗礁，寇船難登，故而世代安寧，民以打漁耕種為生，自給自足，知世間有大圖國，卻不知兩族分治，經數百年而復國，更不知當今天子何人，年號為何。

島上，一座座石屋掩映在山林間，晨光如縷，苔蔓藤繞，儼然世外之地。島西南坐落著一座石廟，廟裡箬竹叢生，竹下置著只草團子，恆王盤膝而坐，正閉目誦經。

空相大師推開搭著茅頂的廟門，步入院內，誦了一聲佛號。

恆王渾然不覺外事一般，只顧誦經。日頭東升而起，掛上枝頭時，經聲漸歇，他閉著眼問：「當年師父說我有佛緣，可是早知今日？」

空相大師雙手合十，悲憫地道：「半年前，為師與你雲遊而歸，途徑此島時遇上風浪，船不慎觸礁，島民又無大船，方才滯留在了島上，今日父子重逢實乃天意。入得涅槃，方可成佛，你法號了塵，可你塵緣未了，尚有孽債未償。」

恆王睜開雙目，目光在斑駁的竹影裡晦暗不明，笑容嘲諷。「本王孽債累累，成得了鬼，成不了佛。大師莫道天意，常言道，上天有好生之德，怎到了本王這兒就成了塵緣未了？莫非諸佛也看人下菜碟？」

這聲本王，他已有三年沒啟口，如今竟有些陌生了，但前半生閱盡政壇風雨、人心叵測，他對人性從未放下戒心。

相伴雲遊五載，他知道老僧頗有未卜先知之能，所謂的佛緣，誰知是不是一場獻命的陰謀？

「阿彌陀佛。」空相大師道：「慶德六年元月十五，你可記得此日？」

恆王答：「本王生辰，怎能不記得？」

空相大師道：「此日正是為師任國寺方丈之日。」

恆王嗤道：「世間同年同月同日生者多了，莫非皆有佛緣？」

空相道：「國寺辰時鳴鐘誦經，而你正逢辰時降生，世間同年同月同日生者雖多，可聞鐘降世，聽經初啼之子，唯你一人。你我的師徒之緣乃是佛前註定，並非為師胡言。」

「呵！」恆王置之一笑。「照這麼說，當年大師乃國寺方丈，本王乃一國皇子，年年伴駕入寺祈福齋戒，若有佛緣，怎不早度化本王，叫本王在塵世中苦熬半生，這便是佛家善法？」

「當年你因緣不成熟，不堪僧眾清寂。」

「本王如今也不堪清寂。」

「看來王爺有還俗之念。」空相大師道：「既如此，老僧備了條船，停靠在島東，王爺若想離去，可趁夜色遠行，此間事交予老僧周旋。」

「就憑那一葉小船？」恆王譏嘲道：「小船若扛得住風浪，大師與本王何苦滯留在島上？夜裡風急浪高，海上暗礁密布，出海與送死何異？」

空相大師道：「老僧已向皇后殿下求得一艘護洋船。」

恆王嗤笑：「那女子人稱活閻王，這些年來復國執政，豈是天真女子？她就本王這一根救命稻草，豈能不設防？本王哪兒也不去，就在此等著，看這對名滿天下的帝后何時前來弒父。」

說罷，他將僧帽摘下，棄在竹下，白髮在日光下格外刺眼。

空相大師雙手合十，說道：「明晚亥時大霧，乃離島的絕佳時機，時不再來，施主三思。」

說罷，空相大師進了屋，留下了一扇敞開的廟門。

恆王望著門，半晌後，抬頭望起了天。

日光清淺，雲淡風輕，上艙旁的東屋裡，暮青立在窗前眺望著海島。

魏卓之道：「臣觀今日風雲，明夜海上應有大霧，正是行事之機。」

暮青默不作聲，只是望著海島。

魏卓之道：「臣知道，父子至親，替命是情分，不替亦斷無子求父死之理，但天家父子非尋常百姓，天子之命關乎社稷，殿下向來看重人命，太上皇一人之命與天下民生孰輕孰重，望求殿下三思。」

魏卓之說罷頂禮而叩，屏息長待。

風聲寂寂，幾聲鳥鳴入窗而來，音如刀劍出鞘，尖銳肅殺。

暮青的手搭著窗臺，日光落在指尖，蒼白如雪，話音卻平靜無波：「今日且點暗船水鬼盯著島上，明夜祕密行事。」

「臣領旨！」魏卓之三拜而起，見女子的背影在日光裡薄而淡，不由感慨。當年初見時，他從未想過這樣單薄的肩膀有朝一日會擔起社稷重任，如今，她已不再是一縣仵作之女，而是令人敬佩的一國之后了。

魏卓之帶著一腔敬意離去了，卻不知暮青尚有一言難講。

她想說，備一葉小舟，事了她便離去。可這話哽在喉頭，尚未出口，已覺血氣。

天子之命關乎社稷，這一抉擇無愧於期盼安定的南興百姓，無愧於寒窗苦讀的學子賢士，無愧於從龍多年的文臣武將，卻獨獨愧對阿歡。當年，每見他為恆王大鬧之事傷神，她都確信他對父親感情尚存，只是深埋於心，因怨而不自知。

今日的抉擇無異於她親手殺他父親，她相信阿歡會理解她的苦心，可此事也許也會成為他們深埋於心的一塊疙瘩，與其後半生裝作若無其事，她寧願事了乘船去，此生不復見。

明明說好不走的……

可是，阿歡，我做不到明知可為而不為，做不到放棄你生的希望，哪怕要與你分離。

今後餘生，無論我在何方，只要你安好，我便安好……

吱呀——

房門被人推開，梅姑道：「少主人，陛下醒了。」

暮青聞聲望去，日光照過她的側顏，鬢髮忽如霜色。

梅姑一怔，直到暮青走到門口，才覺知方才所見是錯覺罷了。

暮青回到上房，步惜歡見她撥開珠簾走來，怔了許久。這一覺像是睡了幾個春秋，夢裡兜兜轉轉，無處不是她。

他笑道：「為夫作了個夢，夢見娘子講了個好長的故事……」

暮青道：「那不是夢。」

步惜歡顯然記得那非夢境，可眸波依舊如夢般斑斕，其中深藏的情意那麼醉人。

看著這樣的目光，暮青忽然動搖了——分離後，他們真能各自安好嗎？她不惜一切想救阿歡，這真的是他想要的嗎？解蠱續命換來的是父死妻離，這樣的餘生他真會歡喜嗎？

可若不救，又將社稷置於何地？天子之命關乎的豈止是社稷，還有太多忠臣良將的命運。百官忠君勤王多年，與天子早已抱負相繫、利益相連，天子若言棄命，豈不令群臣寒心？

一面是愛人的心願，一面是社稷的責任，究竟如何抉擇才是對的？

「為夫這一覺睡得可久？」這時，步惜歡的話打斷了暮青的思緒。

「有一日夜了，昨夜風雨大作，風浪將咱們帶離了航線，所幸清晨時發現了一座無名島，魏卓之正與將領們繪製返航路線。」儘管掙扎，但今晨所遇之事，暮青依舊隻字未提。

步惜歡絲毫不疑，他還很虛弱，只醒了一會兒，連半碗粥水都未喝罷就又睡了。

暮青睡不著，也不敢睡，她甚至連抉擇的事都無法思考，只是坐在榻邊看著步惜歡的睡顏，一看就是一夜。

清晨時分，步惜歡醒來時，暮青仍坐在榻邊，清瘦的臉龐上添了幾分憔悴。

「昨夜沒睡？」他問。

「睡了，剛醒不久。」她答，脣邊掛著淡淡的笑。

步惜歡心如明鏡，卻未說破，只道：「為夫餓了。」

暮青聞言露出幾分神采，起身道：「我去傳膳。」

門外有侍衛，暮青囑咐了許多，待侍衛領旨去了。她回到榻前，步惜歡已坐起來了，正倚著靠枕看她，像是身子大好了。

屋裡置了只小銅爐，埋著白炭，壺子以暗火溫著。暮青將水端到榻前，步惜歡瞥了眼她的手，卻未與她爭，由她端著茶盞，餵他輕啜慢飲。

早膳沒多久就端來了，粥煨得久，早已香軟，裡頭添了些性溫之物，令人食欲大動。步惜歡喝了一碗粥，用了半碟小菜，連蒸果子都吃了一碟。

瞅著暮青安心了，他才問：「航路圖繪製妥了？魏卓之可有來報何時起航？」

暮青正放碗筷，聽聞此話絲毫不亂。「他說觀海上風雲，今夜恐有大霧，奏請明早起航，我准了。」

此話不假，只是有所隱瞞，步惜歡不覺有疑，坐了會兒便道乏了。「為夫想歇會兒，娘子可願作陪？」

他的目光笑吟吟的，藏著掩不住的憂色，唯獨不見乏了的樣子，不過是想讓她歇著罷了。暮青心知肚明，應道：「好。」

她揣著心事難以安睡，只是累得狠了，抵不住步惜歡的輕拍慢撫，終究還是睡了過去。

這一覺也就睡了兩個時辰，醒來時日光正好，恰是午後。步惜歡正望著她，就像她守在榻前望著他一樣。

這一刻，暮青恨不得時光就此停住，今夜永不來臨。

「那島形似臥佛，瞧著是處靈地，娘子可願陪為夫上島走走？」步惜歡笑問。

暮青心裡咯登一聲，問：「你下過床榻？」

步惜歡道：「再不鬆鬆筋骨，人都躺乏了。只要這蠱不折騰，為夫身子沒大礙，總在船上待著也不好受，瞧今日風平浪靜，去島上走走可好？」

「那是座無名島，沒什麼可看的。」

「至少腿腳能沾沾地，如若不然，待明早起航，恐要有些日子挨不得岸了。」以為暮青擔心他的身子，步惜歡說罷就下了床，除了面色蒼白些，倒也瞧不出病過一場。

暮青見步惜歡興致頗高，怕硬是反對會惹他起疑，只好默許。

日頭晴好，步惜歡走出房門，憑欄遠眺了片刻，笑道：「臥病幾日，真辜負了這美景。」

魏卓之聽說帝后要上島，匆忙趕了過來。

暮青遞去一個稍安的眼色，說道：「陛下躺乏了，想上島走走，點精兵百人隨船護駕即可，切勿驅艦圍島，以免驚擾漁民。」

魏卓之料想龍體欠安，不會閒遊太久，行動在今夜，只要艦船不在島西南登岸，帝駕撞不見太上皇，倒也無妨，於是便點了梅姑、老翁、疤面軍醫和百十侍衛精兵。

島嶼四周暗礁林立，護洋船驅入不得，駛至礁石林外，暮青陪步惜歡換乘鳥船，這才登了島。

登島之地偏北，山陰地帶，藤蕨葳蕤，銀灘似河，男子身披日光，與和風山海為伴，宛若佇立在星河盡頭的謫仙人。

「果真是鍾靈毓秀之地。」步惜歡眺望著被日色勾勒出一道金邊的島嶼，讚了一聲。

「沒你好看。」暮青一本正經地答。

步惜歡聞聲看來，笑道：「娘子日後若總這麼說話，為夫必可延壽幾年。」

暮青把臉一撇，步惜歡以為她不自在了，卻不知是那句日後之言戳心。

「那邊似乎有人家。」步惜歡指著山那邊的炊煙道。

暮青道：「你身子剛好，別翻山越嶺了。」

步惜歡卻興致不減。「漁民世代安居於此，山中必有通徑，娘子若不信，不妨走著瞧？」

暮青頭一回知道「走著瞧」是這麼用的，沒好氣地道：「島民連當今年號都不曉得，可見鮮見外人。你跟個神仙似的，別去驚擾人了。」

步惜歡氣也不是笑也不是，沒聽說過神仙擾人的，這是誇他還是罵他呢？他笑著牽起暮青的手，說道：「無妨，妳我同往，島民瞧見娘子，即知為夫是紅塵中人了。」

暮青見攔不住，只好往東一指。「那邊山勢低些，走那邊吧。」

空相大師說，半年前，他們的船觸礁後便上了島，恰巧島西南有座石廟，便借住在了廟內。往東去，應該碰不上恆王。

一隊精兵在前探路，不一會兒，小將奔回來稟說前面有條石徑通往山間。

暮青翻了個白眼，步惜歡笑了聲，拉著她上了山。

石徑藏在幾株老樹的纏枝後，石上青苔遍生，暮青擔心路滑，剛想牽緊步惜歡的手，便被他握住了手腕。她的手傷未癒，他擔心牽著她的手上山會扯裂傷口。

兩人就這麼慢慢走著，行至半山腰，繞出一片散竹林，眼前豁然開朗。只見一座小村藏在山林間，青石為屋，幽木作徑，一派安寧景象。

村中有人，卻闔門閉戶，侍衛們遠遠地跟著帝后，兩人漫步於古道上，山風拂來，月袖與日光共舞，青裙同山巒一色，若一對閒遊凡間的瑤池上仙。

村民們鮮見外人，前夜風浪大作，清晨出門查看漁船的人回來說海上有神船，村人們聚在山上一看，見神船高大如山，便七嘴八舌地說世間有惡人，天兵下凡收惡人來了。村長去石廟尋空相大師求問吉凶，大師乘船而去，回來後說，來者是大興帝后，不日即去。

村民不知世間還有個大興國，老人們說，皇帝都是牛鼻大眼，皇后是細眉小口，帝后威風凜凜，誰敢瞅一眼，立刻就會被殺頭。今日一見，村人們不疑老人之言，倒疑起了高僧——凡人哪有這般好看，分明是神仙下凡，後頭還跟著面目可怖的雷公電母和披甲挎刀的天兵天將，這怕不是天帝天后駕臨凡間了吧？

只聽天后道：「果真很美。」

天帝道：「不及娘子。」

天后哼道：「那你在寶船上看我就是了，何必登島擾民？」

天帝笑了聲：「好，不擾民，此路瞧著通向東邊海灘，咱們去海灘上坐會兒可好？」

天后嗯了聲，兩人便攜手而去了。

下山的路頗長，暮青擔心步惜歡累著，時不時地邀他閒坐賞景，望見海灘時，日頭已經偏西了。

「累嗎？返航可好？」問話時，暮青探了探步惜歡的額溫。

步惜歡失笑。「不累，只是方才聞著村中的煙火氣，甚是想喝娘子煮的粥。」

暮青愣了愣。「在此？」

看著步惜歡懷念的神色，暮青不忍心拒絕，又擔心誤了天色，遲疑之態讓步惜歡犯了疑。「怎麼了？」

「沒事。」暮青回過神來，命侍衛們去村中借鍋買米、拾柴搭灶。

興許，今日是她最後一次為他煮粥，如他所願吧。

暮青尋了個避風遮陽的地方，命侍衛們在此搭灶。

步惜歡望著暮青忙碌的背影，莫名有些心慌，他來到暮青身後，將她擁進了懷裡。「青青，妳沒事瞞著我，是嗎？」

暮青沉默了片刻才道：「沒有，只是島外遍是暗礁，今夜又有大霧，我擔心返航遲了會遇險，不過眼下也不算太晚。」

步惜歡心知暮青沒說實話，卻道：「下回我早些告訴妳，讓妳早做準備，可好？」

「好。」她的答音很輕，悶在他胸口，灼得卻不只是他的心。

日暖風輕，海浪淘沙，兩人就這麼在海濱的樹下相擁著，捨不得分開一刻。

柴火生好後，去村中借鍋買米的侍衛們就回來了，步惜歡擇了上風處坐下，看著暮青圍著鍋子添柴燒水，不由失笑。「上回與娘子圍鍋而坐，鍋裡煮的是腐屍，萬幸這回煮的是吃食。」

「……你想點兒別的，待會兒喝粥喝出別的味兒來，別賴我。」暮青邊說邊忙活。

步惜歡忌葷腥，侍衛們買了些青菜瓜果回來，暮青用大柴旺火將水煮開後便下了米，盯了一盞茶的工夫，下了杓冷水，水沸後熬煮一盞茶的工夫再下冷水，如此反覆三回，鍋裡的米便軟糯潤亮，粥香四溢了。而後，她抽去幾根木柴，下了青菜瓜果，小火熬了片刻，下鹽提味，點油增色，一鍋素粥熬好，見步惜歡正出神，眉宇隱在騰騰熱氣後，似虛如幻。

察覺到暮青關切的目光，步惜歡笑道：「這煙火氣我兒時見過一回，那年圍場射獵，父王射中了一頭鹿，博了頭彩，先帝龍顏大悅，將鹿賞給了王府。父王命廚子生火造架，親自料理鹿肉，見我圍著烤架轉悠，便割了塊腿肉給我，手把手地教我烤……那晚，園子裡煙薰火燎的，我一直記得那鹿肉的味兒，直到母妃被害，我彷彿時時能聞見棺中的味兒，便再也記不起肉味兒了。」

暮青沒想到步惜歡會提起恆王，看著他傷懷的神情，忍不住說道：「日後，我陪你烤。」

這話一出口，暮青就後悔了，她執杓攪著鍋裡的粥，像攪著自己矛盾的心緒。

許是晚霞太美，又許是煙火氣勾人回憶，步惜歡接著道：「他與母妃連句家常話都少說，府裡常添新人，母妃終日冷若冰霜。為了讓他常去看看母妃，我勤習六藝，頗得皇祖父寵愛。皇祖父看重我，對父王的訓斥便少了許多，每當我在皇祖父那兒得了賞，都以為能換來父王的嘉許，可每回望見的都是他冷淡的眉眼……而後，隔不了幾日，他便會鬧出樁荒唐事來，惹得皇祖父大怒。」

暮青正取碗盛粥，聽聞此話心裡竟生出個古怪的猜測來，但想起恆王昨日離去的背影，又搖了搖頭。「我從前以為他是個庸人，直到當年寧壽宮中那一鬧，才看出他並非愚輩。他把帝王家看得太透，荒唐是保命之道，他當年應是不希望你太出挑。」

「他是怕我木秀於林，給他惹禍。」步惜歡嘲諷道：「別人隱忍是為了成全大志，他荒唐只是怕死罷了，與其死在政爭上，不如醉生夢死安享富貴。好死不如賴活著，他從未像個男兒那樣堂堂正正地活一回。」

說著，步惜歡咳了起來，暮青忙放下碗筷，撫著他的胸口嘆氣。「你也真是，每回提起他都生氣，卻偏愛提他。」

步惜歡苦笑道：「我是意難平，正如妳所說，我雖怨他，卻也只是怨他罷了……我盼有朝一日再見，他能活得像個人樣些，可只怕到我死的那天，這人還是老樣子。」

暮青愣了愣，當年她與恆王在寧壽宮中的話，他果然聽見了……

「你想見他嗎？」暮青問，她忽然覺得今日是當局者迷，她和魏卓之的顧慮或許是錯的，也許該讓阿歡和恆王見上一面。

步惜歡愣了愣，不由猜測此話之意。

暮青認真地道：「阿歡，有件事我不該瞞著你，他其實……」

「本王其實在島上！」一道人聲忽然從山中傳來，猶如一聲霹靂，驚得暮青猛地站了起來。

恆王身穿僧袍從林中走來，晚風吹得僧袖舒捲，白髮飛揚，昔年醉生夢死之人，竟有幾分疏狂氣勢。

暮青掃了一眼四周，見梅姑、老翁和侍衛們皆無意外之色，顯然早知恆王到了，只是未稟。

「……父王？」步惜歡怔在當場，一聲父王輕如晚風拂柳，拂於耳畔，卻入心頭。

恆王腳步微頓，自他登基後，兒為君，父為臣，這聲父王便再也不曾聽過了。此刻他驚怔未醒，仰頭呼父之態倒像極了兒時的樣子。

「何謂堂堂正正？譬如父替子命嗎？」恆王一怔即醒，不無嘲諷地問。

步惜歡看向暮青，仍然一副愣態。

暮青道：「前夜船隊被風浪帶到了此地，巧的是空相大師半年前也因風浪滯留在了島上，重逢是喜事，本不該瞞你，但……」

但因何故，暮青未講，聽著恆王之言，步惜歡便猜得八九不離十了。他浮起一絲自嘲的笑，坐著答：「恆王過慮了，世子已故，何人需你替命？」

恆王世子曾有兩人，一人登基為帝，一人被斬於盛京，這句已故，話外說的是步惜塵，話裡是在說誰，誰又知道呢？

恆王嗤笑一聲，往海上一指。「陛下與皇后殿下一唱一和的功力爐火純青，若不是空相和尚借來的船就停在那兒，本王還真信了你們。」

步惜歡和暮青望向海上，雙雙一怔——海上停了艘護洋船，兩人早瞧見了，但都以為是來時乘坐的那艘護洋船從北岸跟過來了，故而沒放在心上。

恆王以為他們是故意在此演戲，這誤會鬧得……

步惜歡慘然一笑，他沒問恆王為何而來，船已贈予空相大師，而今夜海上有霧，暮色將盡之時他獨自前來，是為何故再顯然不過。他站起時眸中的波瀾斂盡，唯餘淡涼嘲諷。「你不信便不信，莫要賴在朕身上。你捫心自問，這輩子信過誰？」

恆王不動，也不說話，只是與步惜歡遙遙對視著。

步惜歡道：「你沒信過，朕信過。當年，當朕不得不荒唐欺世、隱忍謀生時，朕曾想過你，想你半生荒唐是否也是逼不得已，想朕兒時每受皇祖父的賞賜，你總會鬧出些荒唐事來，叫朕在宮裡受些冷落，是否有護子之意。父子一場，朕的命是你給的，你再荒唐也不欠朕的，朕怨你只是因為母妃。有時朕寧願你當年跟劊子手拚了，縱然是死，也死得像個男人，好過醉臥美人窟，致她叫天不應、叫地不靈，死得如那般絕望屈辱……人命固然可貴，可你若擔不起成家的責任，自己苟且偷生也就罷了，何必娶妻生子？你……就繼續這麼苟活著吧，日後上了黃泉路，撞不見母妃，也撞不見我，我們母子早已投胎，來世與你不再相見，也是上蒼垂憐。」

說罷，步惜歡對侍衛道：「傳朕旨意，撤了那些暗船水鬼，恆王要走，有阻攔者，以抗旨論！」

他雖不知魏卓之有何部署，但猜也能猜得到。

侍衛接旨，即刻縱身而去。

恆王立在斑駁的樹影裡，神色晦暗不明，話音輕飄飄的：「而後本王一走，暗船便趁霧色截下本王，神不知鬼不覺地把本王押上寶船，陛下既可續命，又可得一個孝子之名，一箭雙雕，豈不美哉？」

「你！」步惜歡看著恆王，一股甜腥入喉，他硬是將那口血吞下，眼前一黑，倒了下去。

侍衛們大驚，卻見皇后和兩位高人皆未動，三人望著林中，海浪淘沙，枝葉颯颯，殺氣如弦，彈指可出。

「少主人。」梅姑冷冷一笑，中蠱之人忌大喜大悲，這位太上皇卻偏要招惹兒子，見過找死的，沒見過這麼找死的。

暮青淡淡地道：「王爺如願了。」

梅姑和老翁正待綁人，聽聞此話一怔，皆不知何意。

恆王嘲弄地一笑。「應該是皇后殿下如願了。」

暮青道：「這非他所願。」

恆王嗤笑道：「人生在世，誰能事事如願？本王生他時就沒問過他的意願，死這事兒上，自然也由不得他。」

說罷，他走出林子，走向海邊，望著一線殘霞，負著手喝問：「烏舟呢？再不來，等著發國喪呢！」

世間最說不清的莫過於情分二字。

恆王忽然改了主意，其中緣由誰也猜不透，暮青也是在他出言激怒步惜歡的那一刻才察知其意的。

恆王並非愚輩，聖旨已下，即便他懷疑有詐，也不該直言犯上。他生在帝王家，明明深諳進退之道，卻句句夾槍帶棒，找死之舉與一貫偷生的做派相差甚遠。

暮青不知恆王是何時、因何故改了主意，她只知步惜歡不會答應移蠱，唯有趁他不省人事時方能成事，只能說知子莫若父。

恆王登上烏船的那一刻，暮青望著他的背影，從未想過事情會以這樣的方式收場。

殘陽西沉，黑夜明明將至，卻又似乎永不會來臨了。

最後一抹晚霞沉入海平面時，恆王登上了寶船。

梅姑請暮青別屋等候，只留老翁進屋護法。暮青未爭半句，只是坐在房門外守著，聞著門縫兒裡傳出的血腥氣，看著魏卓之在甲板上來回踱步，看著海上的大霧騰起又散去，看著金烏從無名小島那頭升起。

這是她一生當中最忐忑的一夜，也是最安心的一夜。

晨暉灑落在門前欄杆上的一刻，海上傳來一道佛偈聲，空相大師再次乘舟而來。

魏卓之將空相大師請上了船，兩人來到門口時，房門恰巧開了。

梅姑與老翁出來，見到空相大師，恭敬地見了個禮，說道：「太上皇的功力遠不及陛下，老奴不得已施針鎮住了血蠱，但只怕……太上皇很難撐得過今日。」

暮青一聽，忙請空相大師進屋。屋裡充斥著血腥氣和汗味兒，內室傳來了步惜歡虛弱的話音。

「父王……」

恆王含混不清地應了聲，緊接著便咳了起來。

暮青頓住腳步，思量再三，與空相大師不聲不響地退了出去。

日頭躍海而出，慢慢悠悠地升到頭頂的時候，月影開了房門，恭敬地道：「太上皇請皇后殿下入屋一見。」

暮青進了屋，一撥開珠簾，便吃了一驚。

步惜歡跪在榻前，月袍蒼白如雪，如披孝衣。恆王躺在榻上，心前結著針叢，血蟲的蟲囊大如老拳，觸目猙獰。

步惜歡大病初癒，正是虛弱之時，卻握著恆王的手腕，試圖度氣給他。

暮青急忙取了件外袍給他披上，恆王掀開眼皮，與暮青目光相撞，虛弱地道：「事到如今，妳還不肯給我見個禮嗎？」

暮青望著恆王，腦中竟不合時宜地回想起步惜歡的話——而後隔不了幾日，他便會鬧出樁荒唐事來，惹得皇祖父大怒。

世間沒有無緣無故的荒唐，恆王生在宮中，在宮牆內生存必定比在王府艱難，聰慧之人本該有志，卻變成了懦弱之輩，這期間定然發生過什麼事。一個孩兒不停地荒唐胡鬧，惹怒父親，先帝與恆王這對父子之間的恩怨，不知又有何故事？

先帝已故多年，恆王也將西去，舊年之事早已埋入塵埃裡，很難為人知曉了。

暮青心頭湧起一陣悲意，跪到榻前，垂首道：「媳婦見過父王。」

恆王有氣無力地嗯了一聲，眉心緩緩地舒展開，問：「我問妳，若我不答應替命，妳待如何？」

暮青聞言一僵，但未扯謊。「我前日命魏卓之點水鬼暗船盯著島上，早已做好了趁昨夜大霧動手的準備。」

步惜歡看向暮青，見她面色堅毅如鐵。

恆王問：「妳該知道他的秉性，他絕不會答應移蠱，妳殺他父王，就不怕他與妳生了嫌隙？」

暮青默然良久，說道：「我走。」

走之一字說出口，比她當面承認部署要艱難得多，她不懼隱瞞，只是不敢與步惜歡對視，怕看見他沉痛的神情。但即便她避著，仍能感覺到那目光鎖著她，深沉似海，如山不移。

恆王哼笑一聲：「本王總算知道他一個帝尊，怎麼在婚事上如此任性，寧棄半壁祖宗江山，也非妳不可。你們真是……一樣的執拗，坦途不走，偏向荊棘，倒是……般配……」

暮青愣了愣，沒想到會聽到這樣一番話。

「妳的性子……和他母妃有些像，但他母妃出身書香門第，柔弱了些……妳不一樣，妳擔得住事……」恆王費力地將手從步惜歡的手中脫出，握住暮青的手腕，把她的手交到了步惜歡手中。他已睜不開眼了，話音像是從嗓子裡擠出來的，咕咕噥噥，但還是費盡氣力把話說清了：「好好……過日子……」

步惜歡沒作聲，只是跪在榻前望著父親，安靜的深處是三言兩語難以說清的心緒。

過了許久，見恆王氣息漸短，步惜歡才喚了聲：「父王？」

恆王咕噥著咳了幾聲，問：「空相大師……可來了？」

暮青急忙去請，空相大師到了榻前，見到恆王受苦之態，不由悲憫地吟了聲佛號。

恆王掀了掀眼簾，說道：「請師父為徒兒剃度。」

步惜歡一愣。「父王！」

「善哉善哉。」空相大師打斷了步惜歡，禮道：「了塵雖帶髮修行，但仍屬皈依佛門，他今日塵緣已了，發願落髮，還請貴人迴避。」

父王命不久矣，剃度乃他所願，步惜歡依了，卻不肯出去，暮青將他扶到一張小榻上，讓他隔簾觀禮。

屋中焚上了香案，空相大師運力令恆王坐起，封穴為助，助其受戒。恆王盤膝而坐，閉目誦經，儀規漫長，他汗出如雨，卻眉目平靜。

珠簾掩著內室的人影，經唱法語之音響起，空相大師以指代刀，指刀過處，髮落如塵去。

暮青望著那飄落的綹綹白髮，忽然明白了何謂落髮——金刀剃下娘生髮，除去塵牢不淨身，圓頂方袍僧像顯，法王座下又添孫。從此，世間多了一位皈依之人，有關恆王的種種，皆隨此髮去了……

空相大師雙手合十誦持經文，恆王耐心恭聽，法音如水，徐徐而逝的一瞬，他緩緩地閉上了眼。

「父王？」步惜歡在簾外喚了一聲，便想起身。

「阿彌陀佛！」這時，一聲佛號響起，若平地一聲雷音，震得珠簾嘩啦啦一響！

法音繞梁，窗櫺暗動，步惜歡竟被震得坐回榻上，只聽嗖嗖數聲，空相大師一拍恆王肩頭，掌力將他推得原地一轉，金針飛出，嗖的釘在了床柱上！針上帶著黑血，腥臭無比，金針一失，血蠱大動，恆王雙目暴睜，眼中血絲如網，心如刀絞之時，忽覺後心有雄渾之力湧入，如山似海，綿厚不絕。

暮青以為空相大師在運功助恆王壓制蠱毒，卻聽步惜歡道：「……大師在為父王傳功。」

暮青驚住，空相大師年事已高，失了功力，還能安好嗎？

只見錦帳翻飛，珠簾震盪，屋中罡風四起，暮青漸有赤身立於雪地之感。這時，一幅廣袖拂來，捎著月色和風，將那罡風一擋，步惜歡不知打哪兒生出的力氣，竟攬住暮青退到了門外。

傳功既已開始，誰也阻攔不了，兩人望著緊閉的門扉，煎熬地等著。大約一炷香的時辰後，屋中傳來了恆王悲急的聲音：「恩師！」

暮青與步惜歡相攜而入，見空相大師倒在榻上，面龐泛著青灰，形如枯槁。恆王的面色雖然蒼白，蠱囊卻受佛功壓制，乾癟了許多。

暮青心中悲痛，空相大師不僅是外公的摯友，還是她與阿歡的恩人，今日莫非要圓寂在此嗎？

「皇后殿下……」空相大師話音蒼啞，說道：「殿下乃異星降世，七殺入命，主司生死，命局主……離出生之地，方可起運，且一生中必遇一次極大的波折。殿下年少離家，運起軍中，懷的是天下無冤之志，卻終問鼎神女尊位，成執政大業……而今，命局皆已應驗，餘生已無大險。而陛下……陛下紫微入命，乃天降帝星，布政四海，多得賢助，心念蒼生，必可成千古一帝。老僧仍是當年之言，以黎庶為念，定得天道相助，逢凶化吉。」

一番囑咐說罷，步惜歡和暮青都愣了，暮青為的是那句「異星降世」之言，步惜歡則心中犯疑，紫微斗數不是道家之學嗎？

「了塵。」空相大師道：「雲遊五載，為師已將佛法度於你心，又將百年功力度於你身，雖不能除此惡蠱，卻可延你之壽……如今，你已了卻俗世之緣，日後當潛心修佛，普度眾生。切記……人人皆有如來智慧德能，但以妄想執著不能證得。一念成佛，一念成魔，念是執著，成是妄想，佛魔是分別……執著，妄想，分別，皆放下，即成佛。」

「弟子謹遵恩師教誨。」恆王深深一拜。

「送為師上島吧。」空相大師道。

步惜歡下旨備船，恆王已能下地行走，他拒絕了侍衛的幫攙，執意將空相大師背出了房門。

「請二位貴人留步。」恆王朝步惜歡和暮青施了一禮，說道：「陛下大病初癒，望以龍體為重。」

「父王……」

「阿彌陀佛，貧僧法號了塵。」恆王背脊彎著，眉目低垂。「二位貴人若想上島，還請三日之後。」

說罷，他便背著空相大師乘船而去了。

嘉康六年十月初七，當世高僧空相大師坐化於無名島，弟子了塵於石廟中鳴鐘誦經，鐘聲響徹島嶼，經音三日不絕。

十月初十晨，南興帝后率海師諸將登島，辰時一至，帝后親白將靈龕扶入茶毗所，虔誠念佛，禮祭空相大師。

傍晚，晚霞映紅了青苔石階，石廟裡的經聲停了，話音伴著木魚聲傳出：「化身窯七日後方可開啟，二位貴人國事在身，宜早歸。」

帝后素衣坐於佛像前，相互看了一眼。

步惜歡問：「大師日後有何打算？」

了塵和尚道：「為師誦經，閉關潛修，雲遊列國，四海為家。」

步惜歡又問：「此生還能再見否？」

了塵和尚道：「萬法緣生，皆係緣分，緣未盡，自再會。」

青石縫兒裡，一株青草在晚風裡搖擺，晚霞映著草尖兒，也柔也韌。

了塵和尚敲著木魚坐在青燈佛影裡，佛香嫋嫋，模糊了僧袍，那青灰的背影幾乎與生著青苔的石佛融在了一起。

帝后再未多言，只是鄭重三叩，相攜而起。

廟內經聲復起，帝后離島而去了。

十月十一日清晨，一聲船號鳴於海上，步惜歡和暮青遙叩海島，艦船揚帆起航，駛向了歸國的航路。

第三章

帝后歸來

艦隊啟航後全速航行，遇風靠島，逢港補給，終於在十二月底駛入瓊海，望見了星羅。

星羅地處大興最南端，氣候溼熱，夏長冬短，海上終年通航，無颶風大浪不休市貿。

艦隊駛入星羅港口這日是十二月二十二，灶王節將至，海上船舶相接，物貨浩瀚，往來交接，絡繹不絕。

巳時一至，海上響起號角聲，號聲高亢嘹喨，乃銅角獨有之音。銅角是官號，民船禁用，一聞號聲，海市上便知有官令到了。

官府昨日在港口貼出了告示，今日帝后大駕乘寶船入港，巳時至午時，海上休市。

此事早已有跡可循，三日前，龍武衛、左右驍衛、勳衛、武衛、威衛、虎賁等兵仗羽衛、禁宮侍從浩浩蕩蕩地抵達星羅，駐於廣林苑。廣林苑乃宣宗時期所建，苑內宮室臺榭極多，玉闌寶柱、柳鎖飛橋，錦石纏道，林壑茂密，宣宗皇帝南巡後，此苑便設作官家園林，民不可入。

前陣子從嶺南來的商隊稱洛都宮中失火，天子駕崩，叛軍生事，連通雲州鎮陽縣、鄂族慶州及嶺南大邊縣的貿易市鎮已空，又說因大圖內亂，鳳駕有險，聖上親征大圖，前線至今未聞捷報。

國不可一日無君，聖駕親征百日有餘，海師演武大半年未歸，坊間難免有些流言蜚語。

就在這關頭，兵仗羽衛抵達星羅，官府貼出告示，稱帝后大駕將乘海師寶船歸來。

一時間，流言散盡，百姓奔相走告。自宣宗後，星羅已有三百餘年未接駕過了，海港至廣林苑路上的客棧食肆、茶樓香鋪、戲院歌樓被搶占一空，今日天剛破曉，海港附近的長街上就擠滿了百姓。

當今聖上幼年登基，權相攝政，外戚專權，一朝親政，先治軍權，後革士風，廣開言路，勵精圖治。短短數年，士門臣服，學子擁護，賢者稱道，百姓安居。當年，誰也沒想到，大興國祚六百餘年，劃江而治後，還能迎來一位興國明主。

當今皇后更是位奇女子，從仵作之女到一國之后，征戰屬國，復國執政，以女子之身入主神殿，任一國神官，掌半國之政，可謂千古第一人。

帝后分離五載，而今攜手歸來，誰人不想一睹風采？

銅號聲一鳴，兵仗清道，馬踏長街，星羅騎軍策馬而來，戰馬披甲護額高駿威凜，精兵面容冷肅甲冑森寒，馳騁之勢如龍入港，所到之處喧聲消寂。

儀仗緊隨兵仗之後，由星羅刺史、總兵為引，大纛華車導駕，星羅文武盡列其中，旗陣中穿插著身披重甲精兵角士，帝后乘坐的玉輅由出使大圖迎接鳳駕的使節團駕引，駕士簇擁，宮人相隨，御林十六衛護駕，陣勢浩大如海。

同時，海上鼓號聲起，八十一艘戰艦揚帆出海，艦船高如城牆，白帆相接，海上頓時闢出一條帆路來，一眼望去，蔚為壯觀。

半個時辰後，海面上有艦隊現出，初如鳥群聚於蒼穹，再似島嶼坐落一方，當艦隊如崇峰高樓般駛入眼簾時，海上號角齊奏，戰鼓雷動，萬千將士呼聲震天：「恭迎陛下，吾皇萬歲！恭迎皇后，娘娘千歲！」

寶船上以號聲為應，海港上，百官宮侍、兵仗羽衛聞聲而跪，叩首山呼。

眾艦護著寶船自帆道上駛過，依次靠岸，宮人引華毯而來，自玉輅前一路引至艤板舷梯，而後跪於棧橋兩旁。

日高風清，帝后相攜而來，星羅刺史、總兵率文武跪候多時，只見華毯上山河錦繡，帝后自山河中來，衣袂如霞染盡萬里河山，裙裾青青遠勝天高海闊。

一聲平身，慵懶矜貴，星羅文武高呼謝恩，卻無人敢起——帝后未登玉輅，平身不合禮制，且跪了個把時辰，腿早麻了，平身只怕會御前失儀。但不平身又有抗旨不尊之嫌，究竟是該起還是不該起？

這時，忽聞皇后開了口——

「剛下船，又要乘車，能騎馬嗎？」皇后嗓音清冽，攜霜捎雪，侵人肌骨。

「年後回京路上再騎可好？」帝音懶散，卻消了幾分矜貴，添了說不盡的柔情，和煦化寒，撓人心脾。「娘子昨夜操勞，怕是騎不住馬，為夫以為，乘車好些。」

此話壓得低，偏偏風也低人也靜，入得四方耳中，眾臣頓時繃住身子。

皇后冷哼一聲，惱道：「騎不住馬便騎不住，騎得住你就是！」

說罷，逕自朝著玉輅去了。

星羅文武伏於駕前，大汗淋漓，閉著眼默念——聽不見！聽不懂！

噗！

不知是誰不怕死，竟笑了聲，有耳尖的聽著像是魏大帥的聲音。

聖上瞥了眼魏大帥，似惱未惱，緊隨皇后而去的步伐甚急。

玉輅前，使節團眾臣高呼見駕，鳳駕啟程當天洛都生變，王瑞等人是被半遣半護著回國的，三個月來，聽說鳳駕遭北燕帝所劫，聽說神甲軍不救鳳駕反奔鄂族，聽說御駕親征涉險，聽說帝后登船而返……由驚轉怒，由怒轉憂，由憂轉喜，其中心情實難言說。一收到海上傳來的聖旨，眾臣就棄車騎馬，馬不停蹄，趕到星羅那天，馬跑死了幾批，騎馬的人腿都磨破了。

此番隨行的人中還有小安子和彩娥，兩人見到帝后皆喜極而泣。

這一路太坎坷，暮青幾度以為回不來了，今日重逢，備感親切，不由問：「其他人可好？」

小安子道：「回娘娘，崔老夫人前陣子病了一場，駕不得快馬，只能乘車慢行，約莫要晚些日子才到。」

暮青沉聲問：「病了怎不養著？可好些了？」

彩娥答：「回娘娘，郎中說是憂思所致，一聽聞娘娘平安，老夫人就大好了。車駕有駱小爺護衛，老夫人身邊有崔公子和香兒姑娘服侍，應無大礙。」

楊氏服侍暮青已有六、七年，不說親如母女，也是親如家眷。楊氏要來，彩娥等人自是勸不住，暮青得知人沒事，便安心了。

只除了……

想起呼延查烈，暮青神色一黯，那截髮辮一直在她懷裡揣著，查烈離去近一旬，也不知走到哪兒了，年節將至，今年沒人為他添衣編髮，陪他打獵守歲了。

這時，掌心傳來暖意，暮青一轉頭，便望進了步惜歡那雙含笑帶憂的眸裡。這兩個月在海上，兩人朝夕相對，她為他調養身子，他也想方設法地撫慰她的心。他被那日那句「我走」驚著了，總怕她擔著事，日日察著她的神色，生怕一轉身，她便會不見了似的。這段相互治癒的日子彷彿是上蒼給他們的補償，而今，他們的一喜一怒都牽動著彼此，無需言語都能察知對方的心意。

暮青不希望呼延查烈回大遼一事傳揚出去，以免節外生枝。她將眼簾一垂，步惜歡便懂了，說道：「岸上傳信比海上便捷，會有消息的。」

暮青應了聲，瞥了眼王瑞等人——眾臣見駕，這人也不宣起，打算晾人多久？石溝子鎮一事，是兄長與她的決議，不怪王瑞等人不勸諫。

步惜歡望去，目光轉涼。

王瑞忙伏低請罪。「臣等疏於勸諫，致鳳駕涉險，有負聖命，罪該萬死！」

步惜歡道：「你是有罪，你兒子倒是好樣兒的。此番出海演武，他勇攀北燕使船，助魏卓之燒了船，令北燕名將陳鎮葬身海底，替黼大帥和五萬黼家軍報了仇，立了大功。朕可不願當著有功將士的面兒問罪其父，你就沾一回你兒子的光吧！」

王瑞聞言猛地抬頭，只見魏卓之身後跟著個小將，面頰黑黢黢的，眼神藏銳，神采英拔，不細看，都快認不出來了。

時隔五年，父子重聚，因隔著帝后大駕而不便相認，只能遙遙相望，各自噙淚。

王瑞耳畔忽然便縈繞起天子當年之言——朕就不信，跟在一群忠義之士身邊，會磨不去紈褲之氣，練不出兒郎血性來，說不定他日歸來，他真能給你光宗耀祖。

王瑞止不住熱淚，顫巍巍地呼道：「微臣謝陛下隆恩！」

步惜歡倦倦地道：「今日乃皇后回國的大喜日子，朕為皇后討個吉利，都平身吧！」

眾臣喜出望外，急忙謝恩。「臣等謝主隆恩！謝皇后娘娘福澤！」

暮青心中發笑，這人本就沒有問罪之意，偏要當眾恩威並施。王家父子一文一武，父乃朝廷言官，子乃軍中後生，雖品職尚低，卻是可造之才，再歷練個十來年，必成朝廷中堅力量。

今日與其說是籠絡王瑞，倒不如說是施恩其子，步惜歡的眼光一向放得遠。今日星羅文武、百姓皆在，四面是眼耳口舌，他妥妥地得個仁君之名，還往她臉上貼了層金，論權術，這人真是修煉得爐火純青。

「娘子請入輦。」這時，步惜歡的聲音傳來，暮青望去，見他已入玉輅，正伸手過來，笑吟吟地望著她。

忽然，一陣鳥鳴傳來，穿雲破風，瑞氣襲人。

暮青仰頭望去，見青空萬里，海鷗盤旋，日色清風皆使人醉。

她展顏一笑。

五年了，終於回來了。

年關將至，帝后駕臨星羅，召見星羅文武誥命自是難免。翌日便是小年，召見之事便擇在了這天。

小年這天，五更時分，廣林苑外落滿了轎子。星羅刺史齊居簡、總兵王靖、鎮南大將軍魏卓之率六品以上文武百人自東門而入，往寶籙宮候駕。各府的誥命、敕命則自西門而入，入集芳宮候駕。

延祥宮中，小安子和彩娥率太監、宮女們服侍帝后晨起，步惜歡一轉身，見暮青盛裝坐在妝檯前，宮人正為她正冠，那銅鏡裡的容顏只略施脂粉，便似霏霏霜雪中孤放的一朵寒梅，天地皆寂色，獨此一枝香。

他不禁有些恍神，她真的回來了嗎？此後歲歲年年，再不分離，就這麼晨昏相伴，白首不離嗎？

暮青轉頭望去，見步惜歡立在窗前，兩袖攏著天光，騰雲相繞，瑞龍護從，矜貴無匹。他本不愛瑰麗之色，卻偏愛為她披這身紅袍，彷彿披了這身紅袍，便會被紅塵網羅在凡間，求一世執手，相伴不離。

當初在海上，她真的以為要失去他了，這些天，每當晨起時看見他，她都無比感激那些逝去的抑或遠行的人。
兩人就這麼互相看著，不知看了多久，步惜歡笑道：「美。」
暮青道：「你搶了我的話。」
步惜歡笑了聲，走到妝檯前接過了彩娥的差事。
彩娥領宮女們退去一旁，小安子抱著拂塵守在殿外，端量著天光，卻不提醒時辰。
步惜歡一邊幫暮青正冠一邊嘆道：「這才剛下船，為夫就開始懷念在船上的日子了，真想此生日日都與娘子弈棋作畫，遊歷河山。」
暮青道：「退休之後倒可成行。」
步惜歡苦笑，那可還有好些年呢。「今日晌午設宴，晚上無事，妳我共度佳節可好？」
「好。」
「為夫想念娘子的手藝，娘子可願下廚？」步惜歡問，暮青待會兒要召見命婦，晌午還要同臣屬用膳，他捨不得她操勞，不過是看她答應得痛快，逗她罷了。
「好。」
「聽說今夜有廟會，不如咱們也去湊湊熱鬧？」

「行。」

「那不如把替子宣來，召見之事由他去，妳我這就去市井走走可好？」

「也可。」暮青笑了笑，陪著步惜歡演。

步惜歡笑道：「娘子從前甚嚴，如今事事縱著為夫，倒叫為夫受寵若驚了。」

暮青道：「此後餘生，我都會寵著你。」

這可不像戲言，宮女們面頰發燙，步惜歡吟吟一笑，眸波之柔勝過了初生的晨光。

「那回宮後，朝事改作三日一開可好？這些年來為夫勤政，著實疲累，如今娘子回來了，妳我也該過過小日子了。」步惜歡得寸進尺，毫無去意。

暮青見這人沒完了，瞥了眼大亮的天，說道：「望陛下莫要恃寵而驕。」

步惜歡長笑一聲，這才道：「晚上無事，把下船前那盤殘局擺一擺吧。」

這句才是真的。

暮青應了，步惜歡這才心滿意足地往寶籙宮召見星羅文武去了。

彩娥領著宮女們近前，一番整衣正冠之後，暮青也起身出宮，前往集芳宮召見命婦。

帝后之間的小日子，就在這晨時的幾句閒話間，細水流長。

星羅冬短夏長，冬日溫暖如春，從無嚴霜。集芳宮外遍植天下名花，瓊林幽翠，奼紫嫣紅，宮內玉梁雕棟，鮮霞堆錦。

辰時一到，鳳尊駕臨，候駕已久的誥命、夫人們忙離席叩迎。

宮裡遍鋪梨木地板，上覆盤金織毯，皇后自錦繡團花中行來，雪裙玉帶，雲袖錦帛，行路間裙裾錦帛覆於毯上，若繁花堆雪，從無嚴冬的星羅忽然便添了幾分清冽寒意。

命婦們伏得低了些，少頃，鳳尊入座，內侍宣唱，命婦們依品級見禮。今日是節慶日子，又逢鳳尊回國，地方官婦覲見是難得的榮寵，故而參拜之禮甚是繁複，百十來個人，光見禮就耗了一個多時辰。

禮畢後，上首傳來一道清音：「平身吧。」

皇后嗓音清冷，令人聞之心神一醒。

命婦們謝恩入席後，小心翼翼地望向上首。只見皇后盛裝而坐，雲堆雪簇，金冠為冕，此冠不及鳳冠華美，不及珠冠秀麗，不見翠玉堆錦，不見團花錦簇，只以鎏金步搖為綴，金光耀目，尊貴冷肅，風姿拔群。這等風姿氣度著實不似女兒家，偏那容顏是多少女兒家爭比不得的。

今逢節慶日子，皇后這一身行頭未免清素了些，但誰也不覺得不襯場合時節——天下之大，能加冕的女子，當今皇后是千古第一人。她不單是南興皇后，她還是大圖神官，是鄂族神女，執掌半國之政，提點一國刑獄，她做了世間女子不敢想、敢想也不敢為的事，給女子長了臉面。

命婦們一邊畏懼著鳳尊威儀，一邊懷著好奇之心，氣氛暗湧。

宮人們魚貫而入，為命婦們換上新茶，眾人忙謝恩品茶。

暮青望向下首，目光落在一人身上——蕭芳。

蕭芳一身二品誥命的行頭，花團錦簇，倒將一身霜冷之氣掩去了幾分，人也比當年圓潤了些。

兩人目光一接，眸中皆帶著笑意。

暮青道：「看樣子，妳在魏家過得不錯。」

命婦們循聲望去，見皇后正與魏夫人說話，兩人之間的情誼，眾人耳聞過。聽說當年皇后扮作男兒入朝為官，官拜江北水師都督，曾闖入官妓所，把魏夫人強贖回府，拜堂成親，此事也是驚世駭俗。

魏夫人與皇后交情匪淺，又是蕭大帥之後，頗得將士們與星羅百姓的敬重，又有魏大帥寵著，日子過得羨煞人，只除了……無子。

「勞娘娘掛念，妾身一切都好。」蕭芳欠著身答道。

「嗯。」暮青應了聲，望著外頭道：「前些日子在海上腳不沾地，好不容易靠了岸，坐著甚乏。聽聞廣林苑景致不俗，不妨出去走走。」

此話聽著尋常，實則體貼。

這一殿命婦盛裝而來，三更梳妝，五更方能到廣林苑，候駕候了一個時辰，見禮又是一個時辰，午時大宴，少說也要一個時辰，若一直這麼坐到午後，怕是誰也受不了。

蕭芳不良於行，今日有幾位老誥命出去賞景，誰有內急，可悄悄退下；誰想鬆口氣，也可尋人閒談幾句，比在殿內謹守著禮數要好得多。

官家婦人皆是精明人，心中不由驚奇：聽聞皇后是個清冷的人兒，以為性情孤傲，不料竟如此心細。

午膳擺在玉津園內，從集芳宮中過去，沿路有藏春門、靈嬉園、柳鎖飛虹、碧水洞天等景致。此時已過巳時，命婦們伴著鳳駕漫步園中，幾位老誥命說著苑中舊事，鳳駕雖只是應幾聲，瞧神態倒也聽了進去。

逛了片刻，眾人一抬眼，見前頭垂柳成林，一座仙橋自紅花綠柳中拔地躍起，雁柱闌楯，形似駝峰，氣勢峻拔。皇后走上飛橋臨高遠眺，雪帶雲袖乘風而起，青空澹澹，日高風清，這柳鎖飛虹之景忽然便生了靈氣。命婦們不敢擾駕，卻見橋頭那邊奔來一個小太監。

宮人道：「啟稟皇后娘娘，星羅文武已伴駕往玉津園去了。」

暮青淡淡一笑，說好了午時開宴，有人是怕她不擅交際，這半日難熬還是怎的？竟差人來稟，讓她早早過去。

玉津園內蓄泉為湖，壘石為山，建有山廊水殿，殿廣百丈，上砌觀樓，下闞湖光，乃當年宣宗皇帝鍾愛之所。

鳳駕到來時，星羅文武已於山廊內入座，聽見唱報，紛紛叩迎鳳駕。婦人們也忙叩拜帝王，唯獨皇后見駕未拜，逕直行過山廊，入了水殿。

少頃，殿內傳出一道慵懶含笑的聲音。「平身吧，今日共度佳節，朕心甚歡，盼眾卿同樂。」

星羅文武同命婦們謝恩入座，只見殿門大開，一枝茶花置於几旁，帝后伴花而坐，紅塵網著清風，楓色染了清霜，真真如詩如畫，神仙眷侶。

帝后經海路回國一事的內情，官場中已聞風聲。聽說，北燕帝混入大圖劫持了鳳駕，聖上向大圖朝廷借道入境，御駕親征，一路浴血，在余女鎮大敗北燕兵馬，兩國海師激戰於海上，北燕名將陳鎮被魏大帥所殺，北燕帝重傷，生死不明。

若北燕帝駕崩，江北是否有收復之機？

聽海師將領們說，大圖天子遇刺乃長公主所為，如今叛軍生事，國內大亂。皇后娘娘手握大圖半壁江山之權，帝后眼下似乎是想好好過個年，但年後……這四海局勢怕是會很有看頭。

「酸。」正當星羅文武的心思飄到國事上時，忽聞一聲鳳音，皇后從果盤中拿了只青棗嘗了口，眉心微蹙，隨手放下了。

星羅刺史的心頓時提了起來，貢果是刺史府備的，皇后不喜，這家商號日後不用倒也罷了，但……罰是不罰？

這時，聖上慢悠悠地將青棗拿起，就著皇后品過的地方嘗了一口，美滋滋地道：「甜。」

刺史愣了愣，皇后言酸，聖上道甜，這棗子究竟是酸是甜？

皇后哼道：「有本事你都吃了。」

聖上當真又嘗了口，眸波含笑，與在寶籙宮中問政時的矜貴氣度別有不同。

「哎！」皇后急了，欲奪卻被躲過，不由瞪了聖上一眼，挑了顆梨子嘗了一口遞了過去。「這個甜。」

聖上的笑意卻淡了幾分。「分梨謂之分離，這可是娘子說的，忘了？」

暮青一愣，她是說過，在船上。那天，侍衛端來幾只梨子，因船上新鮮蔬果難得，步惜歡正養身子，她想留給他，就以此為說辭，沒想到他當真了。

「此後餘生，惟願朝朝暮暮，白首不離。」步惜歡望著暮青，眉宇間鎖著的繾綣深情，似那青棗的滋味，是酸也甜，久而不散。

山廊上，湖光瀲灩，映紅了人面繁花。

水殿內，帝后彼此凝望了許久，皇后又剝了只柑橘遞了過去。

「許你甜蜜吉祥，這總行了吧？」皇后嗓音清冷，語氣卻有幾分哄人的無奈。

聖上把柑橘一分為二，一半遞給皇后。兩人一瓣一瓣地剝著橘絡品著柑橘，山青水綠，日暖花紅，兩情久長，莫過於此。

「啟奏陛下，午時了。」小安子待帝后品罷柑橘才稟奏時辰，一聲開宴傳出殿廊，驚醒了無數豔羨的目光。

禮樂聲起，宮人們捧著珍饈而來，宴一擺齊，歌舞名伎便翩翩而至，一時間，雲高樂和，君臣同樂。酒過三巡，老誥命們悄聲話著家常，命婦們時不時地瞥向殿內，舞姬們的雲裙水袖遮掩了殿內的光景，依稀可見帝后為彼此布著菜，聖上舉箸落杓間優雅矜貴，他只是在皇后身旁笑著，皇后那一身清霜就跟融了似的。

鳳尊遠居神殿的這些年裡，聖上專於社稷，未納一妃半嬪，不知令多少人匪夷所思。可今日見了鳳尊其人才忽然明白了——人世間最好的姻緣莫過於夫妻相配，白首成約。

這一往情深，豈能不羨煞了人？

今日是灶王節，按習俗要祭拜灶君，午宴後，帝后便未留星羅文武及其家眷，待人走宴散，兩人便相攜回宮。

步惜歡離開汴都已有半年之久，本該快馬加鞭回京，卻執意在星羅逗留，半點兒也不急。

「咱們剛回來，消息尚未傳遍天下。國不可一日無君，你就不怕有人動什麼心思？」暮青一回宮便將棋局擺上，一邊對弈一邊問道。

步惜歡一察覺北燕的意圖便命替子留在嶺南行宮，自己率隱衛潛入大圖，路上得知她被劫後，立刻命替子向大圖借道。於是，替子扮作帝駕率軍入了大圖，步惜歡在半路上與大軍會合，這才趕到了余女鎮。

自替子離開行宮，御駕親征的事就傳出去了，這幾個月，朝政是陳有良帶著執宰班子在處理。這幾年雖然國泰民安，但朝中文武政見不同是常事，地方官吏也難說都擁護新政，故而不得不防。

「如此豈不更好？」步惜歡望著棋局，氣定神閒。「這幾年，朝中文武齊心社稷，雖是好氣象，亦當居安思危。盛世之下必有腐蛀，此番大張旗鼓地親征，若不掀幾隻蛀蟲出來，豈不可惜？」

暮青翻了個白眼，一副果然之態。

上回甕中捉鱉扳倒了何黨，這回又該誰哭了？

不必猜，潛入大圖之前，步惜歡一定命監察院撒了網，這人就算涉險，也絕不會莽撞，他將背後留給人看，背後多半有局。

暮青道：「何家兵諫、林黨覆滅才幾年？百官的忘性不至於這麼大。只怕你人不在金鑾殿，君威仍存，沒人膽敢造次，這回未必能如願。」

此話與褒揚無異，步惜歡打趣道：「怎是為夫之威？應是妳我聯手之威。」

「所以說，此番親征，有些人很可能只會暗中走動，鬧不出太大動靜。」暮青推出一子，攻勢雷厲。

「足矣！」步惜歡慢條斯理地應手。「外事紛爭大起，內事不宜用兵，動靜小正合我意。這幾年，改革施政如火如荼，朝中文武政見之別已顯。此番親征，權柄放給執宰班子，陳有良那耿直性子壓不住爭執，朝臣之間必有政爭，監察院都盯著呢，我倒想瞧瞧他們的手段。明年開春便是春闈，各州舉子進京趕考，恰逢我親征在外，地方與禮部之間會有些什麼見不得人的往來，我亦殷切盼之。」

暮青聞言忽生預感，這人比別人多長了個心竅，此番部署遍布朝廷地方，也許能左右朝廷未來數年乃至十餘年的局勢。

「將軍。」這時，步惜歡的聲音傳來，暮青抬眼，正對上他含笑的眸子。

她低頭看棋，面前擺著的不是圍棋，而是九豎十橫，中書「楚河漢界」——一副象棋。

這棋是她在船上所畫，當時艦隊啟程不久，步惜歡晨昏時分常立在窗前遙望海上，她知道他牽掛父王，憂他傷神，便畫了副棋陪他解悶。船上無甚名貴木料，棋子乃船工依照圖紙所雕，工拙粗簡，卻不妨礙有人上癮。

初時，她教授了規則術語，不過三五局棋，步惜歡便開了竅，與她悠悠地下了兩個多月，如今已棋力頗高。

「拆炮擋子，神來之筆，棄車取帥，石破天驚。」暮青不吝讚揚，讚的卻不知是棋局，還是政事。

步惜歡一笑，眸波盈盈如一湖秋水，波心映著她，倩影獨好。

「歇會兒可好？」他問。

「嗯。」她答。

兩人攜手起身，同往帳中去了。

帝后歸來，星羅這個年格外熱鬧，街上張燈結綵，一入夜，從廟市街口望去，人群熙攘，火樹銀花。

廟市上店肆大開，字畫珍玩、胭脂頭面、果子酒茶、泥孩窗花、春聯畫燈、嘌唱算卦、說書搏戲，無一不有，旗面林立。吆喝聲不絕於耳，幾個孩童唱著送灶的童謠擠過熙攘的人群，奔著一家賣糖的鋪子跑去。

鋪子裡，剛熬好的灶糖冒著熱氣，散發著誘人的糖香。

「起鍋拔絲嘍——掛灶糖——」一個老翁唱著調子吆喝著，鋪子裡出來個笑容慈祥的老婆婆，夫妻一起將熱氣騰騰的糖飴掛上撐架抻扭扣拉。

孩童們拍著手，想擠到撐架跟前兒去，卻被爹娘們拽住——糖鋪門前正立著一對神仙男女。

男子玉冠博帶，月袖攏著燈火，半張容顏驚世，風華雍容絕代。女子面覆薄紗，風姿清卓，男子陪在一旁，將一袖月色、如螢燈火皆送與她為伴，鋪子裡飄出的熱氣裡攏著兩人，這熱鬧人間忽然便好似天上宮闕。

兩人觀摩著老夫婦做灶糖的手藝，過了一會兒，老翁拉好糖條，剪下一段紅繩，用紅繩把糖條絞成段，灶糖便做好了。

老婆婆取來一張麻油紙，將灶糖包好奉給女子，笑道：「這位姑娘久等了。」

「婆婆客氣。」女子接過紙包，看見眼巴巴地望著糖的孩童們，便蹲下問：「有誰要吃糖？」

孩童們紛紛跑到女子面前討糖，新出鍋的灶糖像一顆顆小瓜，熱熱呼呼，糖香撲鼻，鋪子裡飄出的熱氣模糊了女子清冷的眉眼，亦令男子的笑意愈發繾綣。

待孩童們散去，女子手裡的灶糖不多不少，恰巧剩了兩塊。她將糖包好紮起，像繫荷包般用紅繩繫在了腰間。男子擱下一只銀元寶，不待老夫妻驚呼找兌不出，兩人便相攜而去，走入了流螢般的燈火裡，一路去得遠了。

兩人在小攤子上流連著，買了對子，挑了窗花，走出廟市最繁華的地段後，便往一家鐵匠鋪去了。

這家鐵匠鋪是星羅的老字號，鋪子裡燈火通明，十幾個夥計光著膀子捶打著鐵器，正忙得熱火朝天。

兩人朝一個老鐵匠走去，女子道：「掌櫃的，可否打個物件？」

「不打不打，年關了，二位想打，年後請早。」老鐵匠掄著錘子，雖被來者的氣度驚了驚，卻未放在心上。

星羅遍地富商大賈，這兩人瞧著眼生，八成是哪個外地商隊的少東家，聽說帝后駕臨，便留在星羅過年，打算沾沾貴氣。這樣的商隊今年多著，哪能伺候得過來？

「急用，勞煩掌櫃行個方便。」男子語氣溫和，說話間，指間隱約有枚金葉子一顯，但尚未出手，便被女子瞪了一眼。

老鐵匠眼神毒辣，瞥見那金葉子的工色是上上之品，怕是放在魏家都算希罕物，心裡不由咯登一聲，正待打量二人，就見女子取出張圖紙遞來了面前。

女子道：「勞煩掌櫃的先看圖樣。」

圖上畫著個爐架，甚是精巧方便，上有蓋帽、旁有擱板、下可置物、底有四輪，更精巧的是，烤網可滑動，蓋帽平放後亦可為爐，擱板可收可放，機關、接竅、滑道及刀鏇針夾等物皆有明示，甚是詳盡。

「年前可能打好？」女子篤定掌櫃會接這筆生意。

「敢問姑娘，此圖乃何人所畫？」老鐵匠未給準話，只是試探道。

女子道：「近在眼前。」

老鐵匠一愣，換上一副笑臉，說道：「姑娘才高，失敬失敬。」

「年前可能打好？」女子又問。

「姑娘放心，至多五日，一定打好，供您查驗！只是不知……」老鐵匠搓著手，眼底藏著黠光。

「不知可否准貴鋪依圖樣多打些，貨與別家，是吧？」女子心如明鏡。

「姑娘通透。」老鐵匠眉開眼笑。「姑娘若准小鋪多打，此物小鋪分文不取，如何？」

女子卻面色甚淡。「掌櫃的如此談生意，怕是不厚道。此物精巧，一旦上市，富貴之家競相爭買，貴鋪獲利必豐，只想免費交付一件成品，胃口是否大了些？」

老鐵匠笑道：「姑娘此言差矣，此物雖然精巧，卻非難以匠造之物，一旦上市，仿品必多，小鋪也就能賺一茬兒的銀子，小利可獲，卻難生巨財啊……」

「未必吧？利薄利豐要看數目，掌櫃的只道多打，卻不提數目，心裡未必沒打算盤吧？眼下臨近年關，閉門趕工也造不出多少，不如待來年節時上市。星羅遍地富賈，奇貨可居，物貴利豐，縱然只賺一茬銀子，也是巨財了。」

心思被看穿，老鐵匠不由一愣。

「看來，掌櫃的並無誠心談這樁生意，既如此，那就罷了。此圖掌櫃的已過目，我走之後，若星羅出現此物，咱就刺史府公堂見！」女子抽回圖紙，轉身就走。

「姑娘留步！」老鐵匠喚著留步，眼卻瞥向男子，見男子不言也不語，只含笑靜觀，頗有看戲之意。

此人氣度著實尊貴，老鐵匠心裡沒底——這兩人敢說州衙見，怕不是在官府裡有人？畢竟這女子像個行商之人，男子卻怎麼瞧都不像，可別是哪位官家貴人……如今，帝后就在星羅，鬧出事來，刺史大人臉上無光不說，怕也不敢徇私，還是以和為貴的好。

思及此處，老鐵匠和善地道：「鄙人思量不周，姑娘見諒，這樁生意姑娘想怎麼談儘管說。」

女子回身說道：「貴鋪要麼按帳分利，要麼買斷圖樣。若買斷，鍛造多少，獲利幾何，我概不過問。若分利，需立文契，一式兩份，供我隨時驗帳。」

呵！

老鐵匠再三打量起了女子。「不知姑娘是哪家商號的東家？」

「嶺南。」

「那貴商號此番前來星羅是打算開辦分號，在此久居，還是……」

「有此打算，尚在考察，年後還需回趟嶺南。」

「哦……」老鐵匠點了點頭，嶺南那邊因與大圖通商，近年來冒出許多大賈，怪不得這女子面生。「既然貴商號事忙，那為了一茬子買賣操心帳目豈不麻煩？鄙人願買下圖樣，姑娘以為如何？」

做生意的，誰家沒有本暗帳？帳目自是不好拿給外人查驗，買下圖樣要方便得多。

老鐵匠打著算盤，沒瞧見男子閒倚門扉，眼簾微垂，內藏笑意。

女子道：「那就如此吧。」

「好！姑娘請隨我來。」老鐵匠將女子引至櫃檯，撥弄了幾下算盤，推至女子面前。「不瞞姑娘，鄙人誠心想與貴商號交個朋友，只盼日後姑娘再有巧思，咱們再合作。」

女子應了，老鐵匠大喜，立即寫了文契，一式兩份，一手交銀票，一手交圖樣，生意就這麼成了。

「敢問姑娘雅舍何處？東西打好了，鄙店遣人送去。」老鐵匠不乏打探之意。

「不必了，二十八日一早，自會有人來取。」女子說罷便與男子出了鋪子，走入了熙攘的人群。

廟市街尾的巷子裡候著輛馬車，兩人一上馬車，步惜歡就摘下面具，笑了起來。

今夜出來逛廟會本是句玩笑話，可她傍晚時畫了幅圖樣，執意要來鐵匠鋪，他便陪著來了，沒想到看了一齣好戲。

暮青把三千兩銀票遞了過去。「喏，上交國庫。」

步惜歡瞧見銀票，笑聲愈發恣意。

暮青道：「我知道沒必要，可你難得出來一回，總得叫你體驗一回民間的日子。」

步惜歡止住笑聲，熒熒燈火照進窗來，人間兒女的綿綿情意彷彿都在男子的一雙眸底，化不開，道不盡。他原以為她是擔心侍衛說不明白圖中的關竅，沒想到是存了這般心思。

「那等退休，咱們就以行商的名義遊歷四海，可好？」步惜歡為暮青揭下面紗，定定地望著她問。

這時，馬車行駛了起來，兩人的話音伴著慢慢悠悠的車軲轆聲傳了出來。

「嗯，主意倒是可行，遊歷四海總得花銀子，咱們自力更生，不耗國庫錢糧。」

「不僅如此，商號開辦起來，還能繳納賦稅，充實國庫？」

「當然。」

「路上順道再體察體察吏治民情，密報朝廷？」

「不錯。」

「若路遇冤情，順手辦幾樁案子就更好了，然否？」

「甚好。」

馬車駛出巷子進了街市，喧聲入耳，仍掩不住車裡的笑聲。笑聲醉人至極，惹得路過的少女紛紛側目，卻見馬車載著笑聲駛入了畫燈人影中，風拂開小窗錦簾，車裡坐著一對俊俏男女，女子打開荷包，取出兩塊灶糖，與男子一人一塊，兩人吃著糖瞧著夜景坐著馬車，慢慢悠悠地歸家去了。

臘月二十八。

清早，一輛馬車停在了鐵匠鋪後門，夥計抬著個裹得嚴嚴實實的物件兒放進了馬車裡。隨後，馬車往鎮南大將軍府去了。

海師護駕回國是大功一件，任誰都知道帝后回京後必有封賞，魏府這幾日賓客盈門。

一大清早，不少官商府第的下人來送年貨，不料全吃了閉門羹，府丁說夫人偶染風寒，今日不見客。

而府裡，內宅的門緊閉著，府丁丫鬟們捧膳奉茶，步伐匆匆，氣氛如弓在弦，甚是緊張。

攬遠居是魏卓之與蕭芳成婚後的居所，園中之景秀色幽雅，清芬閒淨。

挹翠堂內，堂門大敞，茶果飄香，桌上擺滿了星羅風味的早茶，暮青一邊用著早膳一邊問：「幾撥兒了？」

召見命婦那日，人多不便，她沒能與蕭芳閒聊，今日趁著出宮驗貨順道來了魏府。

「都是衝著聖眷來的。」蕭芳穿著燕居服，脂粉未施，比起那日覲見，少了禮數的拘謹，倒似當年在都督府那般。「您放心，我在此一切都好。家翁為人寬厚，府中下人和善，這麼多年了，星羅百姓仍念著當年蕭家軍抗擊海寇之恩，將士們也都敬重我。成婚那日我曾想，興許這輩子的苦難都在盛京遭盡了。」

暮青點了點頭，夾了只蝦珍包子嘗了口。

「只是我難孕，對不住魏家。」蕭芳嘆了一聲，堂外日照庭花，她的神情卻落寞如秋。「原想著為他納房良妾，奈何他不肯，奉旨出海前，還因此事爭執過。」

「那妳現在還有此念頭嗎？」暮青問。

蕭芳苦澀地搖頭。「他出海，一走就是大半年，我終日眺望海上，才明白了自己的心意。他回來後，說從族裡過繼一子，家翁也有此意。」

「也好。」暮青垂著眼簾道。

其實，蕭芳不是難孕，而是不宜有孕。

暮青也是近日才知曉此事的，小年次日，她本想請梅婆婆來為蕭芳診診脈，不料步惜歡攔著她，告訴了她實情。

雖說魏卓之欺瞞蕭芳不對，但若蕭芳知道自己能孕，只怕拚上性命也要給魏家留個後人，魏卓之並不想讓愛妻冒險，兩人彼此有情，她也就沒什麼不放心的了。

她的閨中友人只姚蕙青與蕭芳兩人，如今蕭芳安好，唯有姚蕙青讓人牽掛了。

蕭芳也掛念姚蕙青，但她沒提——海上之事她聽說了，真是步步艱險，如今撥雲見日，實不忍心為皇后添憂。最操心姚姑娘渡江一事的人莫過於皇后，又何必多言？

暮青和蕭芳皆是寡言之人，兩人用了頓早膳，話無三兩句，但知彼此皆好，也就放了心。

早膳過後，蕭芳陪暮青在後花園裡走了走，暮青沒有久留，儘管知道這一面後，再見不知會是何年何月，但她還是離開了。

海內存知己，天涯若比鄰，友人安好，知此足矣！

途經海港時，暮青挑開簾子望了眼海上，往來的樓船巨帆遮了她想眺望的那片海，而那個人……此生應當不會再見了。

姚蕙青過江一事不知會不會有變數，一切只能交給時間，消息總有一日會來的。

臘月三十一早，監察院的密奏到了廣林苑，大過年的，步惜歡忙了起來。他離京半年，朝政積壓在所難免，尤其是御駕親征後，總有些人、有些動作值得注意。

今日除夕，暮青也很忙，她命宮人們將架子抬到攬月亭下，亭子在延祥宮西南角，松石為掩，花木為伴，步惜歡在殿內批摺子，一抬眼便能瞧見亭外人，亭外的人聲卻不會擾到他。

太監們在假山後掘地為坑，就地煉炭。宮女們研磨香辛料，醃製食材，暮青親自調製配料，準備妥當時，已是日暮時分了。

步惜歡合上最後一封密奏，見窗外雲霞漫天，暮青立在宮苑亭廊中央，飛簷下掛滿了畫燈，天上紅燦，人間熱鬧，天上人間今夕彷彿是同年。

這景象，這些年不知夢裡見了多少回，今日終於願景成真。

「嚴辦。」步惜歡撂下句話就出了大殿。

暮青一回身，見他的眉宇間無風也無雨，便知諸事已決，於是道：「來得正好，把對子和窗花貼了。」

間。

「遵命。」步惜歡一笑，撥開樹下的一串兒宮燈，紅袖一舒，若雲霞落了人間。

對子和窗花是兩人小年夜在廟會上挑的，今日同封對子，共貼窗花，齊掌燈燭，滿園燈火亮起來時，日色方盡，燈似繁星，山石後煙霧朦朧，半亭花廊如置仙境。

暮青開爐布炭，見食材多是海蝦魚貝、菌蔬珍丸、雞鴨翅掌、豬羊肉串，步惜歡有些意外，宮宴上的烤品皆是大菜，使的是三叉大架，需兩個廚子協力方可轉動，今夜的食材多以鐵釺串之，不知下手有何規矩。

暮青見步惜歡想試卻又顧忌，打趣道：「陛下華袍博帶的，怎食得人間煙火？待會兒炭火星子飛起來，仔細點著龍袍。」

她邊說邊撥弄著炭火，眸底的笑意溫暖絢爛。步惜歡有些失神，回過神來後，耳根已被火烤得有些紅，他轉身離去，走過那掛滿畫燈的庭道，紅袖乘著夜風蕩起，滿樹燈火如上九霄。

步惜歡更衣去了，暮青待鐵網燒熱後便取了些肉先烤了起來。這肉是精挑細選的，脂肪均勻，紅白分明，經果木炭火一熏，肉香四溢，再經祕製香料一激，太監、宮女們的目光紛紛飄了過來。

「好香。」步惜歡的聲音傳來時，人立在廊簷下的燈火裡，墨玉冠，赤襟袍，玄甲袖，長靴靴，素日裡那慵懶入骨的氣質添了幾分颯爽英拔。

頭一回見步惜歡穿戎裝，暮青呆住，烤肉油香四溢，滴入炭槽，火苗蹭地冒了起來。

「當心！」步惜歡掠來，接過差事，翻烤了兩下，笑問：「什麼料這麼香？」

「胡椒、花椒、大小茴香、山柰、豆蔻、玉桂、砂仁、木香、丁子香、芝麻、鹽。」說罷，暮青適時提醒：「差不多了，試試看？」

步惜歡轉頭看來，目光訝異。「在此？」

暮青道：「爐邊吃最香，試試？」

步惜歡一笑，小心地試了試溫，便嘗了一口，而後露出驚豔神色。「果真不同。」

暮青笑了笑，胡椒和小茴香是從關外傳入的，價比黃金，唯有皇親權臣用得起，當年的恆王府裡必是有的，但大興的辛料以蔥、薑、花椒為主，香料以八角、玉桂、陳皮為主，後世常見的一些香料如今還只是當作藥材用，日常膳食中難尋，滋味兒自然不同。

趁步惜歡嘗著鮮，暮青繞到烤架那邊，夾了幾只生蠔扇貝放在了架子上，沒一會兒，炭火便將蠔貝肉逼出了汁水，濃郁的蒜香味飄起，夾雜在果木炭香中，伴著焦黃的色澤、咕嘟咕嘟的聲響，似山與海於烈火中相逢，未嘗便已覺其中滋味。

宮女捧來大盤，暮青將蠔貝盛入盤中，對步惜歡道：「小心燙。」

步惜歡拈起一只，就著殼兒嘗了口，眼眸頓時被點亮了，笑道：「人間真味，莫過於此。」

暮青揚了揚嘴角，又烤起了魚蝦。

步惜歡心癢難耐，忍不住取了一把羊肉學著暮青的手法烤了起來，不一會兒便摸到了章法，烤罷這樣烤那樣，興致極高。

宮人們將帝后烤好的菜品端入亭中，攬月亭八面飛簷，簷角各掛著一串宮燈，繁光綴天，猶似星落。一把玉壺，兩盞酒杯，滿桌烤品不及御菜色鮮，卻是人間真味。

步惜歡和暮青烤足了兩人份的，餘下的賜給宮人，小安子和彩娥領著太監、宮女們謝了恩，便紮堆圍到烤架前，動手嘗鮮去了。

步惜歡和暮青攜手入了亭中，執杯對望，默默無言。

今朝此刻，盼了五年了。

「我熬了粥，去給你端來。」暮青受不住這場面，尋了個藉口就避開了。

步惜歡失笑，卻沒攔著。過了會兒，暮青回來，粥一擱到桌上，步惜歡就愣了。這是碗素粥，下的是青菜瓜果，軟糯潤亮，粥香四溢，聞著像極了她在無名島上熬的那碗。

步惜歡看向暮青，眸底彷彿住著一座仙洲紅樓，她在其間，獨得溫柔。他知道她為何要忙活這一頓，為的是島上那句諾言，是那一碗他沒喝成的粥。

他牽著她的手一同坐下，兩人淺斟慢品，這良辰美景眨個眼都覺得是辜負。燭殘星移時，兩人都有些醉意，於是攜手出了攬月亭，一起在宮苑中散步消食，一路到了回春宮。

據說當年修建廣林苑時，工匠偶然鑿出一眼泉水，暄暖宜人，故建此宮。宣宗皇帝沐浴後，覺得泉水有祛風舒神之效，便賜名回春宮。

回春宮依山而建，青壁白泉，錦帳飄香。太監、宮女們候在殿外，殿門掩著，帝后的話音傳出，隱隱約約，時斷時續。

「明兒一早就要啟程，妳出了城不是還想騎馬？」

「也是，那罷了。」

「別罷……」帝音含著笑意，慵懶啞沉，說不出的勾人奪魄：「這些年，娘子寄回的素女經，妳我參詳參詳？」

皇后未搭話。

「龍翻虎步？」

「……」

「蟬附鳳翔？」

「……」

「娘子若無明示，為夫可就自擇一式了。」帝音裡的笑意越發明盛。

皇后依舊未搭話。

殿內水聲叮咚，回音如雨如露，夜風拂過庭廊，吹入殿門，青壁紅帳醉了夜色。

小安子一甩拂塵，領著宮人們悄悄下了宮階，站得遠了些。

除夕的鐘聲自遠山寺間傳來時，宮門開了，步惜歡抱著暮青緩步而出，衣袂隨風蕩起，天上如現明月。

宮人們見皇后熟睡著，未敢高賀新年，只行了叩禮，待平身時，帝后已往偏殿去了。

第四章

秋後清算

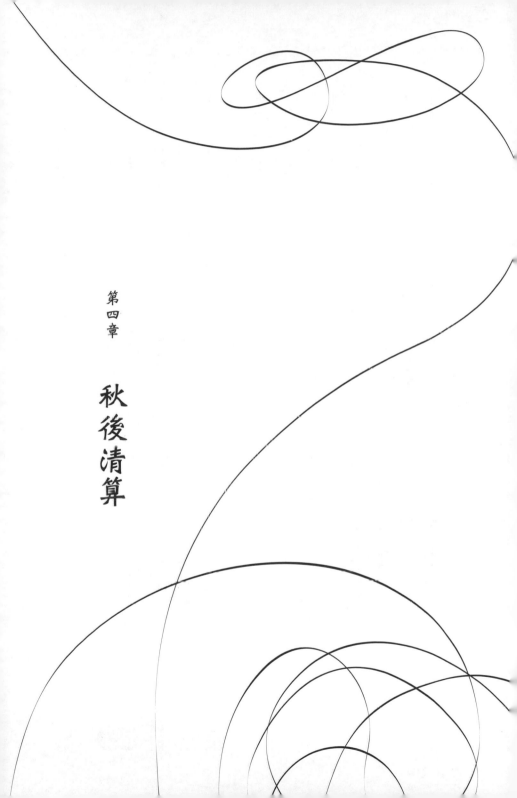

嘉康七年正月初一，帝駕啟程回宮。

星羅百姓湧上街頭，兵仗羽衛、禁宮侍從護衛著大駕從廣林苑行出，浩浩蕩蕩地上了長街要道。

玉輅居中而行，百姓難見帝后真容，只見城門大開，一騎快馬從城外馳來，小將滿身風塵，一手策馬，一手高舉奏報，急聲道：「前線急奏——」

鼓樂聲驟停，奏報層層遞至玉輅前，掌事太監奉至窗邊，步惜歡撈來一瞧，眸光微凝，轉手便遞給了暮青。「大圖的。」

暮青離開洛都百日有餘，自從登船離去的那天起，她就再未問過大圖國事，如今密奏就在眼前，她還是接了過來。

不出所料，洛都朝廷果然出事了。

天子遇刺後，復國重臣們在新帝的人選上發生了分歧——與其說是分歧，不如說是私爭。

景相屬意的惠恩郡王與其岳家有姻親，幾位重臣以為此事理當避嫌，改擇昌平郡王承繼大統。然而，昌平郡王之父武親王生前的幕僚亦不乏為官者。神皇二族爭鬥已久，大姓門閥之間的姻親關係、朝廷重臣間的朋黨關係早已盤根錯節，誰也摘不乾淨。景相以此為由堅持擇賢任能，另一派亦無退讓之意，從前在圖謀復國大業時同心共濟的復國派重臣日漸離心。

十月初六，也就是暮青登船離去的三天後，余女鎮的奏摺半路遭劫，信使被殺。

十月初八，流竄至英州昌平地界的廢帝　黨被昌平郡王府的兵馬擒獲，奏摺失而復得。

十月十五，洛都朝廷忽然頒布聖旨，稱龍體不豫，工部尚書、吏部侍郎、平遠將軍等文武五人勾結昌平郡王，弒君謀反，罪不容誅。五人被當殿拿下押入死牢，府邸亦被查抄，京畿兵馬中爆發了騷亂，僅半日便被鎮壓。隨後，朝廷頒布聖旨，褫奪昌平郡王封號，命英州總兵率軍緝拿反賊。

同日，昌平城外貼出一張告示和一紙檄文。

告示是廢帝黨羽的口供，檄文為討相書。

廢帝黨羽供稱，禁宮失火當日，天子與太后便遇刺駕崩，朝中祕不發喪，以景相為首的權臣有篡位之心。

昌平郡王口供和余女鎮的奏文為引，五問朝廷：事發至今，朝中所發之令皆為相令，聖旨一道未下，口供之言是否屬實？如若屬實，丞相意欲何為？據聞鎮國郡主被北燕帝所擄，事發之後，神甲軍不思救主，反奔鄂族四州，神女野心昭然若揭，朝廷為何借道南興，放虎歸山？南興、北燕兩國海師強闖大圖海域，交戰數日，朝廷置若罔聞，大圖國威何在，顏面何存？丞相掌承天子，助理萬機，然而事發至今，逆黨作亂，兵災四起，內憂外患，民不聊生，是執政不力，還是居心叵測？

檄文中，昌平郡王邀天下忠義之士共伐奸相，救國救民。

當日，英州副總兵率參將五人領五萬兵馬回應，英州軍中內亂爆發。

大圖國內叛亂四起，檄文很快傳遍五州，十月二十三日清晨，朝廷發布國喪，稱九月初八凌晨，天子遇刺傷重，廢帝黨羽作亂。百日來，御醫不離御前，龍體本已見安，因聞昌平郡王謀逆，龍顏震怒，病重難返，於二十二日夜裡召見太傅雲正與翰林侍講、國史館纂修史長進兩人，賜下遺詔，詔惠恩郡王承繼大統，討逆平叛，安民昌國。

天剛破曉，滿城掛白，龍武衛大將軍萬嵩領著兵馬，踏著天子駕崩的喪鐘聲往欽州惠恩縣而去。

與此同時，延福宮宮門開啟，停放在偏殿中的兩具遺體被移入棺中。宮人們奉相令清掃大殿時，在燒塌的榻腳下發現了碎成數塊的傳國寶璽和一條密道。

「密道？」暮青看至此處，猛地望向步惜歡。

步惜歡嘆道：「有密道不代表他出了宮，出了宮也不代表人還活著。」

巫瑾重傷垂死，此事應當不假，不然他不會砸碎傳國玉璽。依常理而言，除非突發逼宮急情或亡國之險，密道不會啟用。以當日的情形而言，宮中一有禁衛，二有御醫，巫瑾根本無需出宮。當然，聖女瘋癲失智，巫瑾的確有被帶出宮的可能。若他出了宮，身負重傷，其中凶險反而要比在宮中大得多。

他也希望巫瑾尚在人世，如此一來，父王的凶險就少一分，可此事並不樂觀。

暮青眸中的神采淡了下來，最終一言不發地接著看起了密奏。

景相趕到延福宮，宮門再次封閉，半日後，宮侍被誅殺於宮內。

而洛都外，廢帝兵馬作亂，龍武衛一路血戰，終於在十一月初八抵達了惠恩縣，與欽州兵馬一同護送惠恩郡王前往洛都，途徑欽州望天山南麓隘口時，遭遇昌平軍與廢帝兵馬的夾擊，戰事慘烈。欽州兵馬斷後，萬嵩率軍冒雨突圍，踏入京畿地界時，兩軍五萬兵馬僅餘不足萬眾。

十一月二十二日，惠恩郡王奉遺詔登基為帝，改年號征和，大葬先帝，禮部議上謚號曰：成。

次日，新帝下詔，以禍國罪名賜死廢帝及其二子，並下詔徵兵討逆。

「賜死？」暮青冷笑著合上密奏。「這是誰獻的好計！」

留著廢帝，廢帝兵馬與昌平軍各為其主，尚可從中離間，牽制敵黨，削其兵力。廢帝一死，黨從無主，豈不是要把其幕僚與兵馬往昌平軍中推？如此淺顯的道理，洛都朝中一干重臣不可能不懂，如此獻策，必有所謀。

離間需用機謀，謀事需要時間，而時間恰恰是新朝廷拖不起的。國璽碎，國祚亡，傳國寶璽碎了的事情難說不會走漏風聲，且宮門封閉了半日後，延福宮的人才被滅口，這半日裡，景相應該命宮侍們下過密道，人多口雜，那些負責滅口的禁衛和景相的信從總是知曉此事的，事情既然能傳來南興，就能傳遍天下。

傳國玉璽一碎，大圖即成無主之地，到時野心之輩群起，招兵買馬，割據一方，可想而知朝廷能徵到多少兵馬，新朝廷想平定五州之亂，唯有一途可走——調鄂族四州的兵力平叛。

但調鄂族兵馬需聖旨與神官諭旨齊下，此時此刻，想必新帝和景相等人已經發現了，宮中根本就尋不著神官大印和鄂族祕寶，在火燒眉毛的局勢下，新朝廷只能遣使向南興請援。

但兩國之間已生嫌隙，南興未必肯援，且傳國玉璽碎了的消息一旦傳出，遺詔的真假不辨自明，新帝即位名不正言不順，南興即便想扶植新帝，也不必非惠恩郡王不可，所以他們賜死了廢帝，把其黨從推給了昌平郡王。廢帝曾與北燕和嶺南王聯手欲亂南興，天下皆知她與廢帝勢不兩立，如此一來，南興一定不會扶植昌平郡王。

此計看似愚蠢，實則借刀殺人，算計頗深。

「莫惱，為夫的刀豈是那麼好借的？」步惜歡撫了撫暮青握緊密奏的手。「那位姬長公主遁逃無蹤，若得知傳國寶璽已碎，必以神族之名宣揚皇族氣數已盡，召集舊部，謀奪江山，眼下的大圖還沒到最亂的時候。」

暮青聞言，揚聲對外頭道：「備筆墨！」

玉輅中華簾錦毯，雕几玉櫃，一應擺設俱全。小安子呈了文房四寶入內，暮青執起筆來，揮墨如舞劍，步惜歡融在錦靠裡瞅著，剛瞅了兩眼便失笑出聲。

「各掃自州門前雪，休管朝廷瓦上霜！」一道神官諭旨，只有寥寥兩語。

暮青一擱筆，步惜歡就笑道：「事兒該這麼辦，諭旨卻不能這麼下。鄂族四州乃大圖國土，朝廷有難，袖手旁觀，豈不理虧？」

「我沒說要這麼寫。」暮青另鋪新紙，往旁邊一讓。「本宮不善文辭，有勞陛下照此文意潤色一番。」

鄂族四州乃大圖國土，朝廷有難，不幫理虧，但若用兵，則恐鄂族兵防有失，一旦被神殿餘孽鑽了空子，鄂族必亂。這三年，她有幸得新派官吏信從、四州百姓愛戴，洛都朝廷之難可以不管，鄂族官民卻不能不救。

可諭旨一下，難免有人會疑她有竊國之心，她不怕背此汙名，卻不想連累阿歡，故而事要辦得堅決，字面上還不能讓人挑出錯來。她不善文辭，只能交給他了。

步惜歡幽嘆著坐了起來——就知道她一喚他陛下，準沒好事！

當初在盛京時，他總巴望著天下大定，她卸下戎裝披上鳳袍，他就不必再幹那替臣子寫奏摺，再呈給自個兒看的事了。如今可倒好，是不必呈給自個兒看了，卻要呈給大圖皇帝看。那新帝與他並無仇怨，而今倒是瞧著不順眼了。

步惜歡懶洋洋地坐到几案前，下筆卻如行雲流水，顯然早有腹案。

暮青從旁觀摩，漸漸揚眉。

「……本宮承祖神恩澤、皇兄信重，助理四州之政。三年改革，廢除酷法，提點刑獄，興農治澇，拓通商路，鞠躬盡瘁，終使四州安定，黎庶安居。豈料人心叵測，姬長公主圖謀復辟，刺駕縱火，負傷潛逃，索查無蹤。本宮夙夜憂嘆，欲發四州之兵救朝廷於危難，又恐正中敵計，兵防有失，四州失陷，九州皆亂，陷大圖於危急存亡之地。」

「……國難當頭，遙憶當年，本宮與皇兄相識於微末之時，志趣相投，義結金蘭，皇兄救本宮於危難之中，本宮亦傾己之力助皇兄成復國大業。然九州一統，法度未同，憂患不除，國難安泰，本宮臨危受命，行一國兩制之策，忍夫妻分離之苦，執政三年，鞠躬盡瘁。歸國之際，臨行密謀，深入虎穴，誘擒叛黨，豈料天妒仁主，奸凶禍國，叛黨伏誅，皇兄卻崩殂於至親之手。萬世之基未成，強國之志未競，本宮痛徹心扉，憂朝廷之危難，思皇兄之遺志，不禁泣血詔諭：著令鄂族將士死守州防，保大圖半壁江山之安定，寧背不忠之名，不負先帝之志。」

「……天將降大任於是斯也，必先苦其心志，勞其筋骨，餓其體膚，空乏其身，行拂亂其所為，所以動心忍性，曾益其所不能。新帝登基於危難之時，上承先帝遺詔，下得忠臣良相，必能繼先帝遺志，伐逆平叛，安民昌國。本宮幸為鄂族神女，雖身不能至，神願往之，此後願晨昏祈願，盼奸凶伏法，叛亂平定，國泰民安，帝業永祚。」

暮青越看越欽佩，竟有些心疼洛都朝廷了。

大圖君臣不會氣出個好歹來吧？這道諭旨乍一看憂國憂民，壯懷悲憤，細品通篇黑話，暗含懲戒。

旨意中先言功績，再道真凶，那句「負傷潛逃，索查無蹤」簡直是在指著洛都朝廷的鼻子罵廢物。而「兵防有失，九州皆亂」的話承刺客潛逃無蹤之言，意思差不多就是——不是鄂族不想發兵，是不見刺客不敢來救，一旦中了敵計，亂的可就不是半壁江山了。

本宮與皇兄乃生死之交，連歸國之際都在以身涉險，誘擒叛黨，誰料天降噩耗，皇兄遇刺，本宮悲痛至極，卻還要操心朝廷危難，忍痛背負汙名，保你大圖半壁江山——本宮和鄂族將士敢背汙名救國，你新朝廷敢負先帝遺志，讓鄂族四州冒兵災人禍之險嗎？

至於朝廷之難，不過是天降大任的試煉罷了，朝中有忠臣良將輔佐，新帝定能承先帝遺志，披荊斬棘。本宮相信你，為你祈禱，等著看朝廷平定五州之亂，國泰民安的那一天。

單單如此解讀，這道諭旨就足夠氣死新帝老臣了，其中偏還藏有深意。

自宮中失火到洛都朝廷宣布國喪，大圖對真凶都隻字未提，這道諭旨中不僅提到了行凶之人、刺駕動機、現今何處，還道出了兄長與她密謀擒拿叛黨的事，挑明天子遇刺時她並不在洛都。這是在提醒大圖新帝和百官，想遣使求援，不將遇刺疑案的原委昭告天下，南興絕不會答應。

鄂族一兵不出，是給大圖朝廷的懲戒，而諭旨首尾言及祖神和神女，則是給大圖朝廷的警告，告誡新帝與百官莫要忘了她在鄂族的地位，這道諭旨就是洛都朝廷決策失誤的後果。

自登船那日起，每當她憂兄長，阿歡總勸她等。本以為他讓她等的是監察院的密奏，如今看來未必全是，興許他真正讓她等的是四海局勢，大圖的困局他也許早就料到了，等的就是這一天。

「你是不是還有別的部署？」暮青問，這人惱洛都久矣，他向來步步為營，不出手則已，一出手不可能只有一計。

「妳又想理大圖國事了？」步惜歡打趣道。

「不想。」暮青望向道旁長叩山呼的星羅百姓，淡淡地道：「我離開五年了，只想好好看看這大好河山，守著大興，守著鄂族。你的江山，兄長的囑託，此生不負，心願已足。」

「那好辦。」步惜歡另鋪新紙，一道聖旨揮筆即成。

這是一道給嶺南的聖旨，著令嶺南大軍兵壓國境，嚴防大圖亂兵滋擾鄂族四州，如遇急情，可酌情援救。

暮青一看就急了。「如此行事，叛黨必以此為由誣蔑你有竊奪大圖之心！」

步惜歡道：「神官諭旨上一加蓋印璽，天下便會知曉鄂族之權仍在妳手中，屆時叛黨一樣會誣妳居心，橫豎是被人潑一身髒，倒不如為鄂族加戍一道鐵防，把四州保穩。至於名聲，何需妳我操心？洛都朝廷知道該怎麼做。」

「道理我懂，但洛都朝廷如今自身難保，傳國玉璽已碎，五州之亂難平，四州之權旁落，還有個姬瑤索查無蹤，你再兵壓國境，這一堆焦頭爛額的事恐怕能把新帝和百官逼瘋，指望他們從一堆爛攤子裡擠出餘力來替你我的名聲操心？」

「不出餘力，唯餘亡國。雖說亡羊而補牢，未為遲也。可見損方思補救，豈能無痛？當初該操心時，偏要落井下石，如今再想操心，這痛可就不是當初的滋味兒了。」

暮青聞言，好半天沒接上話來，瞅著男子那舒展的眉宇，她的滿腔憂愁漸漸地化在那笑吟吟的眼波裡，化成一腔無奈。

看來這人是怨氣難消，鐵了心要治洛都朝廷了。

罷了，著實是那些人自食惡果。只不過，她不信洛都朝廷的能力，絕不會把阿歡的名聲交給他們。

想著，暮青坐到几案前，謄起了諭旨。

步惜歡倚著錦靠，眸子似開半闔，一縷晨光灑在几案上，照著女子筆下暗藏的刀光劍影，亦照著男子悠悠叩打著几腳的指尖。

她的名聲不可憑人誣蔑，鄂族保穩之後，必有好戲可看。

少頃，暮青謄罷諭旨，與步惜歡為兩道旨意蓋了印，交由宮侍傳下，至於各自的心思，誰也沒有多言。

一道起駕聲揚起，儀仗緩緩而動，浩浩蕩蕩地向星羅城門行去。

玉輅中，兩人的話音被掩在了送駕的山呼聲中。

「密信中所奏諸事只到十一月底，定有消息在途中。大圖內亂，院子裡的人刺探消息容易，密道之事他們定會留心，莫急，且等。」

「嗯。」

「既然想看看這大好河山，咱們就邊看邊等，如何？」

「好。」

正月十五，闞州鎮陽縣。

天剛破曉，城門外就擠滿了行販，挑擔的、趕驢的，坐在門下的、聚在牆根兒的、候在驢旁的，都在說著閒話。一支從星羅來的商隊排在人群後面，車闊馬壯，鏢師精悍，卻未引起過多的注意。

闞州地處淮州、星羅及嶺南三州的交會處，自古便是通商要道。今日是上元節，城門應時而開，一隊衙吏手執火把呼喝而出，展開一張告示貼在了城牆上——明日一早，帝后大駕駕臨鎮陽縣，官吏接駕，明日閉市，城門戒嚴。

城門口頓時炸了鍋，消息隨著行販人力們的入城，像叢叢煙火般點燃了早市。

署吏們執筆托簿，在早市口查驗著行販們的貨物並記錄入冊，星羅來的商隊販的是珍珠珊瑚，個兒大色美，一開箱就晃花了署吏的眼。鎮陽縣小，縱是縣官地霸也用不起如此珍物，老署吏一查路引，商隊是往汴都去的，東家姓白，走這趟買賣是為了帶愛妻去汴都領略繁華風光的，今日恰逢上元節，又聞明日帝后駕臨，便決定在鎮上住下。

商隊在街市上最繁華的地段尋到一家酒樓，東家夫妻兩人披著織錦風袍，戴著風帽，卻掩不住一身貴氣。

「那可是雅間？」東家一進大堂就望向二樓，抬手一指。

掌櫃的被東家的貴氣所懾，應道：「是！」

「聽說明日有貴人駕臨，臨街能瞧熱鬧，那今明兩日就包下這間吧。」

「……啊？」

「不可？」

「呃，這……倒也不是……」

「那就這麼著吧！」東家瞧見掌櫃的支吾遲疑之態，卻不在意緣由，倦倦地道：「夜半趕路，還真有些飢乏了，待會兒端幾樣風味早點送去那屋便是。」

說罷，男子便攜妻上了樓，去了雅間。

一進屋，暮青便將風帽摘下，環視起了屋中，牆上的掛畫、架上的花瓶、燈臺香器、茶酒果盤，無一遺漏。

步惜歡立在屋裡，不吭聲，也不走動，連桌椅的邊兒都沒挨。

暮青打趣道：「凶屋，怕？」

步惜歡解了風袍搭在手上，笑道：「若論凶宅，人死的最多的地兒莫過於咱家那座老宅。」

暮青翻了個白眼，雅間裡的窗關著，光線略顯昏暗，她不由往窗邊走去。

這事得從五天前說起。

五日前，血影經監察院的通道呈來了一封密信，奏事之人是崔遠。

楊氏一行原本除夕前後可到星羅，不料行經關州鎮陽縣時碰上了一樁人命案子，死的是個入圍春闈的學子，姓韋名鴻字子高，乃鎮陽書院的學生，出身士族，家道中落，但勤奮志高，才德兼優，頗得師長看重。

鎮陽縣今年入圍了三名學子，實乃喜事一樁，進京趕考前夕，學子們在酒樓設宴，欲為同窗餞行。三名學子中，僅韋子高是士族出身，另兩人出身寒門，其中一人名馮彬字文栩，頗有辯才，亦頗得師長看重。

設宴當日，學子們就在這間屋裡飲酒賦詩，行令祝唱。宴席過半，馮彬離席去後院解手，行至樓梯口時與端菜的小二撞了個正著，被潑了一身油汙，便喝斥了幾句。韋子高出來相勸，因兩人在書院學辯時政見不合，故而馮彬並不領情，兩人爭執了幾句，後被其他學子勸開。

隨後，韋子高回到雅間，馮彬下樓解手，返回後，因席間氣氛不睦，韋子高便告罪而去，不料行至樓梯口時，竟因踩到先前灑了的油湯而失足滾下樓梯，磕破了後顱，當場死了。

鎮陽縣的仵作驗了屍，知縣以過失致人死命之罪拘拿了小二，案卷遞至州府，預備報呈刑部。

此事眼瞅著是個令人惋惜的意外，巧就巧在案發時，崔遠一行剛好行經街市，官府用門板將屍體從大堂裡抬出來時，崔遠瞥見韋子高的手心裡有血。

人是失足跌死的，傷在後顱，當場斃命，手心裡怎會有血？崔遠以為此案有疑，卻因一介白身，不便插手縣務，又恐事關春闈關係重大，便呈上了密奏。

與密奏一同呈上來的還有一封監察院截下的信件，是鎮陽知縣發給關州刺史的急信。

關州刺史李恆與禮部侍郎閻廷尉是同鄉，近年來與禮部走得頗近。

閻廷尉是三年前擢至禮部的，當時朝廷下旨興學，亟需果敢實幹的人才，於是禮部、工部、戶部便從地方上提了幾個青壯年官吏上來，閻廷尉是當中最年輕的，精明機敏，膽大敢為，極富辯才，只是善於鑽營，其志不小。與陳有良的忠實迂腐、韓其初的通慧中庸相比，此人激進果敢，不乏尖銳之見。儘管陳有良屢屢斥其奇言巧辯，奸佞嘴臉，恐其結黨弄權，禍亂朝綱，但步惜歡還是將此人留在了朝中。

政見不一，利於兼聽，臣下不合，利於制衡，此乃為君之道。

從前有步惜歡在金鑾殿上坐著，百官之間縱然政見不合，也都止於鬥辯，不曾鬧出出格之事來。去年六月，他離京前，在翰林院和禮部欽點了幾個春闈主考官，閻廷尉乃其中之一，與此同時，也有道密旨下給了監察院。

大年三十，密奏到了廣林苑，朝中的戲還真有些精采。

帝駕離京後，地方考生早早地進了京，有在臨江茶樓鬥辯搏名的，有揣著詩作往百官府上投獻邀名的，幾位春闈主考官皆閉門避嫌，三省六部二十四司亦皆各司其職，朝廷運轉井然有序。

但帝駕親征之後，百官聞風而憂，朝中暗潮湧動，禮部侍郎閻廷尉、工部侍郎李方亮、翰林學士周鎮、史敬平等人齊聚御史中丞王甫府上，議宰相迂腐，進諫不力，而兵部卑躬諂媚，縱君上涉險，致社稷於危難。眾人約好次日朝議發難，逼相閣承擔帝駕涉險的後果，並迫使兵部向邊境增兵救駕。

此計用心深沉，一旦帝后不歸，宰相必擔禍國之名，兵部亦難辭其咎。依大興律，國中無君，雖無人可罪相，但社稷存亡之際，諫臺有權彈劾宰相，舉薦輔政。而倘若帝后歸來，諫臺亦不過是憂君憂國，恪盡職責罷了。

陳有良雖迂腐嚴苛，卻忠實守正，任相之後鞠躬盡瘁，時常抱病上朝，未有一日遲慢，故而深得百官敬重。正因如此，他在朝中的威望絕非舉手可動，而李方亮、周鎮之流雖各有才學，卻缺乏主見，時常附人之議，不擅爭辯。故而原本說好了的事，到了次日朝議，向宰相與兵部發難之人只有王甫和閻廷尉，最終自然敗下陣來。

陳有良積勞成疾，外憂前線，內憂政爭，又遭彈劾，怒極之下嘔血抱恙，病了足足月餘。幸虧朝廷的班底歷經風浪，基石牢靠，陳有良一病，韓其初就給徐銳所率的京畿衛戍、章同所率的水師和楊禹成所率的禁衛下了兵部密令，命諸軍嚴防亂事。傅民生則以其一貫的圓滑世故與諫臺周旋；王瑞出使大圖，不在朝中，其屬從力辯力抗，使諫院從內分化，吵擾不休，難以擾及相臺。工部尚書黃淵亦嚴責了李方亮，尚書臺六官齊力分擔宰相政務，朝中的老班底非但未亂，反有擰成一股的勁頭。

或許正因如此，閻廷尉才明白了自己根基微薄，難以實現政治抱負，故而偃旗息鼓，把目光轉到了地方上。

他在給同鄉的信中稱：「陳相從龍於微時，縱然迂腐嚴苛，仍為聖上信重。韓尚書乃皇后謀士，通熟兵家詭道，輔佐帝后於危難之時，亦為帝后信重。我能言善辯，激進果敢，不為相臺所喜，亦不融於夏官，聖上留用我，乃制衡之道也。而今，朝中文武半數出身寒門，科舉興學以來，寒門子弟眾多，新貴集團日益壯大，有違天子制衡之道，三年五載之內，聖上必將起用士子，萬勿坐等，當多薦士子，早做準備，方可在風起時乘風而上。」

此人極富辯才，信中之言還真有理有據。

關州刺史李恆與閻廷尉有同鄉之誼，鎮陽縣的案子裡死的是個士子，事關春闈，步惜歡和暮青這才決定走上一趟。

酒樓乃案發之地，步惜歡知道暮青查案時不喜人擅動現場物品，故而進屋後哪兒都不挨著。

暮青來到窗前支起窗子，探著頭往街上看了一眼。鎮陽縣就這一條街市，街面不寬，旗面、百貨、人群、驢子，擠滿了街市，晨風一吹，花旗飄展，人群熙攘。

窗外的酒旗迎風一展，忽然扯住了暮青的目光。

步惜歡問：「怎麼？」

「你瞧。」暮青的下巴往酒旗方向一抬。

步惜歡凝神一瞧，微微蹙眉。「血？」

「肯定不是油漬。」

「若是血，能肯定與此案有關？」

「有關無關，問問屍體就知。據鎮陽知縣給刺史李恆的密信來看，此案八成有內情。窗外就是街市，案發時街市上、大堂裡都是人，屋裡還有八名學子，想查出端倪根本不難，就看這齣查案的戲你想怎麼唱。」

「唱戲也是明日之事，今日是上元佳節，咱們歇歇，夜裡去逛逛燈會可好？」

暮青無奈，這人逛廟會上癮了，能怎麼辦？只能隨他了。

少頃，店家送了早點來，步惜歡和暮青用完早點便回屋歇息了，直到入夜後才相攜出屋，入了燈火如龍的街市。

大駕將至，今年的燈會格外熱鬧，也格外短暫，二更剛過，官府便清街宵禁，步惜歡和暮青一人提著一只花燈回了酒家，將花燈擺去几架上，相攜入帳。

燭火搖紅，共照西窗，宛若喜燭，一夜未熄……

次日，天剛矇矇亮，關州刺史李恆率州縣官吏往城門候駕，關州兵馬馳入街市，清晨的第一縷日光照在鐵甲刀弩上，軍威森然。

酒樓裡，士人商賈、學子鄉紳以及湊熱鬧的百姓幾乎把酒肆大堂給占滿了，暮青下樓時往大堂西南角一瞥，頓時揚起了眉。

西南角的窗前擺著張方桌，步惜歡面門而坐，對面坐著個嬌俏少女，少女托著腮，明眸嬌如春水，嗓音甜似蜜糖：「公子打哪兒來，到哪兒去啊？」

「星羅，汴都。」步惜歡一邊答著，一邊提壺斟茶。

「我來我來……」少女忙要搭手，手剛伸出，眼底生了怯意。

男子瞧了她一眼，脣邊噙著笑意，眸底亦無惱意，卻愣是透著股懾人的矜貴氣度。若不是早知他是行商之人，還以為是哪家士子呢！

少女甚是尷尬，卻不死心，沒話找話：「公子點的可都是我們鎮陽縣的名吃，尤其這碗素湯糰，別的地兒是上元節夜裡吃湯糰，我們這兒是正月十六早上吃，包的是冬筍和春菜，清香爽口，吃了這碗素湯糰，才算是除舊迎新了。」

「哦？那是該嘗嘗，想必內子喜歡。」步惜歡總算起了興致，說話間笑著望向了樓梯。

少女一愣，慌忙起身，活像被人捉了姦。

暮青下了樓，她未施粉黛，衣妝簡素，滿堂竊竊之音卻為之一靜。少女露出驚豔之色，回過神來時，暮青已到桌前，鏢師紛紛見禮，長隨擺好坐凳，丫鬟端碗布筷，男子把斟好的茶水遞了過來，笑道：「茶湯正溫，請娘子潤喉。」

他依舊是那麼懶散矜貴，可天地春色、古今柔情，卻彷彿都揉在那吟吟笑意裡，繾綣醉人。

少女不由面紅耳赤，掩面回了後堂。

暮青品了口茶湯，淡淡地道：「讓你先下樓點菜，怎麼點了個大活人？」

步惜歡瞥了眼桌上的早點，瞧著也沒酸湯醬菜的，怎麼聞著這麼酸呢？他道：「店裡都坐滿了，人手不足，店家把妻女喚了出來，那姑娘是端茶點來的。」

「是嗎？我怎麼瞧著，人家姑娘都把臉盤子當菜端你面前了？」

步惜歡笑了聲：「妳瞧，可是這樣？」

他托住腮，就像托著盤兒佳餚往她面前端，眼裡笑意如海。

暮青沒繃住，嘴角一揚，評道：「嗯，鮮膚一何潤，秀色若可餐，古人誠不我欺。」

「附議。」步惜歡望著暮青那微帶笑意的眉眼，本是哄她開懷，這會兒倒是他捨不得移開眼了。

「行了，吃飯吧！免得看飽了，可惜了這一桌子風味早點。」暮青盛了碗銀絲羹遞給步惜歡，這羹是以筍絲、雞絲、蛋清和老湯熬的，滑潤清香，昨天點過，挺合他胃口。

「也是，再不吃，待會兒怕就沒胃口了。」步惜歡把素湯糰遞給暮青時，瞥了眼街上。

街上精騎列道，軍威森然，店裡無人敢高聲喧譁，食客們默聲吃喝，氣氛緊張，如弓在弦。

一聲鼓號響傳入街市時，許多人驚掉了筷子，見精騎下馬迎駕，食客們慌忙離席叩首，士人鄉紳、學子平民、富商行販，攜家帶口，呼朋攜友，大堂裡頓時烏泱泱的伏下一片。

掌櫃的一家從後堂出來，見這架勢，慌忙擱下飯菜，剛想跪下，忽然往大堂西南角望去——那兒竟還坐著一桌食客！

那桌食客正是嶺南商號的東家夫婦，兩人莫說跪迎帝后了，就連眼皮子都沒抬，依舊相互布著菜，用著茶點。

掌櫃吃了一驚，剛想提醒，街口便傳來了禮樂聲，宮衛儀仗尚不可見，卻已聞浩蕩聲勢。

掌櫃的再也顧不得旁人，忙拽著一家老小跪了下來。

就在這時，忽聽對面湯餅鋪裡哐噹一聲！

有人喊：「冤枉——」

食客們紛紛抬頭，只見湯餅鋪裡闖出一人，剛奔出來就被關州兵馬擒下，精騎們張弓開弩，一班皂吏撲來，拿出鐵索便當街將人捆了。

那人一身喪服，年逾五旬，在皂吏手下毫無反抗之力，卻奮力衝儀仗喊：「草民有冤！聖上——皇后娘娘——」

大駕儀衛浩蕩，足有萬餘人，儀衛到了街市口，玉輅只怕剛進城門，此時喊冤，就算喊破嗓子也不可能傳入帝后耳中。

班頭蔑笑一聲：「膽敢驚駕，罪當萬死！綁走！」

皂吏們將老者用鐵索套住，眾目睽睽之下竟將人往深巷裡拖去。老者扒在地上，黃泥路上擦出的血指印怵目驚心，哭聲刺人心扉：「草民有冤！草民有冤！」

「找死！」班頭踩住老漢肩頭，將鐵索一提，指頭粗的鎖鍊頓時勒住了老漢的喉嚨，一個皂吏從地上抓起把黃泥便往老漢嘴裡塞。

兵威如鐵，食客禁聲，一條街市，一頭兒是絲竹禮樂，天威浩蕩，一頭兒是黃土蒙冤，殺氣森然。

此時，酒樓大堂裡忽然傳來一道落筷聲，寒脆之音在喧天的禮樂聲中幾不可聞，卻如平地一聲春雷落在了店外的精騎們耳中，精騎們端弓回身，望進大堂。

「何人……」

話音未落，就見十餘人殺出，精騎們大驚之下退至街市當中，抬弓就射！

「刺客！放箭！」

袖箭齊發，破窗入門，只聽噗噗兩聲，中箭之人卻不在店裡，而在街上。一個皂吏頭插短箭倒地而亡，正是那往老漢口中塞黃泥之人。而班頭捂著冒血的喉嚨退了兩步，眼神發懵，猶不知箭怎麼會埋進了自己的喉嚨。

地上散落著無數殘箭，箭是怎麼斷的，關州兵馬沒看清，只見門口多了兩個鏢師，扔下兩塊腰牌，兩人冷冷地開了口——

「御林衛李朝榮。」

「神甲軍越慈。」

「帝后大駕在此，傳關州刺史李恆、鎮陽知縣呂榮春覲見！」

啥？

關州兵馬傻了眼，沒鬧明白「帝后大駕在此」是何意。

一個小將撿起兩塊腰牌，一看之下，手哆嗦了下，急忙摟緊，奔至馬旁，策馬而去。

約莫一刻後，三匹快馬奔來。

兩個文官下馬時兩腿發軟，地上扎著斷箭，險些一頭磕死在上頭。兩人跪倒在酒家門口，高喊：「關州刺史李恆，鎮陽知縣呂榮春，叩見陛下！叩見皇后娘娘！」

第五章

未來可期

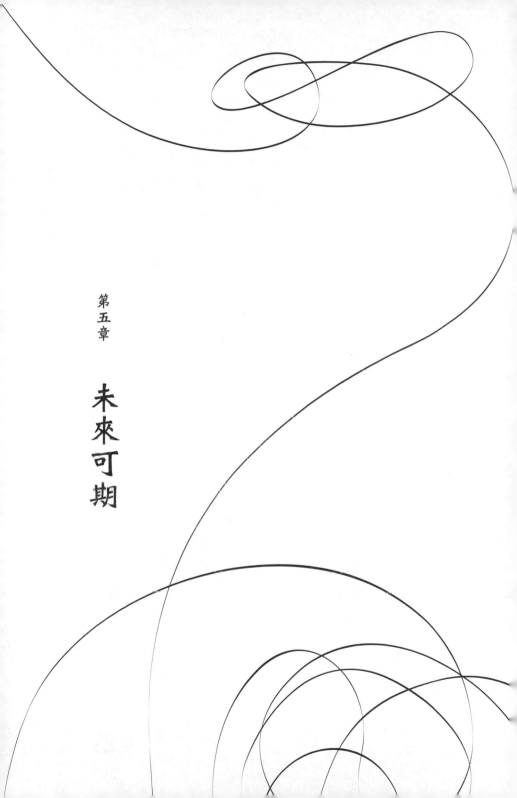

店門敞著，李朝榮和月殺挪向一旁，關州總兵窺了一眼大堂，頓時目露驚意，呼拜道：「臣關州總兵馬常郡叩見聖上，吾皇萬歲！叩見皇后娘娘，娘娘千歲！」

大帥一跪，關州兵馬這才確信帝后在此，急忙跪呼：「叩見聖上，吾皇萬歲！叩見皇后娘娘，娘娘千歲！」

三聲呼駕，聲浪一波高過一波，大堂裡卻鴉雀無聲。

食客們懵了，官封民口，民怒殺官，天家貴氣沒沾著，倒先見了血光。亂箭射來時，眾人本以為今日要給這些莽撞的鏢師陪葬，誰料不要命之徒眨眼間就成了天家衛帥。

帝后在此？在哪兒呢？

掌櫃的一家瞥向大堂西南角，大堂裡跪了一地的人，唯有西南角那張方桌前坐著兩人，地方文武大員在門外跪著，兩人卻依舊用著早茶。

男子的半張臉上覆著面具，眉宇雍容懶散，貴氣天成。女子面窗而坐，仙衣玉骨，背影敢較日月清輝。

男子拿起顆雞蛋往桌上一磕，刺史李恆和知縣呂榮春聞聲顫了一顫，彷彿此刻被剝著的不是蛋殼，而是兩人的皮。

少頃，男子將剝好的蛋遞給女子，瞧了眼湯糰碗底，問：「涼了嗎？讓店家端下去熱熱可好？」

女子吃著雞蛋，把碗撥去一旁，淡淡地道：「吃不下了。」

這語氣聽著不像是吃飽了，倒像是沒了胃口。

男子悠長地嘆了一聲，品了口茶，這才道：「李恆啊……」

「微臣在！」關州刺史高聲而應。

大堂裡響起陣陣吸氣聲，掌櫃和食客們這才確信真是帝后微服而至！

步惜歡道：「朕跟皇后說，回京路上帶她遊覽大好山河，這才剛進關州，你就給朕長臉了。」

李恆埋首應道：「臣有罪！」

「有罪無罪，朕待會兒再跟你算。」步惜歡擱下茶盞，道：「傳喊冤之人。」

老者被侍衛攙入大堂時，大堂裡已清出了一塊空地。他白衣染塵，手指血肉模糊，一見駕就從懷裡摸出狀紙，顫巍巍地舉過頭頂，喊：「啟稟陛下、皇后娘娘，草民韋正，乃鎮陽縣春闈士子韋鴻之父，訴狀在此！」

宮人取過訴狀呈上，狀紙血跡斑斑，揉得不成樣子，紙上墨跡力透紙背，字字如刀刻斧鑿。

李恆窺著龍顏，越看越惶恐。

砰！

步惜歡將狀紙拍到桌上，問：「可有此事？」

李恆忙道：「啟稟陛下，春闈事關重大，知縣在案發當日就命人快馬稟知州府，微臣即刻命仵作前來複檢，初檢、複檢及人證口供都證實韋子高是失足摔亡，並無冤情啊！」

步惜歡道：「卷宗何在？呈來！」

卷宗在縣衙，皂吏引路，侍衛騎上戰馬，不過兩盞茶的工夫，卷宗便被呈到了御前。

步惜歡閱了一眼，便將狀紙、堂錄、供詞及驗狀都遞給了暮青。

卷宗一到暮青手裡，李恆和呂榮春就繃緊了身子，酒樓內外鴉雀無聲，兩人面前的地上漸漸被汗打溼了一片，連掌櫃的也哆嗦了起來。

誰也說不清過了多久，只聽皇后的嗓音寒如風刀。「把狀紙給李刺史和呂知縣瞧瞧。」

小安子手捧狀紙而出，李恆與呂榮春恭恭敬敬地接了訴狀，看罷雙雙一驚。

李恆道：「啟稟皇后娘娘，微臣深知春闈事關重大，案發之後屢問案情，敢說對卷宗倒背如流。恕臣直言，訴狀中稱韋子高掌心有血，可縣衙、州衙兩次檢驗皆未有此紀錄，苦主狀告同席，疑有內情，不知可有證據？」

皇后斥道：「好一個可有證據！此乃命案，偵查取證乃官府之責，申訴命案竟要百姓自行舉證，那要州衙何用？」

李恆噎住。

「與其向人究問證據，何不自己瞧瞧！」皇后抬袖一拂，初檢、複檢的驗狀、格目、正背人形圖等一股腦兒地散落在了地上。

宮人拾起遞出門來，李恆與呂榮春逐字翻閱，卻沒看出端倪來。

這時，皇后問：「韋父，你既對屍檢存疑，本宮給你的答覆唯有開棺再驗！你可願意？」

韋父道：「回皇后娘娘，草民決心告御狀時就已備好了棺材，現就停放在家中靈堂裡，伴著犬子的遺骨。遺骨至今沒有下葬，草民一家等的就是今日！」

言罷，老者叩首，以頭搶地，悶聲彷彿敲在人的心窩子裡，敲出一片死寂，幾處暗湧。

「好！命案既然發生在此，今日不妨就在此開棺！」皇后一拍桌案，聲勢如同驚堂木落。「抬遺骨！傳仵作！」

……

棺材抬入街市時，李恆和呂榮春身後空出塊地來，棺落塵揚，兩人脊背發涼，皆有黑雲壓頂之感。

韋家老小和仵作行人見了駕，街市上忽然像搭起了戲臺，只不過戲裡的帝后州官，今兒全是如假包換的。

鎮陽縣的仵作年逾五旬，體態敦實，伏在知縣身後，幾乎瞧不見人。

皇后的聲音從大堂裡傳來：「初檢是你驗的？」

仵作伏低答：「回皇后娘娘，正是小吏。」

皇后道：「那今日開棺，仍由你來。」

「啊？」仵作抬頭，驚訝惶恐。

韋家人也很意外，今日冒死告御狀，皇后下旨開棺，一家老小皆以為皇后會親自驗屍，不料竟委以縣衙仵作。但轉念一想，皇后已非昔日仵作，豈可再碰賤役？只是……縣衙仵作開棺，委實令人難安。

「驗就是了，本宮信得過你。」說罷，皇后便垂眸品起了茶。

韋家人怔住，老仵作吶吶地望入大堂，受寵若驚。

他領旨起身，退至棺旁，遲疑了半晌，壯著膽子稟道：「啟奏陛下、皇后娘娘，眼下雖是寒時，但……案發半月有餘，屍體恐已腐壞，當街開棺，腐氣熏發，恐傷貴體，且……且苦主一家，上有老者，下有稚童，當面煮屍取骨，恐傷老幼心魄，是否可別處開棺，從苦主家中擇一壯年男子從旁監看？」

皇后聞言眼簾未抬，眉心卻似乎舒開了。

聖上瞧著皇后的神色，懶洋洋地道：「准奏。」

老仵作忙叩頭謝恩，一邊擦著額汗，一邊託差役將棺材抬至街尾。

韋家老小五口，並無壯年男子，唯有少年一人，乃韋子高之弟，文弱俊秀，一副書生相，卻頗有幾分堅毅之氣。他自請代爹娘和寡嫂監看驗屍，隨棺往街尾而去。

不出老仵作所料，屍身果然已腐，因棺木起落，屍身受震，一開棺，就見屍體口鼻內溢著紅綠之物，聞之惡臭，令人作嘔。

老仵作託皂吏們搬鍋架火、打水備墨，皂吏們逃似的去了。

屍身已腐，不堪再驗，唯有煮屍驗骨。老仵作在街尾煮屍，棺前燒有大量蒼朮、皂角，酒樓在街市中段，仍能聞見腐臭氣。

韋家老小抱頭哀哭，韋父長伏不起，叩拜的卻不僅僅是帝后，還有亡子之魂。

約莫一炷香的時辰後，老仵作與皂吏們端著一盤盤的人骨前來覆命，韋家婦孺見到白骨，哭作一團。

老仵作道：「啟稟陛下、娘娘，屍身已腐，不堪再驗，小吏取骨驗之，於死者的手臂和腿骨上共驗出三道骨裂，皆非致命傷。與初檢、複檢一樣，致命傷在後顱，顱骨可見塌陷，形態長，且塌陷中央兩旁可見骨裂一道，呈線形，長約五寸。此乃驗狀，恭請娘娘過目。」

狀。

稟罷，老仵作將托盤呈上，盤上盛著一個白森森的頭骨，下面壓著一張驗狀道：「與初檢一致？不見得吧？」

皇后將浸了墨色的人骨一一看過後，方才端起顱骨辨查了一番，而後看著驗狀道：「與初檢一致？不見得吧？」

老仵作怔住，不明皇后之意。

皇后指向知縣身旁擱著的驗狀，冷冷地道：「初檢的驗狀就在那兒，你是如何記錄的，拿起來，念！」

老仵作膽顫心驚，慌忙拾起驗狀念道：「屍肩甲、肋下、腰背、臂外側、腿外側可見青黑十三處，形長不一，觸之硬腫，水止不流，為生前瘀傷。屍後顱可見流血傷，觸之塌陷，乃致命傷之所在……」

皇后問：「今日驗狀上又是如何記錄的？」

老仵作道：「屍右肱骨可見骨裂，呈線形，長一寸二；右橈骨線形骨裂長一寸；右股骨線形骨裂長二寸一，皆非致命傷。後顱枕骨處可見塌陷，形長且塌陷中央兩旁可見骨裂一道，呈線形，長七寸七。」

皇后道：「看來你熟知驗屍的規矩，知道各處傷情需一一記下形態、尺寸，不可遺漏。那為何初檢時，十三處瘀傷各在何處、形態如何、尺寸幾許，皆一概而過？」

老仵作的喉頭咕咚一滾，沒有答話。

皇后又問：「由驗狀可以看出，你對朝廷刊發的《無冤錄》必是精習過的，《無冤錄》中對於頭顱上的致死傷當如何驗看是怎麼說的？」

老仵作道：「需……需剃髮細檢，洗淨創口，詳檢其形態尺寸。如若見疑，需告苦主，以求……細驗骨傷……」

「那你是如何驗的？髮可剃了？傷可洗了？形態尺寸皆未錄入，緣何膽敢如此草率！」皇后怒拍桌案，一桌人骨乒乓作響。

老仵作慌忙叩首。「回皇后娘娘，因死者是從樓梯上滾下來的，全身上下唯有後顱重傷，乃致死傷無疑，故而小吏……」

「無疑？你家知縣不諳驗屍之道，難查你在驗狀上做的手腳，你當本宮也瞧不見不成！」皇后指著驗狀道：「你家知縣瞧了半天也沒發現初檢和複檢的驗狀有何不同，不妨你來告訴他。」

李恆和呂榮春看向老仵作，老仵作若有芒刺在背，心如亂麻，遲疑不決。

皇后道：「你若說手腳不是你做的，就當本宮錯信了人。」

老仵作身軀一震，那句「本宮信得過你」猶在耳畔，掙扎了半晌，終把心一橫，叩拜道：「回皇后娘娘，回二位大人，初檢的檢驗正背人形圖上比複檢中的多了一筆，多在……死者的右掌心中。」

「什麼？」李恆一驚。

呂榮春奪過驗狀，仔細一對，如墜冰窟——圖上果然多了一筆墨跡，正點在死者的右掌心！

這檢驗正背人形圖是隨《無冤錄》一併發至官衙的，驗狀上印著人身正背二圖，要求仵作驗屍時將傷痕、尺寸一一畫錄其上，斷案時憑此圖可對死者的傷情一目了然。韋子高遍體是傷，圖上勾畫得滿滿當當，不留心，誰能發現掌心處那芝麻大的墨點子？且這老仵作是縣衙老吏，一向老實巴交，誰能想到他會有這一手？

皇后問：「多出的一筆是何意？」

老仵作答：「回皇后娘娘，是……是血，死者右手心裡是有血的！」

此言一出，街上的哭聲戛然而止，韋父猛地回頭看向老仵作。

呂榮春大驚，斥道：「休要信口雌黃！既然有血，為何未加標示？你有何居心！」

斥罷，不待老仵作辯白，呂榮春便叩首高呼：「啟稟陛下，啟稟娘娘，自案發以來，微臣從未聽聞此事，不知仵作為何蒙蔽微臣！」

皇后道：「知縣訴你有心蒙蔽，本宮倒是覺得不算冤枉你，你以為呢？」

老仵作道：「回娘娘，小吏的確是有心隱瞞，因為……因為小吏曾稟過知縣大人，韋士子掌心有血，失足摔下樓梯前可能受過傷，但知縣大人說，人既是摔下樓梯才死的，那就是失足跌死的。可小吏遍檢屍身，並未在死者身上發現創口，流血傷唯有後顱。小吏斗膽猜測，若韋士子掌心的血是自己的，那麼生前傷很可能就在後顱，死因難說與生前傷無關。但知縣大人一向專斷，小吏位卑言輕，因知死的是春闈學子，州衙必遣仵作複檢，故而想著，若複檢時發現疑情，州衙仵作之言必然比小吏之言有分量。不料州衙來人後，複檢中隻字未提疑情，連初檢驗狀都被以『春闈學子身亡，刑部必查』為由，要求不可與複檢有出入，小吏覺得此案水深，恐難揭露真相，故而點畫了一筆，以期刑部覆核時會有所發現，沒料到陛下和皇后娘娘會駕臨鎮陽縣……小吏不知所措，並非有意欺駕，望陛下和娘娘恕罪！」

食客們聞言竊議紛紛，若非帝后在此，只怕早炸了鍋。

韋家人懵著，刺史李恆和知縣呂榮春齊聲喊冤。

聖上氣定神閒地對皇后道：「妳瞧瞧，一樁案子，百姓喊冤，縣官喊冤，州官也喊冤，究竟是哪個冤？」

皇后望向龍顏，寒銳之氣斂了許多。「你要糾結哪個冤，可就把自己繞進去了。命案的真相永遠不在於活人說了什麼，而在於死者經歷了什麼，這也是本案的關鍵所在——韋子高失足摔下樓梯前經歷了什麼？也就是他被同窗勸回屋到他離席告辭的這段時間內，雅間裡發生了什麼事？查清此事，真相自現。」

帝后一問一答，頗似閒話家常，聞者卻慌張四顧，神色各異。

這時，皇后望向後堂，喝道：「掌櫃！案子發生在你店裡，你可知內情？」

掌櫃的一顫，結結巴巴地道：「回娘娘，那日……那日門關著，草民不——」

砰！

「休言不知！」皇后一拍桌案，聲如春雷。「昨日清晨，陛下要包雅間，你支吾遲疑，神色慌張。本宮問你，人又沒死在雅間裡，那屋子既非凶屋，你慌張做什麼！此乃命案，知而不報，按律當處杖刑徒役，你可想仔細了再答！」

掌櫃的沒料到皇后察事如此細微，一時間抖若篩糠，卻仍遲疑不決。

這時，忽聞有人道：「啟稟娘娘，民女知情！」

掌櫃的一驚，暮青望去，見說話的是那搭訕步惜歡的少女——掌櫃的女兒。

少女怯生生地道：「啟稟皇后娘娘，那日聽見聲響的是民女，因怕惹上官司，故而隱瞞未報。爹爹怕娘娘降罪民女，這才斗膽欺瞞，望娘娘恕罪！」

暮青淡淡地道：「那要看妳所言是否詳實了。」

少女忙道：「事情是這樣的，那天小二不慎將湯水潑到了馮公子身上，爹爹擔心小二去上菜會惹人不快，便遣民女去送，民女到了門外，聽見屋裡有爭吵聲，正想偷偷見識見識文人吵架的場面，就聽見砰的一聲，隨後……門就被撞開了，韋公子捂著頭從屋裡奔出。他急匆匆地要下樓，竟不慎滾了下去，就……就死了……」

「哦？他捂著頭？」

「正是！」

掌櫃的這才道：「啟稟皇后娘娘，小女尚未出閣，上不得公堂，是草民不讓她多事的。那天地上灑了湯水，草民本該叫小二及時打掃，卻因大堂裡忙，就……就耽誤了那麼一會兒，誰知會害了韋士子的性命……此事罪在草民，與小女無關，望娘娘明察！」

「爹！」少女急了眼。

韋父高呼道：「求陛下、娘娘做主！」

步惜歡看向暮青，暮青忽然起身上了樓。

她進了雅間，來到窗邊支起窗子，望向了那迎風飄揚的酒旗。「把旗子摘了！」

話音剛落，月殺一躍而起，與暮青打了個照面的工夫，酒旗便被順杆擼下，人穩穩當當地落了地。

暮青嘖了一聲，扒著窗臺斥道：「能耐了？」

這廝的胳膊傷得厲害，事後驅馳勞頓，延誤了治骨的時機，幸虧隨船的那些江湖高人常年打打殺殺，各有各的療傷門道，在海上時，什麼法子都在月殺身上試過。梅婆婆說，這條胳膊沒殘實屬萬幸，這一、兩年需好生養護，日後陰寒時節方能少遭些罪。

當時，她回國心切，急於助兄長清除內患，一意涉險，方使元修有機可乘，致月殺受此重傷。她心中有愧，本想讓他勿理公務，又擔心他因賦閒而內疚，故而准他帶傷辦差，只是不准他動武。但這人著實不聽勸，方才在店裡就與李朝榮一起擊殺了惡吏，現又扯酒旗。

自打登船前一番交心之談後，月殺似乎回到了當年模樣，當年那個護她從軍的親衛長，不拘尊卑，更像友人。暮青雖然喜歡如此相處，但這種時候著實惱火。

月殺冷淡地道：「回娘娘，筋骨需要活動，方能康健。」

暮青怒火大盛，一把抄起窗棍，那架勢像要砸下去。她卻沒砸下去，只是關了窗子，拎著棍子下了樓。

一回到桌前坐下，暮青就說道：「把酒旗給呂知縣瞧瞧。」

月殺聞令交旗，似乎憂慮呂榮春看不見驗狀上的墨點子，也會看不見酒旗上的血點子，他還特意指了指。「知縣大人看這兒。」

呂榮春見之大驚，吶吶地望進大堂。「這是……」

暮青抄起窗棍就扔了出來，棍子剛巧砸在呂榮春面前和月殺靴旁。「這是凶器和物證。」

月殺看了棍子一眼，面無表情地走開了。

呂榮春啊了一聲。

暮青道：「仵作！你已驗過顱骨，將死因說給他聽！」

老仵作道：「稟知縣大人，死者的死因的確是摔亡，但其後顱生前曾遭受重傷，屍檢可見骨裂。」

言外之意是，若韋子高生前頭顱未受重傷，摔下樓梯未必會死。

呂榮春吸了口涼氣。「恕微臣愚鈍，死者摔亡時後顱已塌，骨裂……似乎不稀奇吧？這骨裂……難說是生前受人擊打所致，還是摔的吧？」

暮青瞥了眼桌上，小安子捧著顱骨就送到了門外，擱到了呂榮春面前。

老仵作道：「稟大人，器物有異，其致傷形態亦有差異。樓梯帶稜，後顱骨的塌陷之態似舟，正如您眼前所見。而此塌陷兩旁，同時可見一道長形骨裂，此為長圓形器物擊打所致，例如竹木棍棒。據朝廷刊發的《無冤錄》中所記，此類凶器一次打擊所造成的線狀骨折較為單一，極少形成塌陷骨折，即便有，也是長形的，與此顱骨上所見的舟狀骨折絕然不同。故而，死者的後顱生前一定遭受過擊打，且這條主骨折線一定與凶器的長軸一致。」

呂榮春雙目圓睜。

「量給他看！」暮青喝道。

皂吏奉上驗屍箱，老仵作開箱取尺量棍，高聲道：「經量，棍長七寸有七！」

呂榮春盯住棍子，大堂裡嗡的一聲，人言鼎沸！

春闈士子韋子高遭人謀害，行凶者是誰不難猜測，官府查案敷衍了事，其中莫不是有何勾當？莫不是……與科考有關？

自朝廷頒布科考取士的國策以來，舉國興學，文風大盛，天下間不知多少學子寒窗苦讀，盼憑科考走入仕途，一展抱負。今年乃首屆春闈，天下矚目，誰能料到尚未開考，鎮陽縣便出了這等案子？此案若真與科舉有關，怕不是驚天醜聞？

食客們瞄向帝后，見聖上面色波瀾不興，喜怒難測。

暮青道：「案發當日，韋子高在窗邊遇襲，凶器正是窗棍。行凶者盛怒之下傷人，血濺出窗子，留在了酒旗上。隨後，韋子高負傷奔逃，失足滑倒滾下樓梯，後顱再受重傷，方致當場殞命。而今，屍骨、凶器、驗狀、人證、物證俱在，呂知縣可有話講？」

呂榮春戰戰兢兢地道：「微臣疏忽，微臣有罪！」

暮青問：「馮文栩有重大嫌疑，此人現今何在？」

呂榮春支吾道：「回皇后娘娘，進……進京趕考去了。」

暮青毫無意外之色，轉頭望向步惜歡。

步惜歡氣笑了。「即刻拘回！朕聽說今年鎮陽書院共有三名學子入了春闈，那同馮文栩一同進京趕考的，叫……」

刺史李恆心裡咯登一聲，冷汗直冒，鎮陽書院今年有幾名春闈學子，聖上竟然知道！帝后本該在大駕中，卻提前微服而至，剛巧下榻在案發的酒樓中，還包了學子聚宴的雅間，這一切難道是巧合嗎？

這時，暮青道：「王進才。」

步惜歡道：「一併拘回！那日同宴的學子還有哪些人？即刻傳來！」

這旨意沒說是下給誰的，李恆戰戰兢兢地道：「微臣領旨！」

「讓馬常郡去辦吧，朕有別的事問你。」步惜歡看了眼關州總兵，待其領旨而去，才問：「鎮陽知縣說罪在疏忽，你呢？你可有話對朕言講？」

李恆惶恐至極，卻仍存僥倖之心，避重就輕地道：「仵作複檢敷衍了事，乃微臣治下不嚴之過，微臣有罪！」

步惜歡呵了一聲，對暮青道：「妳聽聽，一個治下不嚴，一個辦案疏忽，朝廷的俸祿養了一幫懶官蠢吏，他們這哪是請罪，是在當著鎮陽百姓的面兒罵為夫識人不清、朝廷用人不明啊！」

暮青道：「他們可不蠢，罔顧人命，鑽營結黨，禍亂春闈，欺君罔上，這哪是蠢材能幹出來的事？你識人的眼光好著呢！上至朝廷，下至地方，盡委任了些精幹官吏，是他們自個兒沒將才學用在正途上，豈是你的過錯？」

此話包羅甚多，步惜歡彷彿置身蜜罐，睨著街上道：「李朝榮，把那些東西扔給他們瞧瞧。」

李朝榮取出兩封密信遞給了兩人，兩人瞥見封字兩手一抖，密信嘩啦啦地撒在了地上。

食客們不敢張望，只見聖上漫不經心地品起了茶，竟再未開口。

時間就這麼流逝著，街市上靜如死水，不知過了多久，一陣馬蹄聲從街尾而來，關州總兵馬常郡將鎮陽書院的學子們帶到了。

五個學子慌張見駕，都是及冠之年，眉目青澀。

步惜歡望向街市，目光落在州縣官吏身上，慵懶的腔調裡添了幾分涼意：「讓你們瞧瞧，怎不打開？」

李恆和呂榮春顫若篩糠，碰都不敢碰面前撒落的信。

「朕讓你們打開！」步惜歡忽然將茶碗砸了出去！

茶碗磕在門檻上碎成了渣，熱茶濺到李恆和呂榮春身上，兩人挪都不敢挪一下。

龍顏震怒，食客們噤若寒蟬，卻都把耳朵豎得直直的。

步惜歡目光一越，落在五名學子身上，涼涼地道：「鎮陽學子真叫朕刮目相看，都是二十出頭，眼見同窗遭人毆打，失足摔亡，竟能串供作偽，這份鎮定自若、毒辣心計，怕是令天下多少年少學子自愧不如啊！」

說話間，步惜歡一拂衣袖，供詞乘風而起，削過李恆和呂榮春的烏紗，輕飄飄地落在了五名學子面前。

學子們早在茶碗摔出門時就被震碎了膽魄，耳聞帝音，眼見供詞，霎時心防俱崩，紛紛奏事。

「啟奏陛下，學生等人說了實情，奈何知縣大人恐嚇逼迫，不得已……改了口供！」

「知縣大人說，今年乃首屆春闈，出了學子鬥毆致死的醜事，朝廷必拿書院開刀，嚴辦此案，以儆效尤，到時必將連累師長同窗。學生等人委實沒料到慶宴上會出人命，害了子高兄已是悔恨不已，豈敢再連累師長？」

「學生自知有愧於子高兄，願擔罪責，叩請陛下莫要降罪書院，此事與書院毫無關係！」

「學生也願擔罪責！」

學子們紛紛請罪，韋家人望向知縣，知縣虛軟無力，汗如雨下。

暮青問：「韋子高與何人鬥毆？」

一名學子道：「回皇后娘娘，是文栩兄。但鬥毆是知縣大人的說詞，其實事情只是源於幾句口角之爭。子高兄與文栩兄才學出眾，常有政見之爭，那日因為喝了酒……文栩兄被言語所激，便拿窗棍砸了子高兄的頭。」

又一名學子道：「學生等人當時驚住了，子高兄奔出房門，隨後就……事發後，文栩兄甚是驚慌，他說子高兄是摔死的，求學生等人念在同窗的情分上，莫提他打人一事，當時沒人答應，學生們如實稟明了知縣大人，聽大人說會牽連書院，才……」

話到此處，韋子高遇害的前因後果已明瞭，步惜歡道：「鎮陽知縣，你操弄命案，禍亂春闈，可知該當何罪？」

呂榮春惶恐至極，稟道：「啟奏陛下，微臣不敢禍亂春闈，都是奉了刺史大人之命！」

李恆大驚，斥道：「休得胡言！難道不是你擔心此案會連累你的烏紗，寫信給本官求保嗎？」

「下官求的是萬一朝廷問責於下官，還望刺史大人美言幾句，可州衙仵作來傳的話卻是以意外身亡論。」事到如今，呂榮春只能顧自己了，他高聲道：「啟奏陛下，微臣絕無半句虛言！案發後，馮文栩曾蠱惑微臣，稱今乃首屆春闈，朝廷必嚴糾風紀，若知學子毆鬥之事，恐會問責知縣，反正韋子高是意外摔亡，何不將毆鬥之事抹去，放他進京趕考，如若高中，必將圖報。微臣的確有此擔憂，但知春闈關係重大，不敢操弄命案，便急稟刺史大人求保，是刺史大人命人傳話說此案要以意外身亡論的，求陛下明察！」

「陛下！微臣……」李恆支吾作態，卻難辯白。往來信件就在眼前，其中勾連明明白白，何從狡辯？

步惜歡道：「李恆啊李恆，你二十五歲為官，從一縣書吏幹起，而今官至一州刺史，整整三十年！論興農治地，你是好手，經驗老到，政績斐然，朕本想待你任期滿後調你到朝中司屯田要事，你卻暗通禮部，結黨弄權！見信之時，你可知朕心之痛？」

李恆一驚，後脊發涼——聖上明言禮部，莫非要辦閣侍郎？聖上頗愛閣侍郎之才，方才命他宣讀密信，他曾琢磨聖意，琢磨帝后當街公審，興許只是擺個姿態，畢竟閣侍郎是聖上制衡寒門勢力的一顆要棋，為了本案而廢此棋，豈不因小失大？

這時，卻聽聖音傳來：「大興與大圖為鄰，鄰國之安定關係重大。當年朕問皇后，何日方能長相廝守？皇后答：『國泰民安時。』那時朕與皇后皆未料到，一別便是五載。這五年寒暑，皇后遠居神殿，朕亦勤於政事，為的皆是當年之願。科舉取士乃國之大計，朕臨行前將春闈託付給信重之臣，而禮部侍郎，朕欽定的春闈主考，竟趁機鑽營結黨，敗壞國策吏風，若非朕與皇后及時歸來，撞見爾等醜事，他日叫毆殺同窗之徒入仕為官、鑽營弄權之輩入朝治國，豈不是要構陷同僚、結黨營私、賄亂朝綱、禍國殃民？」

步惜歡說罷已來到門口，睨著門前跪著的州縣官吏和眾學子，目光沉痛。

學子們痛哭流涕，呂榮春伏低禁聲，李恆呼道：「臣有罪！」

「你是有罪。」步惜歡長嘆道：「摘了他的烏紗，隨駕押解進京，交與大理寺與刑部會審，徹查此案。」

李朝榮領旨，步惜歡又睨了眼顫若篩糠的呂榮春。「鎮陽知縣操弄命案，為官不仁，即刻革職抄家，鎮陽縣酷吏視人命如草芥，一併嚴辦！」

眾官吏在街市上跪了半上午，腿早已沒了知覺，被拿下時皆虛脫而倒。

人一被拖走，街市上便只剩下老仵作、鎮陽學子和韋家老小。

步惜歡對學子們道：「朕念爾等尚知廉恥，只因涉世未深才受奸人蠱惑，故而網開一面，不問刑責。但謊供作偽，罪責難恕，革除爾等學籍，永不入仕，爾等可有不服？」

學子們皆熟知朝廷律例，在命案中謊供，罪當發配徒役。此案關乎春闈，已夠得上罪加一等，如今免於刑責，實屬聖恩浩蕩。只是對文人而言，革除學籍，永不錄用，委實比罪責加身更為殘酷。

但又能怪誰呢？一失足成千古恨罷了。

學子們羞於抬頭，更恥於求饒，紛紛哭謝聖恩，淚灑街市。

步惜歡長嘆一聲，決然而回，親自將韋父攙起，說道：「官吏不仁，令百姓遭難，乃朕之過，朕有愧於民。」

韋父受寵若驚，惶然地道：「陛下，草民衝撞儀仗，按律……」

「攔駕鳴冤，何罪之有？取士國策可改，舊律又有何不能廢的？」步惜歡吩咐宮人賜坐，又赦了韋家老幼，而後命仵作將遺骨歸還入棺。

見遺骨被端出，韋家老幼放聲悲哭，步惜歡靜默地望著長街，暮青亦起了身。

帝后一同目送遺骨，韋家人漸漸止了哭聲。

直到遺骨入棺，仵作回來覆命，步惜歡才問：「韋家二郎，你可有讀書？」

少年忙跪下答：「回陛下，學生三歲啟蒙，苦讀詩書，而今已是志學之年，正打算明年參加縣試。」

步惜歡聞言面色欣慰，勉勵道：「你兄長路見不平敢替人言，可見其才德兼優，失此人才，朕心甚痛。你雖年少，但朕見你頗有堅忍勇毅之風，必是可造之才，故盼你能承繼兄長之德，剛正為人，發憤圖強，他日好為國之棟梁。」

韋家人和少年受此勉勵，受寵若驚，少年噙淚叩呼：「學生叩謝帝后之恩，定不負聖望！」

步惜歡欣慰地點了點頭，環視了一眼酒樓街市，說道：「國泰民安，祈願容易治國難。朝臣結黨，政爭酷烈，吏治腐敗，濫溢成風，朕年少時便知國家積弊，非破難立，故而一親政便整頓吏風，改革取士，不拘士庶，廣納賢才。文臣武將乃國之棟梁，士庶學子乃國之基石，然而，一國之本惟民，本固方可邦寧。朕兼聽納諫，能容政爭，但絕不容結黨營私！鑽營結黨，蛀國棟梁；禍亂春闈，毀國基石；酷政欺民，戕害國本！縱有滿腹經綸，朕亦不容！一經查實，必一糾到底，永不姑息！」

此言如天降風雷，聲傳街市，餘音不絕，震人心魄。

韋家少年面色激越，高呼道：「吾皇聖明，萬歲萬歲萬萬歲！」

話音落下，兵仗跪拜，百姓山呼，萬歲之音如山呼海嘯，聲勢浩大，久久未絕。

這天，是嘉康七年正月十六，帝后微服至關州鎮陽，查訪命案，當街開棺，嚴辦官吏，勉勵學子，談論國策……

隨後，儀仗到來，帝后入輦，大駕入了鎮陽縣衙。

縣衙被查抄，信件、私帳皆被查出，朝中又有一批摺子送到，步惜歡忙於政務，暮青也沒閒著。

楊氏一行到了縣衙，這樁案子多虧崔遠心細，正是他告知韋家人此案有疑，說服韋父攔駕告狀的。

洛都一別後，眾人終於相會，卻沒有時間敘舊。暮青在書房中審閱查抄出來的信件和帳目時，發現了幾封拒盟的信件和退帳——關州刺史李恆命鎮陽知縣聯絡同鄉摯友，多結黨同，其中不乏賄賂之舉。但一些人並未受此蠱惑，有回信痛斥者，有畏於天威而不敢弄權者，這令暮青不由回憶起了當初在淮州平叛時的謀算。

當初，她因知江山難守，明白治國的背後是一場一場的君臣較量，便決定趁平叛給朝中文武和地方官吏打一回烙印，期望日後如遇危難，能少些見風搖擺之輩，期望群臣對帝后的忌憚會為應急贏得時間。

此番帝駕離京，凶險難料，朝中人心惶惶，卻無敢密謀作亂者，唯有一樁由春闈學子身亡而牽出的結黨案，實是萬幸，而此幸正是源於當日的未雨綢繆和多年的吏治之功。

閱罷信件和帳目，暮青又命人將呂榮春在任期間的案卷呈來查閱，不料不查不要緊，這一看，竟在不少驗狀上看出了標記。

暮青立刻命人傳來老仵作，驗狀上的手腳果然是他做的，他是老吏，衙門裡的齷齪事多有耳聞，連前任知縣辦的錯案也熟記在心。

步惜歡踏入書房時已是傍晚，老仵作正回稟案情。見天子駕到，宮人竟未唱報，老仵作不由慌忙見禮。

暮青沒挪座，命老仵作繼續回稟，步惜歡便懶洋洋地往窗前一倚，伴著暮色晚風，接著聽。

老仵作心中驚奇，卻不敢遷延，急忙接著稟事。

半晌後，步惜歡冷不防地問：「你入行多少年了？」

老仵作一愣，答：「回陛下，有三十年了。」

「那的確是老吏了……朕見你經驗老到，勤懇剛正，熟知案卷裡的門道兒，不知你可願進刑部辦差？」

「……啊？」

「刺史府剛免了仵作的職，那兒有職缺，但朕不想讓你去。你做的事傳入刺史府，難免會遭上官忌憚、同僚排擠，調你到州府未必是好事，留你在縣衙又屈了這身經驗。刑部吏風端正，又由皇后提點，不會有人刁難你，你可願往，為國效力？」

老仵作委實不敢想這好事，更沒料到聖上會為一介小吏思慮得如此周詳，不由感激涕零，叩呼道：「小吏願效犬馬之勞，萬死不辭！」

「好！朕和皇后明早回京，你便同行吧！」

老仵作忙謝恩告退，回家告知家眷，收拾行囊。

人一走，步惜歡就將一封密信遞到了暮青眼前，他沒說話，只是望著窗外，樹影在眉宇間搖晃著，時陰時晴。

信是閻廷尉傳給李恆的，案發後，呂榮春傳信問計求保，李恆認為馮文栩雖是寒門子弟，但其狠辣才幹頗有閻黨之風，保之必有大用，於是先決後奏。閻廷尉一心拉攏士族，見信後本應反對此事，回信上卻盡是些寒暄之言，稱春闈將至，公務繁忙，有勞李兄操心庶務。

言外之意，即是默許了此事。

步惜歡望著庭中春色道：「妳不識此人，他頗有才幹心計，雖然政爭經驗不足，但心計絕不止於此。馮文栩縱有驕人才學和狠辣心性，也不過是一介考生罷了，哪怕高中入仕，也是從小吏做起。宦海沉浮，誰知此人何年何月能官居要職？其用處怎抵得過士家子弟？」

暮青問：「你的意思是？」

步惜歡望來，晚霞掠過眉間，如刀光一晃。「換作是我，生米既已下鍋，那便將錯就錯，棄之不用。待其日後官居要職，飛黃騰達，揭發當年凶案，連其黨同一起除之，豈不快哉？」

暮青皺了皺眉，細品此話，不由生寒。馮文栩是寒門出身，若朝中士族集團不用他，他就只能進寒門集團，若真有官居要職的那一日，當年凶案忽被揭發，他本人丟官下獄無妨，但拔出蘿蔔帶出泥，寒門集團必定受到牽連和打擊。這是一盤大棋，這枚棋子若在官場上提前出局，則無甚損失，若能挺入後局，必成殺招。

「這才是你此行的目的？」暮青本以為這齣微服公審的戲為的是正朝廷法紀、糾學風吏風、謀士庶民心，可如今看來，杜絕許多年後的黨爭之害才是步惜歡的目的。

「可惜了……」步惜歡長嘆一聲。

暮青不由來到步惜歡身邊，同他一起望著春庭暮色。她瞭解他，閻廷尉根基尚淺，根本翻不起大浪來，他臨行前何必指一個主考官的差事來試探他？只能說，他早就看穿此人權欲心重，久用必成禍患，故設此局，想給臣子一個機會，抑或一個說服自己割捨的理由。

他當初啟用此人應是心急，她與大圖立下三年之約，遠赴神殿，夫妻分離，他定然自責，所以改革勤政，勵精圖治，為了富國強兵，不惜啟用善於鑽營之輩。

而今，國富兵強，夫妻團聚，他卻不齒做那鳥盡弓藏、兔死狗烹之事，於

是臨行前設下一局，希望臣子能擇明路而行，可惜……

這一聲嘆息飽含之意，她懂。

「阿歡，那年相識，知你有明君之志，今日你已做到。這樁案子，人皆可有所見，百姓看的是公理熱鬧，學子看的是國考公正，官吏看的是吏治國策，你著眼於朝廷十年乃至數十年後的黨爭之禍，而我看到的卻是希望。」暮青望著窗外，老仵作已離去，那青灰的背影卻彷彿仍在眼前，那背影像極了爹。「當年，我爹當差時，仵作尚在賤籍，官吏輕之，百姓遠之，陰司之風盛行，冤假錯案遍地。而今，朝廷早已將仵作納入官籍，刊行書錄驗狀，規範檢驗程序。時至今日，大興有辭官苦學檢驗的學子，有暗記冤假錯案的仵作，有開棺檢驗亡子遺骨的百姓……這些人是國本基石，大興的底子變好了。」

暮青望進步惜歡盛著晚霞的眸裡，兩人並肩的身影在春色晚風裡，溫柔且長。「我從前是期望，如今是確信——上有明君，下有固基，這個國家，未來可期。」

第六章

退位獻降

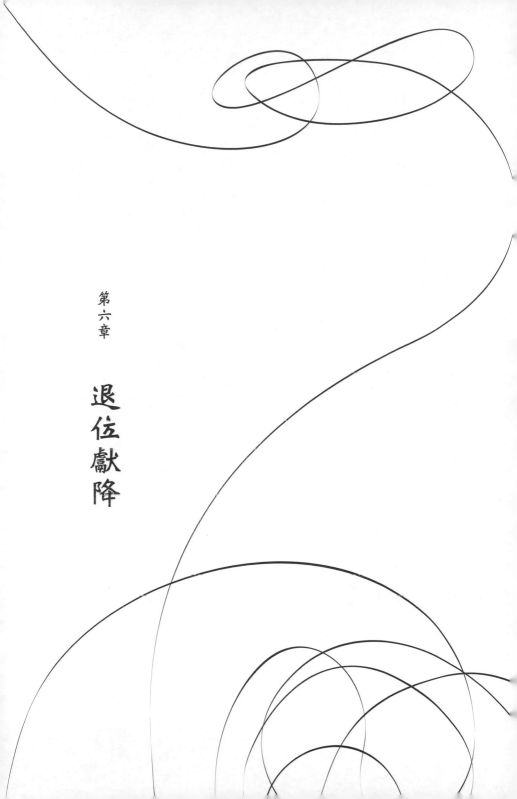

正月十七，帝后大駕離開鎮陽縣，一道聖旨被加急傳往汴都。

為了趕上春闈，大駕一出鎮陽縣就折道州渠，乘船北上，改由水路回京。

正月二十五日，船隊經關淮河道駛入汴江，率水師前來迎駕的是江南水師都督章同。

闊別五載，章同蓄了髫鬚，年方二十五，兩鬢已泛銀絲，面頰被江風烈日吹晒成了麥色，眉宇間鐵石般的堅毅已令人憶不起當年那意氣少年的模樣了，多年的歷練已將他磨礪成了老成穩重的一軍主帥。

老熊和侯天領了江防要務，沒能前來，但迎駕的將士有一半是當年江北水師的老人。

時值午時，春日當頭，江波如鱗，將士們甲胄如雪，面似紅日。章同跪在萬軍之前，高高呈起一物，正是鳳珮。

「微臣奉懿旨護駕除奸，幸不辱命，今日迎駕還都，特來覆命！」章同謹守著君臣之禮，不曾抬首望一眼鳳駕，唯有呈著鳳珮的掌心在日光下泛著汗光。

暮青的目光落在章同肩膀上，他的肩在那年兵諫時受了傷，是御醫們傾盡醫術才保住的。這些年，政事風雨不斷，叛亂平定、佞臣伏誅之後，唯有將士們的傷在訴說著昔日種種。

暮青含淚頷首，千言萬語湧上喉頭，最終只化作一聲：「辛苦了。」

一聲辛苦，如當年在軍中練兵時勉勵將士們那般，而今歷盡千帆，人歸來，仍如舊年模樣。

章同沒有抬頭，一抹微笑收在嘴邊，藏在了心裡。

她回來了！

二月初一，帝后歸來。

宰相陳有良率文武百官於江堤之上迎駕，都城萬人空巷，山呼雷動。

離京五載的英睿皇后，回來了。

汴都百姓沉浸在帝后歸來的喜悅中，卻見儀仗後墜著囚車，帝后一登堤，禮部侍郎、春闈主考閻廷尉就被當場拿下，革職下獄。

次日，工部侍郎李方亮、翰林學士周鎮、史敬平遭貶。

御史中丞王甫去職，以本官致仕。

與此同時，幾騎快馬攜著聖旨馳出四門，往地方州縣去了……

汴都百姓被帝后歸來的雷霆動作震驚了，二月初二，天下矚目的科考在肅殺的氣氛中拉開了序幕。

開試的鐘聲敲響時，立政殿的門開了，監察院正走了出來。

院正是位老者，從前專司刺月門人的訓練諸事，算是月殺、月影等人的老師。老者鶴髮白眉，仙風道骨，頗似隱士高人，實則暗殺、刺探、刑訊、用毒無一不通。老者走出太極殿，晨光簷影在那雙精明矍鑠的眼底輝映出幾分奇異的神采。

殿內，鳳案上擺著兩摞密奏，一摞來自大圖，一摞來自北燕。

傳國玉璽的事果然走漏了風聲，遺詔的真偽不攻自破，新帝的旨意成了偽詔，朝廷政令名不正言不順，地方官府惶然無措。

昌平郡王再發檄文，疑雲、景二族暗通南興弒君竊國，疑當年暮青親身涉險護送兄長別有所圖，而當年奉旨出使的人正是雲老和景子春，此事因此被指摘成二族暗通南興的證據。

檄文一發，信者擁護，而野心勃勃之輩則以璽碎為由，宣揚巫氏氣數已盡，天下英傑皆可登極。

民間人心惶惶，各地兵荒馬亂，到處都在強徵壯丁、糧餉，大圖陷入了割據之爭。

算算時日，聖旨已到嶺南，神官諭旨應該快到洛都了。

新朝廷自顧不暇，顯然不能指望他們有能力替南興洗清汙名，於是暮青請來了監察院正，授其一法，命其速辦。

步惜歡下了早朝，一回太極殿就聽了回稟——暮青命探子盡可能多地收買大圖百姓，宣揚大興的國策吏治、風俗民情，宣揚天子英明、國策利民、學風昌盛、商貿通達，並宣揚天子勤政愛民，大興國富兵強、國泰民安。

此法乍一聽沒什麼，細思卻頗有意思。

從前，探子行事雖多混跡民間，目的是掩藏身分、刺探情報，甚少收買當地百姓，更遑論大規模地收買。因百姓未經訓教，口風不嚴，很容易暴露探子的蹤跡，大規模地收買行動更易招致官府的察覺。但如今局勢不同，大圖兵荒馬亂，官府自顧不暇，哪有餘力防民之口？

暮青稱此舉為收買水軍，此策為輿論戰！

步惜歡失笑，有些好奇此策之威，於是准了此事，昭朝臣稍後議事，而後便往乾方宮去了。

這些年，他的起居搬到了太極殿，那條去往寢宮的路不知在夢裡走過多少個來回，前日攜她歸來，他今日站在宮門外仍有忐忑之感，生怕推開宮門，只見帝庭空寂，不見相思之人。

然而，當他推開立政殿的門，她正立在窗前，一身素衣，一如當年。

帝庭中春色滿園，她越過千年的時光來到大興，與他幾度分離，又在這江南最美的時節裡，回來了……

暮青聽見推門聲，轉頭望去，展顏一笑。

鳳案上擱著一摞來自北燕的密奏，末尾是期盼已久的好消息。

仰賴於船上有位從醫四十餘載的老郎中，和一位專於針灸奇方的軍醫，元修大難不死，去年十二月中旬，北燕海師在沂東登岸，帝駕就地休養。

上元節夜裡，宣稱在沂東休養的元修忽然出現在了上陵郡外的國公陵，開了外祖的墓門，隻身入內，三更方出。

次日一早，奉旨到沂東見駕的督察院左都御史沈明啟在半路被上陵兵馬攔截，就地革職下獄，以構陷異己、結黨營私、欺君罔上、禍亂朝綱等數項大罪被判凌遲處死，株連九族，其黨羽亦被革職問罪。

此事令北燕朝堂頗為震動，百官不明皇帝為何會在這個節骨眼兒上卸磨殺驢，沈明啟雖陰險毒辣，罪當萬死，但何至於株連九族？

沈氏一族的覆滅禍起華老將軍之死，元修重用仇人穩固帝位，自然不會將真相公之於眾。自古皇帝手裡的刀少有能善終的，暮青早知沈明啟會有今日，只是沒料到，到頭來是她給了元修卸磨殺驢的機會。

元修並未撤銷遣送姚蕙青和老熊家眷南渡的旨意，如今姚蕙青已動身離京，快則一旬，慢則半載，即可過江。

嘉康七年二月初十，神官諭旨下至鄂族，神甲軍和慶州軍奉旨死守州門。同日，嶺南軍兵壓兩國國界。

二月底，大圖新帝聞知南興帝后的旨意，驚鬱難眠，連夜召百官殿前議事。連月來，新朝廷焦頭爛額，傳國玉璽碎了，神官印璽失蹤了，景相曾獻一策，建議新帝直接下旨命鄂族兵馬助朝廷平叛。

鄂族四州乃大圖國土，即便旨意上不見神官人印，諒鄂族兵馬也不敢抗旨，畢竟國難當頭，不救豈不有失忠義？新帝以為此話有理，哪知剛要下旨，璽碎的風聲便走漏了，新皇即位名不正言不順，鄂族兵馬自然不認聖旨。

此計不成，朝廷唯有遣使向南興求援，英睿皇后乃大圖鎮國郡主和鄂族神女，她若肯承認新帝，新朝廷便可名正言順。但英睿皇后被擒之後，兩國同盟名存實亡，南興不會答應求援。原本朝廷答應南興帝借道時防備過今日局勢，卻不料機關算計，沒算到南興帝將計就計，在余女鎮以救大圖國門之危的名義還了人情，自此兩不相欠。

景相悔當初不該聽雲老之言，可禍已釀成，又能如何？如今南興兵壓國境，逼朝廷將真相昭告天下，可天下已知新帝之位來路不正，詔書有幾人會信？

朝廷已失去了還英睿皇后清白的時機，可此事做不好，南興不會來援，除非大圖有利可獻。

所謂獻利，要麼稱臣獻貢，要麼割讓城池。

南興國富兵強，豈能瞧得上貢銀？再說大圖內亂，徵兵平叛，軍費之耗頗重，上有百官俸祿要發，下有水澇螟蝗要治，國庫裡哪還擠得出閒散銀子來？思來算去，欲求南興來援，唯有割讓城池。

但此事遭到了太傅雲正的激烈反對，雲家出帝師，以復國興邦為己任，割讓城池，喪權辱國，豈能忍？雲正怒罵此乃賣國之策，任景相苦口婆心地勸其先破當下困局，始終難入其耳。

次日早朝，雲正率族中子弟八人跪於宮外死諫，稱當初英睿皇后分明歸還了印寶，如今印寶卻仍在其手，必是恃著先帝的信重偷梁換柱。而今南興兵壓國界，求援無異於引狼入室，與其割地稱臣，苟且偷安，不如死守疆土，以身殉國，名垂萬古，盼君三思。

新帝即位實屬趕鴨子上架，登基後榮華富貴沒享過一日，倒是地方割據，老臣強勢，孤立無援，四面楚歌。如今老臣竟還逼他死守殉國，他豈能不怒？

新帝下了御座、出了大殿，一路走到了宮門口，當面痛斥雲老死前之策誤國，如非自作聰明撕毀同盟，何至於令大圖落到今日境地？

雲正如蒙大辱，哭訴復國不易，為保帝位而棄國土，必遭後世唾罵。

新帝冷笑道：「朕若留青史汙名，汙名冊上必以帝師雲家為首。」

雲正望著新帝涼薄的眼神和決然離去的背影，仍固執地跪在宮外，直至日暮時分，一隊禁衛行來，關上了宮門。

新帝登基時漆過的宮門份外朱紅，夕陽被厚重的宮門關住，一線殘紅如染血的鍘刀般落在雲家子弟身上，落鎖聲令雲正滿腔的憤慨和委屈化作了無盡的悲涼。他朝宮門一拜，由自家子弟攙起，邁起雙腿往城門而去。

這天夜裡，太傅雲正率宗族子弟八人自盡於洛都城門，屍首以白綾懸於城樓上，面向滿目瘡痍的五州，希望以死來喚醒新帝，洗刷雲家通敵禍國的汙名。

新帝聞知此事，命人解下屍首，追封厚葬，但並無回心轉意之言，甚至當日深夜便召重臣進宮商議求援之策。

次日早朝，新帝頒布詔書，昭告姬瑤刺駕之罪，讚頌鎮國郡主清剿亂黨之功。然而，一些地方州縣接到詔書，剛張貼出去便被豪強撕毀。無奈之下，使節團懷揣著詔書，喬裝改扮出了洛都，往南興而去。

芳州乃京畿重地，尚在朝廷的掌控之中，欽州乃龍興之地，雖遍地亂象卻未成氣候，但一進雲州，使節團便被慘亂之象所驚。

地方官府和豪強爭奪壯丁糧餉，致農耕廢弛，民無所食，闔門飢死者無數，聚眾盜搶者猖獗，兵災匪禍，流民遍野。官府囤積糧餉，封了濟倉，一恐餓殍遍野，屍臭致疫，又恐兵壓國境的南興大軍會突然來奪城池，便將大批老弱流民驅趕到了關外，也就是大圖雲州、鄂族慶州和南興嶺南的交界地帶，想用流民絆住南興的鐵騎。

使節團喬裝混在流民裡，到了關外，卻沒見到人間慘象——交界地帶上建著貿易市鎮，因戰亂之故，鎮上早已人去屋空。慶州軍奉神官諭旨鎮守州關，任何人都進不去，流民們也沒力氣翻越神山，便聚集在了市鎮上。

嶺南節度使烏雅阿吉領著便宜行事之權，開了嶺南的濟倉，按南興律賑濟流民，壯者人日一升，幼者人日半升。市鎮上隨處可見分派屋舍的幹吏、巡邏防亂的兵將、陳設有序的賑濟點，城中甚至劃出了專門的區域安設醫帳，收治病弱之人。鎮子雖由嶺南軍方接管，依照戰時法度管制，但官署裡仍有文官坐堂，受理小偷小摸、鄰里爭吵等雞毛蒜皮的事。

市鎮上秩序井然，流民們拜謝南興官兵，遙叩汴都，謝鎮國郡主當初開通商路、興建城鎮和今日庇護賑濟之恩，場面令人動容。

此次出使南興，使節團的正使仍是景子春，因他曾奉旨迎先帝回國，與英睿皇后打過交道。

景子春悔當初沒能力勸恩師和父親，而今自食苦果，只能硬著頭皮往前看了。

於是，一身破爛衣衫、亂髮灰鬍的景子春帶著使節團進了官署，遞交了官憑文牒。南興官吏連夜將急情報往嶺南，次日一早，一隊精騎到了鎮上，將使節團帶往嶺南。使節團一踏入南興國界，求援國書就被八百里加急送往汴都。

五月初十夜，乾方宮承乾殿內，帝后正要就寢，小安子匆匆見駕，呈入了兩封加急軍報。

步惜歡拆開閱罷，笑了一聲，遞給暮青道：「妳瞧瞧。」

暮青已解了簪束，青絲如緞，素絹裙薄，燭光下平添著幾分醉人的女兒嬌柔。步惜歡凝神望著她，見她垂眸速覽，眉峰一揚，那卓然拔群的英氣為悶熱的夏夜添了幾縷颯颯涼意。

大圖的求援國書裡夾著詔書，詔書沒什麼可瞧的，倒是求援國書裡說，想以鄂族四州之稅賦求南興發兵來援。這賦稅不是十年、八年的，而是以神女在位的時間為期，也就是說，只要暮青在世，鄂族四州的賦稅就歸南興。

大圖半壁江山數十年的賦稅，聽起來好大一筆錢！

但問題在於，賦稅是取之於民用之於民的，暮青身為鄂族神女，神官大印在她手中，鄂族歸她執政，賦稅收入要用於俸祿軍餉、治水修路、興學鋪設、賑災濟民等等所需，到頭來能有幾個銅子兒進得了南興的國庫？

大圖朝廷開的條件也就是瞧著豐厚，實則繞了一圈，銀子還是會用在大圖身上，而南興發兵助人平叛，用著自家將士的性命，軍械糧餉還得從自家國庫裡出，怪不得步惜歡閱罷國書就笑了，委實可笑！

「這是試探，他們想以此為餌引我們開價，兩國談判。」暮青看出了大圖朝廷的心思，但這正是她所惱的。「這都火燒房梁了，他們還想談判，是真想亡國嗎？」

大圖復國老臣的迂腐做派，暮青深有感觸，他們八成早就商議出了請援的籌碼。至於籌碼是什麼，猜也猜得出來，以他們眼下的困境，除了割讓城池，也沒別的拿得出來了。

但同樣是割讓城池，由誰提出來，可關係青史怎麼寫——若是大圖提出來的，史書裡會寫：「割地獻利，賣國求存。」若是南興提出來的，史書裡會寫：「恃強制約，豪奪鄰土。」

那些老臣必然知道南興不會答應國書裡現有的條件，所以這條件只是一句暗語，意思是：若不滿意，儘管開口，咱好商量。

他們想讓南興提出割讓城池，一保全自己的後世名聲，二探探南興的胃口。這都什麼時候了，還算計這些！

「我看他們是不急！」暮青將國書拍到桌上，灌了口冷茶，卻絲毫沒把心火壓下去。

步惜歡睨了宮人一眼，宮人忙沏熱茶去了，他這才挪來筆墨，說道：「他們想讓咱們開價，那就開吧！今夜就將密旨傳往嶺南，命烏雅阿吉跟他們談。他們不急，那就拖些日子，讓他們長長記性。」

暮青正惱著，目光落到紙上，頓時一愣！

旨意上只有一言：護送大圖太后與成帝的靈柩來京。

暮青半晌說不出話來，直到見步惜歡擱了筆，要蓋印璽，她才攔住問：「你是不是早就有此打算？」

見步惜歡笑而不語，暮青將嶺南的軍報往他面前一推。「烏雅在貿易市鎮上打著我的名號賑濟流民——你命嶺南兵壓國境，為的不僅是助鄂族鎮守州關，更是為了替我謀大圖民心吧？」

步惜歡一笑，這才道：「大圖上下都靠不住，只能為夫動手。民心所向，謠言不惑，唯有大圖百姓信娘子，娘子方能不留冤屈於世。」

暮青默然以對，心頭滾燙。他一早就有替她正名之策，那逼新帝將真相昭告天下，平反冤案，只是為了解他自己心頭對大圖朝廷的怨氣嗎？不，他明知新朝廷自保都難，根本無力解決此事，所以，他等的就是這個局面。

兄長的生死是她的心結，驗屍或許能有所獲。但若早提此事，國喪已發，帝陵已封，開陵啟棺，翻檢帝屍，大圖是絕不可能答應的。所以，阿歡才逼大圖平反冤案，等的就是洛都無能為力，只能以割讓城池為條件來求援的時機。

對大圖而言，割地之害不僅有辱國威，有損君臣名節，更貽害無窮。因為一旦要談割地，最現實的問題就是割哪兒的地。

鄂族之權在她手中，洛都朝廷能做主割讓的唯有與嶺南接壤的貿易市鎮和雲州地界。九州領土，皇權專制之地只有五州，再割讓幾座城池出去，還剩多大國土？大圖本就擔心南興會竊奪鄂族，如再割讓城池，能不擔心此後國力衰弱，終有一日會被南興所亡嗎？

大圖君臣必是有此擔憂的，只不過別無他法，只能先保住朝廷。所以，當大圖君臣決定破釜沉舟時，南興不取城池，只要靈柩，對大圖而言無異於天降大喜，既能平息內亂保全朝廷，又能保住君臣名節，更無亡國之憂，開帝陵之害就顯得無不足道了。

暮青坐在煌煌燭光裡，動容的神情勝過人間正月最璀璨的煙火。「兄長的事……」

步惜歡嘆了一聲：「這事兒要是不查清楚，妳我何日能成親？」

她都回來小半年了，大婚之禮一直拖著，巫瑾的事要是不查清楚，她何日能有心情成親？

正談著國事呢，忽然說到了成親，暮青愣了一愣，隨即揚起了嘴角。這人對成親真是念念不忘，明明都成過兩回親了……

笑了一會兒，暮青執筆在密旨上加了一句：軍械糧餉之耗由大圖兌付。

步惜歡托腮看著，懶懶地道：「讓的利越大，才越有可能成事。」

「那就讓他們遲疑去，反正急的不是我們。」暮青不僅不放棄問大圖要錢要糧的念頭，又加了一句：若無力付全，可分期兌付，期限利息由兩國談議定之。

步惜歡失笑，火燒眉毛了，大圖哪有時間議這些？她是吃定了洛都耗不起，威脅他們別打算盤，否則兩國談議程序繁瑣，能把大圖拖到亡國。

看樣子，她是惱極了洛都朝廷……

密旨寫罷，暮青另鋪新紙，又給鄂族下了一道諭旨：命四州開倉放糧，賑濟流民，並施賑貸之策，准流民於神脈山腳下和貿易市鎮周圍墾荒耕種。

大圖之亂短時日內平息不了，日後流民只會越來越多，南興再有家底，也沒道理往大圖的窟窿裡填。

貿易市鎮周圍有沃野千頃，地勢平緩，實乃良田，因從前二族紛爭，才致土地荒廢，如今何不令流民墾荒耕種？那裡氣候溼熱，農耕可年收二、三回，眼下正是好時節，不出半年就可自給，不足之時可先由鄂族四州開倉賑濟。

其二，姬瑤至今沒現身，鄂族封關，她進不去，黨羽也出不來。若命四州開倉放糧，自然要有人出入州關，這對他們而言是個機會，也許能引姬瑤現身。

暮青取璽蓋印，步惜歡將月影喚出，將兩道密旨連夜傳往嶺南和慶州。

月影離去後，暮青望著月色出神，阿歡與她各行其事，皆在大圖有所部署，這天下局勢究竟會變成何種模樣，且看吧！

五月底，密旨傳入嶺南，烏雅阿吉奉旨談判，卻指著使臣的鼻子把洛都朝廷罵了個狗血淋頭，隨後便要把使節團攆出南興，等能商量出個像樣的籌碼後再談。

大圖使臣們賠著笑臉，好言安撫，探問京中見到國書有何旨意，暗示有何條件儘管開，咱們好商量。

烏雅阿吉一聽，忽然就和善了。「好商量？行！容本官想想，諸位且等。」

而後，他就忙公務去了。

使臣們等了一日，傍晚見人回到官邸，忙問想好了沒，烏雅阿吉一拍腦門子。「公務繁忙，忘了這茬兒，容本官夜裡想想……」

使臣們熬了一夜，早晨又來問想好了沒，烏雅阿吉哎呀一聲：「公務繁忙，著實睏乏，想著想著，不慎入眠了。本官今日一定想……」

可今日又是公務繁忙，夜裡又不慎入眠，如此耗了幾日，眼看進了六月，使節團坐不住了，這日一大早將烏雅阿吉堵在花廳，盤問他何時能想好，不料前兩日還挺和善的人忽然就勃然大怒！

烏雅阿吉一腳踩在官凳上，凶神惡煞地道：「此乃官署，不是菜市，本官沒工夫跟人討價還價！本官看起來很閒嗎？知不知道本官領著助守鄂族的差事？看沒看見大圖的流民是嶺南的錢糧在養著？本官管著軍中就夠忙的了，平白多了樁賑濟的差事，天天要批倉糧藥材，都快趕上日理萬機了！這還不算完，大圖遣使前來求援，條件還得本官替你們想，要不要臉？告訴你們，要麼開個像樣的價碼出來聽聽，要麼就滾回洛都問明白了再來談，別他娘的讓本官想！再敢囉嗦一句，本官今日就把你們綁了，全都扔出國境！」

大圖使臣無不震驚於南興地方大吏的土匪作風，唯有景子春聽出了烏雅阿吉的話中之意，於是打了個深躬，請他到書房一敘。

烏雅阿吉依言而往，一進書房，景子春就將朝廷割讓城池之意和盤托出，並求來筆墨，在地圖上劃了一筆。

「此乃底線，交與大人知曉，望大人稟知陛下，吾皇亟盼大興聖意！」景子春說罷，再朝烏雅阿吉一拜。

「大圖朝中要都是景大人這樣的明白人就好了。」烏雅阿吉把地圖收好，取出密旨遞了過去。

景子春從沒見過這麼「家常」的旨意，三言兩語，兩種字跡，就像夫妻閒談時，你填了一言，我加了一句，商議定了，也沒命臣子謄寫，就這麼蓋了皇帝印璽，發往地方了。更令他震驚的是旨意裡所列的條件，他怔在當場，竟不知作何反應。

烏雅阿吉摸了摸衣襟裡的地圖，嘲弄地問：「要不……本官把此圖呈往京中，勸帝后三思而定？」

景子春回過神來，面朝汴都大禮而拜，說道：「有勞大人替下官進言，多謝帝后寬宏大量！下官這就上奏吾皇，定盡全力促成此事！」

烏雅阿吉聽得發笑，開帝陵的確不是臣子敢做主的，景子春要恭請聖裁也在情理之中，但聽他的意思，這事兒還得盡力促成？

怎麼著？撿了個大便宜，不趕緊接著，大圖君臣莫不是能再爭論爭論？危急存亡的關頭，朝廷風氣如此陳腐，可不是什麼好兆頭……

但這話烏雅阿吉懶得說，他任憑景子春去了，隨後將談判的事寫成摺子，連同地圖一起命人急奏汴都。

六月初三，一隊大圖侍衛快馬加鞭出了南興，到了雲州關外，由內應接應進城，喬裝成官府徵兵的皂吏，往洛都趕去。

時隔一旬，地方局勢更加混亂，民間怨言四起，對朝廷的罵聲中夾雜了對南興帝后的稱頌之聲。南興在貿易市鎮上賑濟流民的事已傳入雲州，百姓一邊罵官府豪強草菅人命，一邊羨慕鎮子上的流民，許多百姓聚集起來，打算到關外去尋求庇護。

一路上，聽著百姓們稱頌南興天子英明、國策利民、學風昌盛、商貿通達，稱頌英睿皇后庇護鄂族百姓和流民，見百姓臉上流露著對南興國策吏治的嚮往，侍衛們愈發快馬加鞭往洛都趕去。

七月初五，奏摺呈入洛都皇宮，奏文中不僅一字不差地列明了南興的條件，景子春還列數先帝與英睿皇后的生死之義、兄妹之情，力保南興別無陰謀，是皇后想要查明兄長的生死之謎，方有此請。

百官見到奏摺，一時間竟無人敢信。新帝召侍衛進殿，盤問使節團在南興的言行際遇，事無巨細，方才確信奏摺為真。

天降好事，百官大喜過望，紛紛叩請皇帝准奏。

新帝卻心事重重，問：「開陵啟棺，豈不攪擾先帝之靈？且朕聽聞鎮國郡主驗屍之法頗為不道，若先帝的遺體有損，朕豈不愧對先帝，愧對祖宗？」

百官聞言面不改色，大義凜然，從歷代先帝的復國志向說到先帝的復國功績，話裡話外就一個意思——歷代先帝皆視江山社稷為重，而今割據四起，國將不國，若不以救國為先，那才是有愧祖宗。先帝在天有靈，必然也會捨棄人世凡胎，以社稷為重，保百姓安泰，留萬事功名，結無量善業。

新帝神色陰鬱，心道：那查明之後呢？若先帝活著，派人尋其下落，迎回宮中繼續為帝嗎？那他豈不是要退位？

新帝看向景相，這皇位是景相一手扶著他坐上來的，他也希望先帝回來嗎？

景相垂著眼皮子道：「啟奏陛下，老臣以為，當以社稷為重。」

新帝愴然一笑，當下理應先保朝廷，那內亂平定之後呢？若先帝活著，且還能找到，以先帝復國之功績，以他與英睿皇后的兄妹情義，南興必定支持先帝復位，到時「理應」退位之人就是他了吧？他被人趕鴨子上架般的登上了皇位，有朝一日也會被人這麼趕下去嗎？

新帝悲憤難平，卻又擰不過眾意，只怪皇位突然從天而降，自己的根基如浮萍一般，只能任由這些權臣擺布。

事情就這麼定了下來。

局勢緊迫，就在這天夜裡，帝陵被偷偷開啟，兩具屍體被運出陵寢，用一輛馬車偷偷拉走了。

都城外兵荒馬亂，餓殍遍野。時已入暑，為防瘟疫，地方官府就地燒埋屍體，棺槨進不了城，侍衛們只能將馬車換成了牛車，用草席裹住屍體，扮作運屍的小吏，在內應的幫助下買通各地關卡，避開地方豪強，出關時已是八月下旬了。

關外的貿易市鎮上已有數萬流民，墾荒耕種如火如荼，放眼望去，大片大片的良田長勢喜人。慶州軍正往市鎮的濟倉裡運糧，嶺南的官吏正為新來的流民分派屋舍田地、發放夏衫藥包，街市上到處是孩童嬉戲的身影。晌午時分，流民們從地裡歸來，聚在一起吃著賑濟糧，喝著解暑湯，望著城外的良田，說著出關路上兵荒馬亂的見聞，盼著良田豐收、內亂平息的一日。

侍衛們再次進了貿易官署，在嶺南兵馬的護送下越過國境，進了南興。

屍體運入南興的這一天，大圖甘州州衙內，橫屍遍地，血流成河。

刺史公堂上坐著一個女子，正是姬瑤。

一名鄉紳踩著血泊進了公堂，稟道：「啟稟殿下，公子來信了！」

「快呈！」姬瑤把手一伸，裙袖下卻空蕩蕩的，她的神色頓時陰鬱了幾分，換了隻手接過藤澤的信，展開看罷，眉心一舒。「事成了！」

「恭喜殿下，甘州是殿下和公子的了。」鄉紳小心翼翼地賀喜。

誰也說不清長公主與駙馬爺何時到的甘州，兩人使了陰損手段，施蠱毒降住了甘州數路豪強和地方官吏，頑抗者無不慘遭屠殺，就如同今日刺史府中的情形……

一個月前，長公主父親的一批舊部從鄂族潛入了甘州，藤公子率這批人馬去往京畿地帶，命他們四處活動，吸引朝廷兵馬的注意，而後率精銳侍從潛回洛都，夜入甘州總兵安置家眷的宅子，施蠱拿下其一家老小，囚入軍中為質，今日傳來的密信正是甘州總兵的降書。

姬瑤看著降書，聞著州衙公堂裡的血腥味，陰鬱地吩咐道：「傳令下去，依計行事。」

八月二十五日夜，欽州永寧、清義兩縣忽然接到甘州盤水縣的求援，稱姬瑤率豪強兵馬攻占了縣衙，懇請馳援。

兩縣不疑有他，即遣兵馬馳援，不料皆在半路遭到伏殺。

八月二十六日清晨，永寧、清義兩縣被甘州軍輕易攻下，至此，蓄勢已久的五州內亂，終於打響了第一戰。

姬瑤以神族身分宣揚大圖皇族氣數已盡，新帝奉假詔即位，洛都朝廷乃偽政權。她一邊以武力攻打欽州，一邊以高官厚祿威逼利誘地方豪強，揚言要替天行道，重現神族輝煌。

八月三十日，軍情急奏呈入朝，新帝欲撥京畿兵馬馳援，卻遭到了百官的反對。

百官稱靈柩應已運抵南興，相信南興不日便可發兵來救，此前應死守京畿，絕不可自削兵防。

新帝憤而質問百官：「你們知道如今是幾月嗎？八月！南興汴江、淮水一帶正值雨季，江浪滔滔，難以行船，運送靈柩只能走官道！渾屍可不比八百里加急呈送文書，何日能到汴都？何日才能發兵？」

百官支支吾吾，猜測先帝與鎮國郡主兄妹情深，想來念及情義，會提早發兵。

新帝怒不可遏，指著群臣說道：「你們此時又信人家的兄妹情義了？當初怎麼百般不信呢？若沒你們兩次三番的算計，朕倒是信南興會提早發兵，但如今不見談好的條件，大軍會動半步？你們當南興帝后是善男信女，肯拿前線將士的命跟你們以德報怨呢！」

群臣啞然。

新帝冷笑道：「怕不是等南興大軍到了，朕和爾等已被叛軍戕殺於這金鑾殿上了。」

百官趕忙安撫，稱京畿城池堅固，糧草充足，撐一旬不成問題，至遲十月金秋，援軍必到！

新帝的一顆心涼透了，也看透了，滿朝文武的家眷都在都城，田宅錢糧也在都城，他們怎會容許京畿兵防有失？

他搖頭起身，拂袖而去。

這天之後，欽州的軍報日奏數封，告急求援之言字字皆是前線的狼煙將血。姬瑤和藤澤兵分兩路攻取欽州，不降者城破之後皆殺，手段殘酷，令人膽寒。

九月十日，兩路兵馬於欽州城外會合，欽州總兵拒降，一面從後方城池調集兵力共守州城，一面派兵向朝廷求援。藤澤率軍強攻，姬瑤背地裡獨領一軍經山路繞至欽州城後方，攻入盧陵縣，投毒於吃水河中，致欽州城內十萬軍民受害。

九月十七日，欽州城破，姬瑤縱兵屠城。軍情傳入洛都宮中，新帝捧著被血染紅的奏摺，看著當初冒死保他來洛都即位的欽州總兵滿門遭屠的消息，悲哭於宣政殿中。

九月二十日，因久不見朝廷來援，欽州諸縣官吏鄉紳紛紛開城獻降，欽州失陷。

當日夤夜，一匹快馬從欽州城內馳出，揹著一封書信往英州而去。

九月二十五日，昌平郡王接到姬瑤共伐芳州的邀請後欣然應允。京畿兵馬十五萬，姬瑤雖坐擁二州，但戰事方休，兵疲馬乏，憑一己之力很難啃下京畿，只能尋求盟軍。

昌平郡王知道姬瑤絕非真心結盟，但他也有盤算——姬瑤既已現身，南興必然來伐。她死期將至，不借其力豈不可惜？待攻入洛都，殺了新帝，大圖能即皇位者唯他一人。

於是，各懷鬼胎的兩人於九月二十九日在芳州外會師，兵鋒直指京畿！

洛都宮中，新帝召百官於殿內議事，稱糧草只夠撐到仲冬時節，一旦叛軍久攻不下，圍城而耗，恐發饑荒。為防援軍遲來，諸位愛卿可能借糧與朝廷，作為防患之用？

亂世當中，糧食可比金銀珍貴，群臣一聽皇帝要借糧，頓時面面相覷，在金殿煌煌的燈火底下打著眼底官司。

過了會兒，百官奏道：「算算時日，靈柩也該快到汴都了，料想快則二、三十日，南興大軍必到！」

新帝問：「必到？到哪兒？到關外嗎？從關外到京畿，要過雲欽二州，退各路豪強兵馬，退兩路三州聯軍十八萬！萬一戰事陷入膠著，京畿糧餉耗盡，又當如何應對？」

兵部尚書道：「陛下過慮了，南興兵強馬壯，大軍久經操練，又有鄂族兵馬襄助，何懼各路豪強？地方豪強的兵馬皆是強徵而來，操練時日尚短，軍械生疏，騎射不精，何足為懼？兩路聯軍的十八萬兵馬並非皆是精兵鐵騎，豈能與南興和我鄂族大軍匹敵？」

群臣附議，紛紛提起舊事，說到英睿皇后當年平定嶺南曾不費一兵一卒就敲開了滇州城門；說到嶺南節度使乃英睿皇后舊部，強將手下無弱兵，南興大軍必能速解京畿之圍；說到……

芳州之外，叛軍壓城，宣政殿內，百官陳詞，滔滔不絕，慷慨激昂，就是隻字不提借糧。

新帝孤零零地坐在御座上，望著殿外暗如黑夜的黎明，望著煌煌燈火下的百官，望著那一張張滔滔不絕的嘴，一副副高亢激越的面容……

猛然間，新帝站起身來，奪過近侍太監的拂塵就奮力擲了下去！

拂塵砸在玉磚上，脆聲清越，殿內滔滔之聲忽止。

新帝怒道：「南興！南興！朕天天在聽你們說南興！叛軍都壓城而來了，你們還是只想等南興來援！既如此，何不去做南興之臣？」

新帝面目猙獰，不待被罵懵了的百官回過神來，便拂袖而去！

百官留在宣政殿上，望著空空的御座，罵言猶在耳畔，卻沒人當真。

不料次日早朝，新帝一上殿，百官就大驚失色，只見新帝披髮去冕，身著素袍，神情肅穆，猶戴國喪！

太監手捧聖旨而出，顫若篩糠，口齒不清地誦罷詔書，撲通一聲跪在殿上，口呼陛下，號啕大哭。

太監宣誦的是退位降書。

新帝昭告天下，罪己無能，上不能守祖宗基業，下不能保黎民百姓；罪公主姬瑤刺殺先帝，圖謀大位，殺俘屠城，暴虐無道；罪昌平郡王利慾薰心，造謠惑民，冤屈神女，欺世盜名；罪地方豪強強徵百姓，囤糧居奇，致餓殍遍野，民不聊生。而後道國璽已碎，大圖已亡，五州內亂，生靈塗炭，幸得南興帝后以德報怨，賑濟流民，而英睿皇后乃大圖鎮國郡主、鄂族神女，有助先帝復國之偉功，故而願降南興，奉讓疆土，退位稱臣，唯盼內亂平定，國泰民安。

百官大驚，皆疑新帝神志不清，紛紛叩拜哭號，稱亡國之君必背萬世罵名，萬萬不能降！

景相率先表態願獻相府全數存糧，百官附議，卻只換得一聲冷笑。

新帝道：「傳國玉璽不是朕摔碎的，是先帝為之，大圖早亡了，朕苦苦撐了一年，列祖列宗不會怪罪於朕，即便朕要擔後世罵名，這罵名也有爾等一份。朕在詔書上未罪地方官吏囤積賑濟倉糧，驅趕流民，致五州餓殍遍野，百姓流離失所。亦未罪爾等貪生怕死，先置欽州之難於不顧，後置京畿之危於不理，但大圖百姓、欽州軍民怕是會世世代代都記著！朕私心給大圖朝廷留的最後一點兒臉面，最終留不留得住，很難說。」

「別以為朕不知你們的盤算，大圖亡了，你們心知肚明，不過是亡國之臣有辱名節，高官厚祿棄之可惜，所以才想方設法求援。你們獻策求援，為的是救國嗎？為的是保這朝廷，這由你們當官做主的朝廷，這能為你們帶來名利權勢的朝廷！朕動京畿兵馬是動你們的身家性命，問你們要糧是動你們的財帛私庫，你們自不甘願，那就留著吧！朕的皇位都不要了，還要你們的錢糧嗎？朕只想看著，看改朝換代，南興帝的朝堂上可否能容你們一席之地！」

新帝大笑而起，心頭悲涼，說不清是恨意還是快意，幽幽地道：「你們別以為把朕囚禁起來，藏匿詔書，便能更改此事，待援軍到了，假稱朕憂思而亡，再請鎮國郡主另擇新帝，便可繼續為官。朕告訴你們，退位降書昨夜就出宮了！卿等今日下朝便可歸家，從今往後……大圖無君了。」

說罷，新帝走出宣政大殿，仰頭望了望天，只覺得日光如鏡，天地倒懸，腳下如踏雲霧，身子虛晃一下，便仰面而倒，滾下了殿階。

第七章

大齊建國

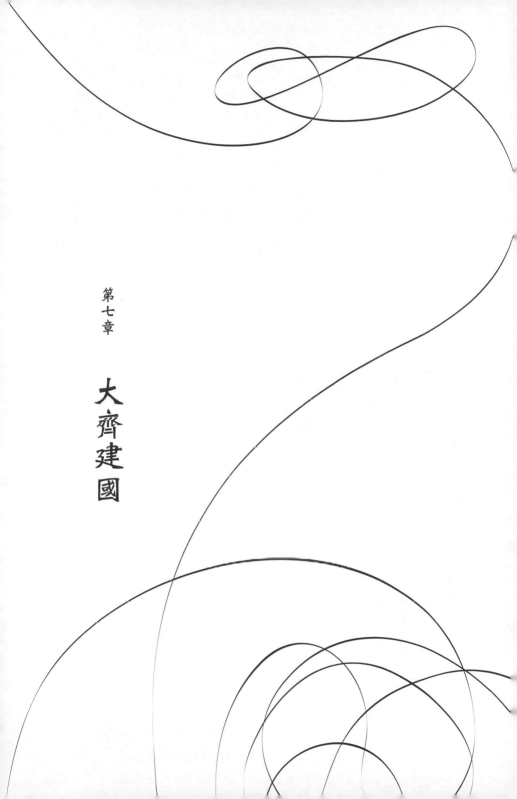

因雨季行船不便，運屍要走官道，而官道泥濘，侍衛們擔心長途顛簸會損壞屍骨，影響檢驗，於是一進嶺南就將屍體裹上布帛入棺，小心趕路，終於在十月中旬抵達了汴都。

這日，暮青身披白袍，素顏簡簪，神情肅穆，獨自走進了立政殿。

殿門一關就是一日，傍晚時分，晚霞照在大殿的門腳上時，殿門打開了。

步惜歡坐在亭中，望著暮青。

暮青到了亭外寬下外袍，用皂角香露淨了手，方才進亭入座，沉默了許久，方道：「男屍燒得很嚴重，身量做不得準，但年紀對得上。女屍的年紀身量也都對得上，唯有……恥骨上未見分娩傷疤。」

這說明了什麼，不言而喻。

步惜歡並不驚訝，他瞥了眼棄在亭外的喪袍，這身袍子是她早就備下的，方才棄在亭下，他就已猜知結果了。

「死的是替子。」暮青下此斷言，卻歡喜不起來。

姨母瘋瘋癲癲的，不能排除當時兄長已死在延福宮中，而姨母不肯相信愛子已亡，於是殺了替子，將人帶入了密道。當然，也有可能人當時還活著，但重傷出宮，待在宮外要比留在宮中凶險得多。

「大圖眼下這麼亂……」暮青不敢想像巫瑾若在人世，處境該有多艱險。

「發兵吧！」步惜歡道，今早隨靈柩送來的還有大圖羅列的軍械糧草的帳目，上頭蓋了皇帝信璽，朝中已議定此事了，旨意都已備好了。

暮青點了點頭，自得知密道之事，探子們就在大圖查探消息了，但驗屍都難以斷定兄長是否尚在人世，又豈能知道何日能再相見？

或許，你若安好，不過是心中祈盼。

或許，終此一生，相見只是餘生之念罷了。

眼下能做的，唯有發兵了。

十月底，發兵的聖旨傳到嶺南，烏雅阿吉立刻點兵，大圖使臣們隨大軍一起動身。

這天傍晚，貿易市鎮外的稻田正收割，一個渾身是血的人倒在了城門口。

巡城兵馬將人帶入官署，急傳郎中，發現此人身中數刀，背上插著一支羽箭，箭身已經折去，顯然中箭有段日子了。

巡城兵馬未在此人身上發現行囊，於是遍查其身，在衣衫內的夾層中發現了一封文書。

小將打開一看，啊了一聲，如遭雷擊！

官署文吏詫異地接手過目，神情如出一轍。

「快稟軍中！」官吏匆忙合上文書，屏退左右，對小將耳語：「此人逃入城中，追殺之人必會尾隨而至。茲事體大，小將軍報信途中恐會遇伏，文書不能有失，故而留下為好。今夜城門會嚴加防範，官署亦會由重兵把守，盼小將軍能將消息傳入軍中，帶大軍來取！」

小將道：「城中皆是流民，魚龍混雜，難說沒有奸細，重兵把守官署，會不會此地無銀三百兩？」

官吏道：「外出信兵，內設重防，何處為虛，何處為實，由他們猜去！不來則好，來也不懼。」

能在貿易市鎮上擔當賑濟差事的官吏都是調集有度、處事周全之人，小將略一思量，點頭應允，而後出了大堂，點出一支精騎，奔出官署，上馬而去。

這天傍晚，貿易市鎮的城門關了又開，一支精騎軍踏著僅餘的一線夕陽往國境線上馳去。

辰時，晦月無光，漫天星子籠罩著雲州州關。沃野上，一支精騎翻過山坡馳向山坳，再過兩個坡，便是國境線。

山坳裡野草繁茂，足有半人高，小將舉著火把放慢了馬蹄，說道：「夜黑風高，都小心點兒，仔細被山坳下的碎石絆了馬蹄。」

「得令！」精騎們齊聲應和，話音剛落，忽聽嗖的一聲！

山坳裡，茂密的野草掩映著伏兵，無數袖箭破風而來，扎入坡土中、馬蹄下，戰馬揚蹄長嘶，精騎們順勢下馬，人避在馬後，順手扯下馬腹上掛著的罐子就朝山坳擲了下去！

碎聲傳來，山坳裡有人大喊：「火油！」

精騎們紛紛擲出火把，無數袖箭疾射而來，幾支火把被射落，幾支墜入山坳，大火吞油而起，霎時化作一道火龍，火裡的慘叫聲煞是驚人。

小將道：「掩護我！」

精騎們得令，避在馬後開弓搭箭，藉著火光射向奔逃而出的伏兵。小將趁機率領幾名精騎翻身上馬，馳下山坡。這時的山坳裡已是一片火海，幾人一夾馬腹，戰馬揚蹄長嘶，奮力躍過山坳，停在了對面的山坡上。

小將翻身下馬，幾名精騎與伏兵殺成一團，他四腳並用上了坡頂。離國境線僅餘一道山坡，矗立在國界上的望樓已隱約可見，這時，身後殺聲迫近，小將滑下山坡，抬手向望樓方向射去，響哨竄出，光如疾電，嘯聲如雷！

身後箭聲不絕，小將頭也不回，只管向前，兔子似的這兒竄一下，那兒竄一下，流箭追著他的腳後跟扎在坡上，他望著前方，一步不停。

就在望見坡頂之時，箭風追至，小將抓住一把草翻身急避，肚皮朝天地仰在坡上，還沒來得及翻回來，就聽一道箭聲呼嘯而來！

小將暗道命要交代在這兒時，箭聲從頭頂上呼嘯而去，對面一個伏兵被一箭穿心，死死地釘在了山坡上！

國境線後，鐵蹄聲踏得地動山搖，一軍精騎黑水般馳下了山坡，一隻手從山坡頂上握住了小將的手腕。

小將仰頭一看，心中大定。「節度使大人！」

「何故放哨？」烏雅阿吉一把將小將提了上來。

小將一上山坡，不由大驚，只見國境線那邊的大軍已整裝拔營，放眼望去，鐵甲森冷，如無邊黑水，兵馬接天連地，多如星辰。

朝廷下令發兵了？

他立刻跪稟道：「稟大人，大圖朝廷的人到了鎮上，帶著一封……一封退位降書！」

「……什麼書？」烏雅阿吉掏了掏耳朵。

小將道：「那人身受重傷，現在官署內醫治，末將正是趕來報信的！」

「國書在官署？」烏雅阿吉嘶了一聲，回頭望了眼軍中大圖使節團所在的方向。

小將道：「正是！官署今夜由重兵把守，望大人早去！」

話音落下，前去交戰的兵馬來稟報，稱伏兵也就二、三百人，現已伏誅。這些人皆是死士，一被俘獲便嚼毒自盡，一個活口都沒能留下。

烏雅阿吉冷笑一聲，躍上馬背喝道：「去鎮上！」

這夜三更時分，原本要往雲州關隘去的嶺南大軍忽然到了貿易市鎮，重兵圍城，鐵蹄聲驚醒了睡夢中的百姓。

烏雅阿吉率麾下將領和大圖使臣馳進城門，很快到了官署，一進官衙就問：「國書何在？人何在？」

官署內外由重兵把守著，官吏本以為後半夜會有刺客，不料還未到後半夜，大軍就來了！他顧不上見禮，立即引路！

一路上，烏雅阿吉瞥見三、四處重兵把守之地，分別是前衙大堂、後衙主舍、東書房與西廂房。

傷者在西廂房內，郎中正守在榻前，而國書就藏在為傷者裹紮傷口的繃布內。

烏雅阿吉激賞地拍了拍官吏的肩膀——這封國書關係重大，既已被查出，要麼會被立馬送入軍中，要麼會暫藏於官署內。如若藏在官署內，按尋常想法，人自然會將重要之物收存在自己的地盤，而不會放心把東西擱在一個身分不明且被追殺的人身上。很顯然，那幾處被重兵把守著的地方是故布疑陣，用來迷惑和拖住今夜有可能出現的刺客的。

官吏取出國書，鄭重地交給烏雅阿吉，烏雅阿吉打開一看，見退位降書血跡斑斑，上蓋皇帝六璽，不似有假，他這才將大圖使臣們請了進來。

大圖使臣見到國書如見天塌，景子春奔至榻前，見到傷者之貌，驚道：「此人是皇上在郡王府時的侍衛長！」

嶺南將領們面面相覷，如此看來，詔書是真的了。

「王侍衛，醒醒！朝中出了何事？」景子春明知人傷重昏迷，卻顧不得了。三月奉旨出使，歷經艱難波折，終於請到援軍回國，眼看著就望見關城了，怎麼忽然就亡國了？

郎中急忙勸阻，但忽逢劇變，景子春失去理智，郎中根本攔不住，烏雅阿吉只好命人把景子春拎出去，而後關上了房門。

西廂房的門關到了破曉時分，烏雅阿吉走出房門時，景子春坐在地上，冠髮散亂，目光渙散，其餘使臣陪在一旁，六神無主。

人醒了，侍衛一見到景子春就悲哭道：「景大人……大圖亡了……」

景子春跪到榻前，含淚問：「朝中出了何事，何以走到這步田地？」

侍衛道：「叛軍攻打欽州，百官為保京畿而拒援，致欽州失陷，州軍百姓慘遭屠殺，後來……叛軍合攻京畿，百官又為保身家不肯借糧……皇上撐不住了，方才下此詔書……末將傳詔的路上遭人追殺，護衛軍全數戰死，只剩……末將一人了……」

說罷，侍衛失聲悲哭。

景子春追問：「何人追殺你們？可是叛軍？」

侍衛閉著眼，泣淚如血。「是地方官府……是朝廷的人！」

此話如刀，直戳進景子春的心窩，痛得他眼前一黑，生生暈厥了過去。

使臣們震驚悲戚，紛紛叩拜洛都，號啕大哭。

「末將傳信途中，見有百姓不堪強徵之苦，殺了鄉紳，攻入縣衙，開倉放糧……各地揭竿，因欽州失陷一事，地方官府已不信任朝廷，為求自保，勾結豪強，打壓起義……一路所見，民不聊生，望諸位將軍發兵相救，再遲……只怕京畿難保，吾皇難保……」侍衛掙扎欲起。

「你放心，我們領的是援救洛都的聖旨，旨意不改，大軍不返！」烏雅阿吉說罷便到了官署大堂，將此間諸事寫成摺子，連同退位降書一併交給親兵。「點兵五千，急奏朝中，恭請聖奪！」

親兵領命而去，將領們已來到堂前聽候差遣。

烏雅阿吉出了大堂，迎著曙光邁出了官署。「走！發兵！」

十一月初一清晨，國境線上殘火未熄，二十萬大軍集結在貿易市鎮外，目送著五千精騎原路馳返，而後才朝著雲州關隘進發。

十一月初六一早，汴都臨江道上的鐘樓酒肆、茶館書鋪、戲園雜社裡又坐滿了人，只見江波萬里，風吹浪白，兩國水師交接於江心上，戰船久峙，軍威壯大，鼓聲雷動，氣氛緊張。

自二帝劃江而治，汴水封江，江上從未出現過如此景象。

而今日景象，聽說是為了接一個女子過江。

這女子是何人物無人知曉，汴都百姓只見江堤上旌旗獵獵，儀仗浩大，萬千兵衛之中，鳳輿翠輅面江而停。鳳駕親臨江邊，自清晨候到正午，怕是使臣進京朝賀都不會有此禮遇。

正午時分，水師戰船抵達江邊，禮樂聲中，鳳駕下輦，女子下船，兩人再會於青天堤柳下，相視良久，相互一拜！

這一拜，其中藏了怎樣的故事，了卻了多少年的恩義牽掛，汴都百姓們無從知曉，更聽不見英睿皇后與女子之言。

「經年不見，都督別來無恙？」姚蕙青摘下風帽，一雙眼眸淨若明溪，一聲舊時稱呼，彷彿將人拽回了盛京歲月。

暮青道：「經年心事，如願以償，從今往後，當無心疾了。」

心疾之喻令姚蕙青眉心輕輕一攏，復又一笑，取出一只包袱來呈給了暮青。「此乃故人交還之物。」

暮青愣了愣，只見包袱裡有三樣東西——一件神甲、一件袖甲和一只錦袋。袖甲裡收放的是神兵寒蠶冰絲，錦袋裡放的是一套解剖刀。

暮青從沒想到還能再見到這些東西，她頓時明白了姚蕙青為何遲至今日才渡江。

原本估計著她六月就會回來，不料她剛到下陵就病了一場，病養好了卻碰上了雨季封江，江上能行船後卻又突然被北燕扣下了。當時，她以為元修變卦了，如今看來，是為了託她帶這些東西過江。

暮青收下時難說心中滋味，她望向江上，也不知看的是滔滔江水，還是遠在江水那頭的北燕。

這時，水師戰船皆已靠岸，老熊帶著久別重逢的妻兒老小從船上下來，三跪九叩到了暮青面前。「末將謝皇后殿下大恩！」

「應是我謝你們當年之恩。」暮青將老熊扶起，這事她一直瞞著他，因為西北到汴都，關山路遠，時日漫長，途中難說不會有何變數，與其空歡喜一場，倒不如先瞞著。

姚蕙青在江邊耽擱了不少時日，等到了從西北而來的老熊家眷，於是作伴一同過江來了。

暮青望向儀仗中，香兒未得傳召，不敢上前，早已在宮衛儀仗中哭成了淚人。

一別多年，終有今日，至親也好，主僕也罷，皆有思念之情要訴，暮青不忍久占這相逢的時刻，便邀眾人各入車馬儀仗，浩浩蕩蕩地上了臨江大道。

車駕內，姚蕙青挑起簾子眺望了一眼汴江，江風吹起裙袖，袖口繡著的一枝雪蘭花彷彿隨著江風而去，落入江波裡，乘著滔滔白浪向遙遠的北岸湧去……

當初聖駕南渡後，眾將領論功封賞，老熊等人在都城皆有田宅。半年前，為迎姚蕙青歸來，步惜歡將都城裡一座曾住過前朝宰相、詩聖大賢的古宅賜為郡主府。

十一月初八，聖旨下到府中，封姚蕙青為郡主，封號建安。大興歷代宗室貴女多以郡縣名為號，少有賜「建」字為號的，姚蕙青非宗室之女，如此封號算是開了先例。

同日，聖旨也下到了軍侯府中，加賜了金銀良田，老熊一家老小在都城安家落戶，日後過日子也算有了保障。

建安郡主府賜匾之日，都城百姓引以為奇，市井中不乏議論之聲，無不好奇這位郡主什麼來頭，但姚蕙青深居簡出，自從入了府，就沒出去過。

她被軟禁多年，初到汴都，風土人情、身分心境皆需調適，暮青便未前去打擾，本想給姚蕙青一些私人空間和時間，先由香兒陪著，待過些日子再去看她，不料沒過幾日，前線忽然傳來了軍情急奏。

一封由嶺南精騎專程護送的退位降書呈入了朝中，當時早朝未下，見此國書，百官譁然，無不唏噓，亦無一不喜。

原本，朝廷出兵助大圖平叛止亂只要軍械糧餉，朝中就有反對之聲，如今帝后對大圖仁至義盡，新帝下詔退位乃洛都朝廷自絕國運。

天賜疆土，豈有不受之理？

百官紛紛奏請受降，步惜歡卻未置可否，只道再議，便退了朝事，擺駕立政殿。

立政殿內，暮青看罷國書和奏摺便陷入了長久的沉默中。

步惜歡倚在窗邊賞著秋色，耐著性子等。

晨暉從殿角的九雀銅燈上收到窗沿兒上時，暮青問：「你想收嗎？」

步惜歡撥弄了下飛落在窗臺上的一片秋葉，說道：「大圖的江山要不是巫瑾的，自是沒有不收之理，但那江山是他的，收與不收，得問妳。」

暮青皺起眉來，似乎不希望步惜歡把這難事推給她。

步惜歡嘆了口氣，有些不忍。「我也不想把難題拋給妳，但此題是巫瑾留給妳的，需妳來答，我不可代之。」

見暮青怔住，步惜歡心頭的不忍又增了幾分，但事到如今，他只能點醒她。「巫瑾遇刺，重傷之際毀了傳國玉璽，妳可有想過此舉何意？璽碎國亡，傳國玉璽一碎，大圖無論誰即帝位都名不正言不順。在他砸碎傳國玉璽的時候，今日之亂就註定了。他為何要親手亡了大圖，他希望這天下誰主？」

暮青眸中驚濤乍湧，她鮮少有這般震驚之態。

步惜歡道：「他一死，我蠱毒必發。妳是鄂族神女，手握大圖半壁江山之權，有復國之偉功，又是南興皇后，功名在外，我若能在餘下的時日裡助妳打下內亂的五州，大圖和南興的江山就都會是妳的。」

大圖朝臣忌憚神女之權，兩國之君若都駕崩，新帝即位，很可能會與北燕聯手吞併南興，奪回鄂族之權。而青青剛烈，為保南興，只怕會不惜性命。與其將來三國戰亂，不如先亡大圖，捨五州而保天下，而後只需藉南興強兵平五州內亂，則天下安。

但青青之志不在江山，故而當初在海上，他曾動了送她遠渡西洋的念頭。後來平安歸來時，大圖內亂已生，新帝也已即位，他知她絕不會圖人江山，唯一掛念的不過是兄長。於是便將巫瑾碎璽之意深埋於心，她想查兄長的生死之謎便助她查，想解洛都之圍便下旨發兵，卻沒料到新帝會憒而退位，將破碎山河拱手讓出。

世間之事興許真有天意，局勢兜兜轉轉，繞了一圈，還是回來了。此乃巫瑾布下之局，收與不收，需由她定。

暮青一聲不吭地走出了立政殿，往寢宮承乾殿去了。

步惜歡知她需要靜一靜，於是擺駕太極殿理政去了。一整日他都留在太極殿，直到晚膳時分才回到寢宮。

殿內掌了燈，暮青坐在桌前燈下看書。步惜歡走近瞥了眼那書，還是昨夜睡前那頁，今日壓根兒就沒翻動過。

他嘆了聲，將醫書合上擱去一邊，又將燈燭挪遠了些。

燭光遠去，暮青眉眼間的蒼白之色生了幾分青幽。「我曾以為，兄長為質多年，忍辱負重，自有萬人之上的心，可回想那三年，自復國之後，我似乎從未見他開懷過……他仍記得兒時與爹娘在一起的日子，他一門心思想治好姨母，我提醒他提防姬瑤，他卻未放在心上……在他心裡，渴望的從來不是江山君權，而是至親之情，可我……我一心治理鄂族，盼著如期回來與你團聚，那三年竟從未問過他的喜怒哀愁。他遇刺，是我的疏忽……」

冒險救母是巫瑾自己的決定，實不能怪旁人，但這話步惜歡忍下了，只聽暮青說——說出來，她會好受些。

「若兄長還在人世，我想他會代父陪母遊歷四海，了卻爹娘之願，餘生……也許不會再見了。」暮青低下頭，忍著眼裡的刺痛，說不上是悲是喜。若說悲，大抵比那日見到靈柩時還悲。若說喜，大抵比驗出那具女屍非姨母時還喜。

暮青深吸一口氣。「我想起一句詞。」

「嗯？」步惜歡這才應了聲。

「一心要江山圖治垂青史，也難說身後罵名滾滾來。」暮青看向步惜歡。「我希望你不再背負罵名，可這一受降，是功是過，只能留給後人評說了。」

十一月十五，大圖新帝的退位降書呈至南興。

十一月十八，南興朝廷下旨受降。

月底，前線傳來捷報，烏雅阿吉率嶺南二十萬大軍和大圖皇帝的求援國書抵達雲州關。此時雲州四地揭竿，內有欽州兵馬虎視，外有南興大軍壓境，總兵趙東深知雲州無割據自治之力，於是解甲出城，迎南興大軍入關。

南興大軍一入關就下令開倉，還糧於民，查抄豪強，放歸壯丁，廣察民怨民言，任命臨時官吏。而各地叛亂的百姓聽聞是在貿易市鎮上賑濟流民的嶺南大軍到了，竟棄械相迎，歡呼而降。

南興大軍過雲州諸縣，一路與民無犯，起義民兵非但與南興兵馬一兵未交，反助南興將領明辨清官豪強，助臨時官府賑濟災民，恢復治安。

與此同時，神甲軍在鄂族四州收網，清剿神殿舊勢，四州奉神官諭旨發十萬聯軍出關，襄助南興大軍。

半個月後，鄂族兵馬與南興大軍抵達欽州關時，雲州之亂基本得治。

此時，京畿戰事牽制了叛軍的兵力，欽州關的留守兵馬雖抵三十萬大軍，僅僅兩日便告失守。大軍破關之日，籠罩在酷政陰影下的欽州百姓走出家門，見到南興大軍和鄂族兵馬，無不喜極而泣，遙叩汴都。

兩軍長驅直入，十一月底，破欽州全境。

此時，兩軍三州的兵馬圍困京畿已達兩個月，姬瑤、藤澤與昌平郡王皆知聯軍中有不少壯丁充數，難與京畿兵馬硬戰，於是只命大軍封堵糧餉必經的官道，一邊消耗京畿存糧，一邊休養聯軍兵馬。

叛軍得知南興大軍破關的急報時，正是京畿兵馬減灶節糧兵馬虛乏之時，決一死戰之機已到，姬瑤決意攻城。

昌平郡王問：「攻下都城，我們就是甕中之鱉，到時強兵圍城，只怕減灶待擒的就是我們了。」

姬瑤蔑笑著答：「郡王忘了，當初南興平定嶺南時用的是何計策？暮青能用嶺南王之屍逼人棄戰，我們為何不能以成帝之屍逼南興退兵？以彼之道還施彼身，豈不快哉？」

昌平郡王笑稱好計，卻暗忖：嶺南王與英睿皇后無親無故，但成帝可是姬瑤同母之兄，她刺駕亂國在先，開陵起屍在後，帝陵中可還有她母親的亡魂啊！這女子真是瘋了。

十一月三十日，叛軍孤注一擲，分兵三路，昌平郡王率軍強攻都城，藤澤率弓弩手繞路進山埋伏，欲燒南興大軍糧草於半路。姬瑤則率精騎繞洛都而過，往帝陵所在的周山而去。

十二月初二，三十萬援軍馳經京畿道，藤澤放大軍過路，待見到糧草輜重後下令動手，不料烏雅阿吉早有防備，糧草車上所裝皆是草桿兒，藤澤事敗暴露，被圍山中。

十二月初三，京畿兵馬雖已陷入飢困之境，但人多勢眾，軍械尚足，洛都城久攻不下，昌平郡王不見藤澤的兵馬前來報信，心知一旦南興大軍趕來，與京畿兵馬形成合圍之勢，他便是甕中之鱉，而姬瑤提議他領兵攻城看似將第一個入城的好事讓給了他，實則是拿他的兵馬當擋箭牌，為她開陵爭取時間。

子夜時分，預感局勢不妙的昌平郡王拋下大軍，僅帶著幾名親信和侍衛喬裝進山，想要逃回英州，乘船出海。

破曉時分，南興和鄂族聯軍兵至洛都，尋不見主帥的英州兵馬大亂，不戰而降。

這天，周山南麓，挖開帝陵，闖過機關，卻看到一副空棺的姬瑤震驚不已，她接著挖開生母的陵寢，但看到的仍是一副空棺。姬瑤猜不透母親與兄長是否詐死，連派兩支斥候軍前去探聽戰事消息，斥候兵馬皆一去不回。

十二月初六，南興大軍兵圍帝陵，烏雅阿吉下令搜山，兩日後，大軍圍叛軍於周山北麓，兩軍激戰一夜，姬瑤不敵，欲施蠱術逃脫，奈何烏雅一族出於鄂族，姬瑤失算反被烏雅阿吉生擒。烏雅阿吉也不問朝中如何處置，親手斬其首級於帝陵，血祭成帝與烏雅族人，烏雅一族與神殿之仇了於此役。

同日，藤澤被困山中多日後，率兵突圍事敗，於山頂自戕而亡。

十二月十八日，昌平郡王及其幕僚被南興兵馬擒於英州關外。

十二月二十八日，昌平郡王被押解進洛都城。

午時，新帝服喪袍，徒步出宮，行至城門，向南興大軍奉上六璽，烏雅阿吉代朝廷受降——大圖，亡。

次年二月十四日，大圖皇帝六璽及降書奉至汴都，南興帝步惜歡下詔，並雲、欽、甘、芳、英五州入南興，建國為齊，年號定安。

史稱，大齊！

第八章

各有歸宿

大齊建國，天下震動，舉國歡慶。

誰也沒想到，當年英睿皇后涉險助兄復國，之後為保兩國之盟，不惜遠居神殿，而成帝竟在英睿皇后歸國之際遇刺駕崩。璽碎國亂，新帝退位獻降，當初的南圖疆土併入南興，竟成了如今的大齊。

世間事，尋因看果，皆是故事。

二月的汴都，上至官家貴冑，下至民間市井，百家萬戶，茶餘飯後，說的無不是這些故事。

其中有一樁事是許多人猜不透的，百官費解，學子爭辯，誰也說不清國號的由來。若發兵討燕，收復江北，改國號為齊，倒說得過去。可大圖獻降，南興受降，並五州而建新朝，「齊」為何意？

為解此惑，百家尋據爭辯，卻無一令人信服之說。

無人知道，國號之源就在汴都宮，在承乾殿，在那名揚天下、萬民景仰的女子身上。

唯有暮青知曉，齊乃齊家治國平天下之齊，不在於國，而在於家，而這「家」中之人，不只她，還有兄長。

這一建國，政事繁重，退位之君的安置、洛都朝廷和地方官吏的任免、五州民生秩序的恢復，以及有功將士的封賞等等，步惜歡整日在太極殿裡與群臣議事，陳有良已上摺奏請遷都。

大齊疆域北起汴河城，南至星羅十八島，東望神脈諸山，西到英州海域，幅員遼闊，皇城設於邊疆顯然不合適。

新都擇址一事並未引起爭論，群臣一致認為滇州城最合適。嶺南地處大齊疆域之中路，滇州城據要塞險關易守難攻，且前些年恰巧建了行宮，簡直是天賜之選。

但遷都繁瑣至極，非短時日內能成，於是步惜歡將此事指給禮部和工部，便又將心思放在了五州的軍政吏治上。

暮青只管鄂族政事和刑部要案，得益於這些年朝廷吏風清正，刑部需奏請立政殿提點的要案少了許多，她難得清閒，便動了出宮的心思。

這陣子，瑞王府的老王妃高氏進宮兩趟，說建安郡主蘭心蕙質，想求宮裡將姚蕙青賜予瑞王為妃。

暮青以瑞王年少為由推了此事，當年姚蕙青入侯府而心不動，斬親緣而意不改，敢冒天下之大不韙「嫁」入都督府，她乃當世奇女子，賜婚實屬辱沒她。她若婚嫁，那男子須得是她情意所鍾之人，否則縱是王侯將相來聘，也娶不走她。

但姚蕙青一直深居簡出，起初暮青以為她需要適應，可時日過久，她未免有些擔憂。

郡主府氣派古樸，侍衛下人多在外廳當差，到了三堂花廳門口，唯有姚蕙青立在庭中。

玉蘭初放，滿庭清芳，姚蕙青立在樹下，瓊衣皎皎，儀容淡冶，望見暮青，展顏笑道：「都督終於來了。」

暮青一愣。「妳一直在等我來？」

姚蕙青道：「國事繁重，不敢叨擾，只好靜候了。」

暮青進廳入座，問：「何事？」

姚蕙青深居簡出，引她前來相見，又遣退了所有人，必有要事。

「抬來。」姚蕙青喚了聲，兩個府兵抬著只箱子擱在花廳地上，見禮後便卻退而出。

姚蕙青進廳說道：「都督走得急，衣裳書籍皆留在府中，書房裡的醫書手劄，燕帝陛下甚愛，常至府中翻閱，我實在帶不出來，倒是那年雪大，我上閣樓打理衣物被褥，無意中發現有只擱褻衣的箱子裡埋有暗層，於是便將其中收放之物藏在氅衣下帶了出去，藏於屋中。此番渡江，我將此物壓在衣箱底下帶了回來，那日堤上重逢，人多眼雜，不便呈還，今日總算可以交給都督了。」

暮青走下來開箱一看，啪的一聲就將箱子給蓋上了！

箱中疊放著一幅布帛，墨色丹青透出——是那年步惜歡命畫師畫的春宮屍畫。

此畫被收在箱子暗層裡，盛京之變時沒能帶出來，暮青難以想像姚蕙青無意中得見此畫時是何等心思，此畫極具工筆匠氣，布幅之大堪比床榻，任誰見了，怕不是都要以為她在軍中練兵，孤枕難眠，方作此畫聊以慰藉。

「不是我畫的，是畫師所作。」暮青解釋了一句，覺得沒解釋清楚，又補了一句：「不是我命畫師作的，是這廝他閒得……」

暮青戳著箱子，像是要把箱子和畫中人戳出個窟窿來，但戳了兩下又覺得有越描越黑之嫌，於是負氣地坐回上首，尋思著回宮後該怎麼跟步惜歡算帳，回過神來時發現姚蕙青正笑著，笑容如滿庭春色，芳華寂寞。

「提起陛下，都督還如當年一般。」姚蕙青笑道：「此番回來，見友人安好，各有歸宿，我已心無牽掛，是該……尋心問路的時候了。」

暮青一聽，斂了氣急敗壞之色。「看來妳已有安排。」

姚蕙青一禮，款款大方地道：「還請都督准我渡江北上，回北燕。」

「……北燕？」暮青詫異而起，端量了姚蕙青許久，猜測道：「元修？」

「正是。」姚蕙青頷首而答，坦坦蕩蕩。

暮青沉默良久，緩緩地坐了回去，問：「何時之事？」

姚蕙青搖了搖頭，笑容裡露著些微苦澀。「我也說不清……起初，我以為只是悶久了，圖個人對弈閒談、飲酒作對罷了，哪怕這人亦敵亦友。直到臨走時心有不捨，直到途中憂思成疾，我才知道……不想離開了。可我必須來，為了友人的心意，為了……當面道別。」

暮青又沉默良久，方才道：「何苦今日才說？」

「心中有愧。」姚蕙青垂著眸道：「大圖之行，我曾勸過他，若執意走這一趟，當年情義恐將斷絕，但他……他知道不該來，就是放不下，他心裡太苦，太想見妳一面，哪怕是做個了斷……聽說都督在余女鎮一役當中受了傷，不知傷得可重？可好多了？」

姚蕙青望向暮青，目光既憂且愧。

暮青搖了搖頭。「他執念太深，與妳無關。我只想問，妳既然知道他執念深，還是決定回去討那苦吃嗎？」

「心意已決，無怨無悔。」姚蕙青答著，人在廳中，春光作陪，周身顯出幾分虛無的光影，彷彿人在眼前，心已北去。

暮青坐了會兒便走了下去，經過姚蕙青身旁時一言未發，就這麼出了花廳過了庭院，直到要上遊廊時才停了下來。「我過幾日再來。」

三天後，暮青再次到了郡主府。

姚蕙青依舊獨自相迎，暮青沒進花廳，就在庭院裡遞給她一封信。「這是我給元修的信，勞煩轉交。」

此話之意就是答應姚蕙青回北燕了。

姚蕙青見信稍怔，隨即應道：「一定轉交，謝都督。」

暮青道：「禮部擇定二十八號啟程，妳可以帶個人過江，啟程那日，自會有人帶他前來與妳相見。」

姚蕙青愣住，正琢磨那人是誰，就見暮青眉眼間的擔憂不捨融在春庭玉樹的枝影裡，明明滅滅，久久難消。

「妳記住，妳是大齊郡主，這兒是妳的娘家。倘若北燕群臣欺妳太甚，倘若……有朝一日他傷妳太深，大齊的國門永遠為妳敞開。不論妳餘生是否還有歸來之日，這府邸都將懸著建安郡主府的匾額，面朝北燕，百年不落。」暮青不喜與人道別，說罷便轉身離去。

姚蕙青深深一拜，眸中含淚。「我走之後，香兒就交給都督了。」

暮青聞言住步回身。「妳要走的事沒瞞她吧？」

姚蕙青淡淡地笑道：「我既是來道別的，又豈能瞞她？但為了絕她跟我走的念頭，不得已……說了些傷人之言。」

暮青微微蹙眉，猜也知道，八成是些「深宮險惡，妳於我無助」之類的話。她來了兩回都未見到香兒，想來不僅僅是姚蕙青遣退了下人之故，也許這丫頭是真傷心了吧？

「妳在保她的命，她終會理解妳的。」說罷，暮青再無他話，就這麼出府回了宮。

汴都宮，立政殿內，有人在恭候鳳駕。

來者一身粗衫布衣，兩鬢皆白，相貌蒼老得叫人幾乎認不出是當年那橫刀立馬的老將了。

盧景山這些年在古水縣看家護院，昨日禁軍奉旨將他接了回來。

「不知殿下召草民覲見，所為何事？」一別多年，再見時江山國號已由南興改為大齊，盧景山的眼底卻寂若死水，與從前別無兩樣。

暮青問：「建安郡主要渡江北上去往盛京，將軍可願領兵護送？」

盧景山聞言，眼底似有巨石沉湖，波瀾激蕩，過於猛烈，以至於怔在當場，木訥地問：「建安郡主？」

這些年他閉門不出，日常所需皆有縣衙小吏來送，以至於天下間發生了何事，他並不知曉。帝后渡海歸來、大圖帝退位獻降和大齊建國的事，皆是小吏來送吃食時告知的，但建安郡主是哪位，他委實不知。

暮青道：「當年嫁入都督府的姚姑娘，這些年來一直被禁在盛京，去年秋被赦渡江，卻因放不下燕帝而自請回燕，過幾日就動身。此去路遙，需人護送，郡主府缺個侍衛長，將軍可願領這差事？」

盧景山知道，皇后將他安排成建安郡主府的人，不僅是想讓他跟著郡主回北燕，還想藉郡主的身分庇護他，保他回去之後不被問罪。

盧景山從沒想過此生還能再回北燕，他出神了許久，心中波瀾難平，叩頭謝恩時雙目通紅。「殿下大恩，無以為報，來世再還！」

暮青走下來，親手將盧景山扶了起來。「若無當年將軍等人護駕南渡，陛下不會親政，也不會有今日的大齊。我無以為報，僅能藉此事了卻將軍之願，盼將軍餘生安好。」

大齊定安初年，二月二十八日，建安郡主遠走北燕。

破曉時分，姚蕙青戴釵十二，霞披雙珮，著郡主禮服，進殿朝見，拜別帝后。隨後，由侍衛長盧景山率衛隊護著上了候在宮門外的車駕，吉時一到，禮樂齊奏，儀仗浩浩蕩蕩地行過長街，往堤邊而去。

江上，水師戰船已迎候多時，一名男子正憑欄北望，姚蕙青落駕登船，見到男子時端量了許久，差點兒沒認出來。

「季小公爺？」

季延當年被俘南渡，被軟禁在汴都城中，至今六年寒暑，已磨去了紈褲之氣，腮頷上蓄起了鬍鬚，人看起來沉穩了許多。

「見過郡主。」季延端端正正地作揖一禮。

姚蕙青憑欄南望，望著汴都宮的方向，半晌，遙遙一拜！

季延的祖父鎮國公乃是燕帝陛下的啟蒙恩師，自小公爺被俘，老鎮國公憂思成疾，這兩年臥病府中，也就是熬著一口氣罷了。

兩國宿怨頗深，她身為大齊郡主，自願入燕，處境尷尬，若能將季延帶回去，必成北燕功臣，此功能堵悠悠眾口，能結交鎮國公一族，甚至能使燕帝陛下感念此恩。

姚蕙青知道，沒有求親國書，她送上門去，有辱大齊顏面，朝中文武不可能沒有異議，但帝后隻字未提，決事甚快，甚至願放季延——這是給她的嫁妝，一份飽含情義的厚禮。

大齊將要遷都，滇州與盛京，江山阻隔，萬里之遙，今日一別，餘生大抵難再相見了。

姚蕙青跪在船首，與再披戰甲的盧景山一同遙拜汴都宮，直至銅號齊鳴，戰船拔錨，乘著春風白浪向北而去……

六月初一，大齊建安郡主抵達盛京，季延歸來，元修親自扶著鎮國公出城相迎，禮象鼓樂開道，文武百官相隨，兵衛儀仗浩蕩，盛京多年不遇的盛事令百姓議論紛紛。

當年嫁入都督府的姚府庶女去年被赦離京，一年後搖身一變，從階下囚成了大齊郡主，不由讓人感嘆人生如戲。

這天晚上，盛京宮中大宴，二更末，宴散人去，酒冷燭殘。集英殿裡，元修扶起季延，說道：「這些年，你受苦了。」

季延哂然一笑。「受什麼苦？華堂美宅，錦衣玉食，要美酒有美酒，要美人有美人，除了不能出府，日子甭提有多逍遙。」

「所以你這小子是靠著美酒和美人把自個兒給熬穩重了？」元修笑問。

「那倒不是。」季延咧嘴一笑，半真半假地答：「這些年我閒得發慌，靠讀書習武打發時日，把從前祖父命我熟讀的史論兵書都讀通了。」
元修揚了揚眉，有些意外。
這時，季延忽然斂了笑意，跪下稟道：「大哥，我想去西北戍邊！」
元修怔住。「戍邊？」
季延道：「我路上聽郡主說了，這些年遼帝西征，遼國疆域日廣，騎軍驍勇，虎視西北，野心勃勃。而今，大齊建國，大燕夾在齊、遼之間，如不開疆拓土，厲兵秣馬，積蓄國力，不出二十年，邊關必危。」
元修聽笑了。「行啊！看來史論兵書真讀進去了。」
季延道：「那您答不答應？不答應的話，我可學您當年一樣偷跑了啊。」
「胡鬧！你祖父這些年一直在盼你回來，他年事已高，你若戍邊去，萬一恩師有事，你身在軍中，可不是想回來就能回來的，還是先盡孝吧！免得日後見不著了，再生悔意……」元修斥著季延，望著殿外，眉宇在昏黃的燭光裡幽深玄虛，彷彿鎖著某些陳年舊事。
季延望著元修的神色，抱拳稟道：「季家人丁單薄，祖父盼我成才，目送我去戍衛邊疆才是他平生所願，小弟以為……這才是盡孝。」
掌事太監聞言嚇了一跳，季小公爺喝傻了嗎？跟皇上辯哪門子的孝道！
季延低著頭，感覺頭頂如懸重劍，那落來的目光沉凜懾人，不怒而威。

許久後，元修一言不發地出了集英殿，夏夜的風蕩起墨色的衣袂，如刀影般揮斬在重重疊疊的宮牆殿宇當中，刀影落下，人也遠去了。

季延沒有起身，殿門敞著，唧唧蟲鳴鬧著夏夜，為人心頭添了些許煩亂。宮人們不敢跟上去，掌事太監憂心忡忡地瞥著殿外，瞥著季延。

宮裡三更的梆子敲響時，殿內三足燭臺上的一支宮燭燃盡了。掌事太監忙命宮女去取新燭，無意間瞥見殿外，頓時大驚，撲通一聲跪了下來。

元修上了殿階，到了門外，衝著季延的背影道：「抬頭！」

季延轉身，頓時怔住——元修立在殿外，手裡捧著一件銀甲，甲胄上壓著一張神臂弓。

「到了西北，凡事跟顧老將軍多學著些，切莫急於建功而意氣用事，若犯了軍規，軍棍鞭罰，自個兒扛著！」說罷，元修將戰甲神弓往季延面前一遞。

季延忽然哽咽，這甲這弓陪伴著曾經的西北戰神，十年英雄志，此生報國夢，這一遞，便是託付了。

「去吧！大漠關山，長河落日，去看看！」元修拍了拍季延的肩膀，轉身下了殿階，抬手一揮，背影瀟脫。「你比我當年看得透，我就在這兒等著你建功歸來的那日。」

季延一言不發，只是伏身而拜，待元修遠去，他起身時，已淚灑臉龐。

次日，早朝一下，命季延戍邊的聖旨就下到了鎮國公府。元修下朝後未往集英殿理政，而是微服出宮，往驛館而去。

姚蕙青已是大齊郡主，下榻在驛館當中。

元修未叫人通報，來到時，花廳裡已擺好了早膳，桌上擱著兩副碗筷。

元修邁進花廳，逕自入席，一坐下就問：「怎麼又回來了？」

他穿著身燕居服，面門而坐，夏日的晨光渡著眉宇，往日的幽沉鬱氣似乎消解了些，當年的爽朗之氣依稀復見，只是消瘦了許多。

姚蕙青笑道：「我若不歸，何人伴君閒談古今，飲酒對弈？」

元修笑了，似惱未惱，像是詰問友人：「妳哪回讓我喝痛快了？我又哪盤棋贏過妳？」

姚蕙青笑而不答，盛了碗桂圓粥遞了過去，元修端起粥來嘗了一口，卻說不出是何滋味兒，半晌後才道：「多謝你把季延帶回來。」

姚蕙青未居此功。「此事陛下當謝都督。」

元修笑了笑。「她是看在妳的分兒上才放季延回來的，若不是妳，季延不知何年何月才能歸來。」

當時在船上，阿青提出放姚蕙青和老熊的家眷過江時，他本該提出放了季延。但盛京之變那日，他有愧於她，她又指明了外公中箭之事有疑，他實在沒什麼條件能跟她換人……恩師年事已高，本以為他會抱憾而終，沒料想會有今日的轉機。看著元修苦澀的笑意，姚蕙青只是微微一笑，沉默以對。

兩人枯坐了會兒，元修冷不防地道：「被妳說中了……」

這話沒頭沒尾，姚蕙青卻懂得。「至少試過，也算無悔了。」

元修自嘲地笑了笑。「人這輩子，有些事，不為也悔，為之也悔，一生都將刻在心上，至死方休。」

姚蕙青垂下眼眸，又沉默了。

元修道：「何苦回來？兒女情長，我此生難再許人，與其在我這兒蹉跎大好年華，何不尋個良人？這世間的好兒郎大有人在，妳值得更好的歸宿。」

說罷，他擱下碗筷，起身出了花廳。「回去吧！各安己命，勿再牽掛。」

「陛下怎就知道我問你要的是兒女情長呢？」姚蕙青回身問道。

元修聞言住步，回頭望去，見庭花爛漫，朱門四敞，姚蕙青坐在門內，笑中含淚，對他道：「人這輩子，七情六欲，兒女情長只占其一。除卻至愛，尚有至親、摯友、兒女、信隨。自入都督府的那天起，我就已無至親，陛下也無，你我何不作個伴，餘生做彼此的至親摯友，相濡以沫，白首不離？」

元修少見的出了神，晨暉樹影灑在肩頭，斑斑駁駁，似幻似真。

姚蕙青與元修對望了許久，方才行出花廳，來到庭院，取出封信來遞上前去。「此乃臨行前，都督囑咐我代為轉交的書信。」

元修見信回神，眼中剎那間生出的神采說不清是詫異還是歡喜，他下意識地接了信，想要立刻拆閱，卻又心有憂懼，於是將信往懷中一揣，出了驛館，縱身上馬，疾馳而去。

晨風撲面，市井熱鬧，元修並不知要去何方，只是縱著馬蹄，一路向南，不知不覺到了城郊。

樺樹成林，茂葉成蔭，元修勒馬，取出信來，信上封著火漆，他拆了幾下竟未拆開，不由看了眼滿是細汗的掌心，苦笑一聲，在馬背上乾坐了會兒，待心緒平復了些，方才拆了信。

信一展開，元修就怔住了，信箋甚是平常，其上空無一言——一張白紙。

穿林風蕩著衣袂，白紙在元修手中嘩啦作響，他僵坐在馬背上，許久後，仰頭望了望天。天遠樹高，人生而立，此刻除了座下戰馬，伴在他身邊的竟唯有風聲了。

阿青，妳我之間，果真是……無話可說了嗎？

一陣馬蹄聲馳進林中，侍衛們終於追了上來。

元修將信隨風揚去，打馬回頭，揚鞭而去，話音隨著風聲傳入侍衛們耳中：「傳旨！著禮部起草求親國書送往大齊，備——立后詔書！」

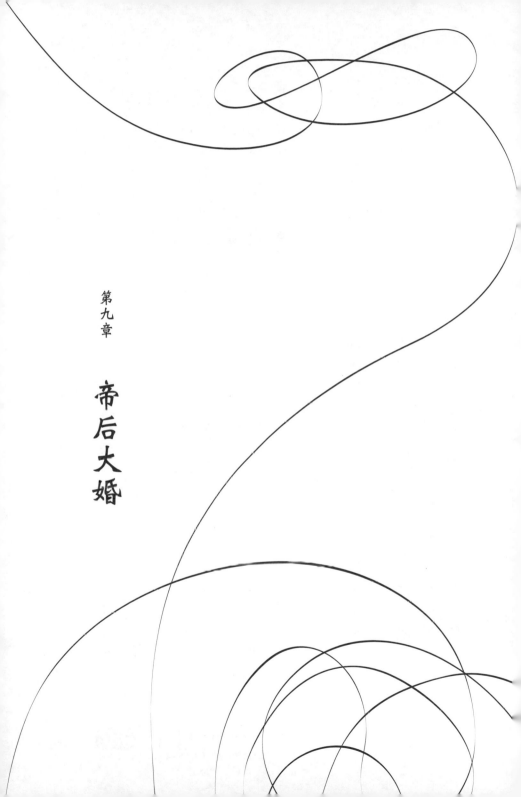

第九章

帝后大婚

六月的汴都已入了盛夏，江波如鏡，滿城芳菲。

黃梅時節剛過，暮青收到了呼延查烈的消息。

他去年年初從沂東港的漁村登岸，趁北燕朝廷清算沈黨的混亂時機潛至西北邊關，八月分才在大遼密探的幫助下出了關。出關前，他不准侍衛們再跟隨，侍衛們只好留在關內探聽消息。

九月中旬，呼延查烈一回遼都就遭到了囚禁，期間吃了不少苦頭。但今年三月，他忽然遭赦，被立為大遼太子，與此同時，大遼改年號為：本初。

侍衛們得知此事後，方才回來覆命。

暮青對著奏本看了一日，二更時分，步惜歡回寢宮時，見暮青仍不肯把奏本擱下，不由打趣道：「盼了這麼久，總算有信了，怎麼反倒魂不守舍起來了？」

暮青道：「福兮禍之所倚，呼延昊立查烈為儲君，怕是沒安什麼好心。」

步惜歡失笑，她這些年爾虞我詐經歷得多了，看誰都要琢磨琢磨。大遼立儲一事能有什麼陰謀？還不是因為她？

呼延昊稱帝多年未曾立后，嬪妾皆無所出，安著什麼心，不是再明顯不過？余女鎮一役，元修失手，未將青青帶回北燕，而狼衛暴露，最終只將呼延查烈帶回了大遼。如今大齊建國，遷都在即，呼延昊自當清楚，齊、遼兩國關海遠隔，謀她之機已失，餘生難再相見。

而查烈自為質時起，青青就護著他，後來更是帶在身邊教導，視如己出。呼延昊將查烈立為太子，即便明知此子有殺他之心，以他的性情，怕也樂在其中。且這些年來，大遼頻頻西征，雖疆域日廣，但局勢不甚穩定，亡部時有叛亂，儲君一立，部族舊臣心向太子，為助太子蓄養實力，定會選擇隱忍，以待厚積而發。安生幾年，對穩定有益，呼延昊何樂而不為？

想著這些，步惜歡的指尖在桌上有一下沒一下地敲著。

呵，本初……

都多少年了，一個個的還不死心，看來大婚之禮得叫禮部抓緊了。

自帝駕南渡親政起，織造局和將作監就領了織造帝后冠袍和備製大婚器用的差事，一晃數年，差事早已辦妥。只是開國帝后大婚，禮制應加一等，故而大齊一建國，各局各司就又忙了起來，改制、查缺、採辦、報檢，從二月忙到六月，籌備的差事已臨近尾聲。

隨後，欽天監擇定吉日良辰，將帝后的大婚之日定在了六月二十八日。

詔書一下，上至朝堂，下至民間，皆洋溢在大喜的氣氛中。汴都宮裡，小安子和彩娥恨不得一天來道八遍喜，暮青也不是不歡喜，但就是提不起勁兒來。

這些年南征北戰，累得狠了，如今一閒下來，人就像是歇不夠似的，成日懶洋洋的。恰逢盛夏時節，暑氣將至，暮青連胃口也不佳，終日只想歇著，午後倚在榻上，聽著蟬鳴蛙聲便能睡上一覺，夜裡睡得更沉，常常是一睜眼就日上三竿了。

朝中和宮裡皆在為大婚的事忙碌著，唯獨暮青游離事外。

日子就這麼進了中旬。

一場雨後，暑氣稍散，暮青神清氣爽了些，於是便微服出了宮。她乘著馬車去了趟城西義莊，去了趟春秋賭坊，經過當年背屍出殯的長街，經過廢置的內廷美人司，經過兵部職方司衙門——當年的西北軍徵兵處，最後停在了城南的福記包子鋪門口。

時近隅中，小二端著頭道蒸屜出來，夏風捎著香氣撲進馬車。暮青買了四只包子，用荷葉裹著、紅繩提著，回宮的路上又去了趟瑾王府、狄王府和建安郡主府，府裡主人皆不在，府門卻照常開著，面向長街，遙望汴江。

暮青在瑾王府外站了許久，盼詔書將喜訊布告天下，盼江風將祈願送達四海，盼有朝一日，人海再會。

按汴州一帶的禮制風俗，女家成親前需擇吉日往家堂告祭祖宗，一為作別，二為求安。於是，六月二十二日，帝后大駕離開汴都，啟程前往古水縣。

此行本來只需暮青獨往，但步惜歡執意同去告祭，禮官直呼有違祖制，步惜歡只道：「朕乃開國之君，朕就是祖制。」

禮部官吏登時噎住，因知當今皇帝雖在國事上虛懷納諫，但家事一向不容群臣插手，於是嘆了口氣，只好由著皇帝了。

當天傍晚，帝后大駕抵達古水縣雲秋山，步惜歡陪同暮青在山上齋戒了三日。

二十六日一早，夫妻暫別，帝駕啟程回宮，鳳駕則進了古水縣城，回到了城北後柴巷的家中。

暮青當年離家，正是六月時節，如今歸來仍是六月，老院子瓦色青幽，竹叢筆直，院兒裡磚石縫中雜草未生，屋中一應擺設皆如舊時。

帝后大婚，最歡喜的莫過於古水縣百姓，鳳駕回鄉這天，許多人在晌午時分見到巷尾那間院子裡升起了嫋嫋炊煙。

回到闊別多年的家鄉，吃著家中灶裡煮的米粥，暮青懨懨的胃口開了許多，她歇了一日，次日一早，束髮戴巾，布衣喬裝，走出家門深巷，入了熱鬧市井。她混在人堆裡，到過兒時常去的鋪子，聽著百姓口中關於自己的故事，重走著家中到縣衙的路，最後去了趟古水縣義莊。

義莊裡的仵作早已換了人，聽見敲門聲，老仵作開門一瞧，頓時愣住。只見門外站著個年輕人，及冠之年，相貌平平，卻有一身說不出的清卓風姿，不似尋常後生。

老仵作問：「尊駕是？」

「只是想來看看。」年輕人朝老仵作作了個揖，隨即便進了義莊。

義莊裡一具待檢屍身也無，唯有幾副當年的人骨架子列在偏堂。這些年刑部嚴核積案弊案，古水縣乃都城轄下，命案之看驗審斷早已無從前那般輕忽罔顧的風氣，義莊內無待檢之屍也在意料之中。

暮青在偏堂逗留了許久，望著那幾副人骨架子失了神。

老仵作心道真是世道不一樣了，連義莊都有人遊覽來了。他見年輕人頗有氣度，卻是一介布衣，琢磨著莫不是今年縣考未中的學子，心灰意冷，想入仵作行了？於是探問：「這位後生莫不是想入行？老朽正缺個徒兒，見你膽大，許是塊料，不妨入個行？咱們仵作行如今可是正經八百的官籍，後世子孫想科考入仕、從軍報國，可都使得哩！你要有本事，當仵作有朝一日也能是一方刑吏，不非得走那條恩科的路。你知道關州鎮陽縣的仵作嗎？調去刑部當差了！這在從前哪敢想啊？你生在好世道，切莫自棄啊！」

年輕人聞言，目光從死人骨頭上轉到老仵作身上時，眼中依稀有幾分笑意，清清淡淡，卻熠熠生輝。他作揖而拜，淡然笑道：「多謝開解，您是位好師父，定不會缺徒兒的。」

說罷，暮青道聲打擾，便離去了。

六月二十八日，帝后大婚。

天剛四更，楊氏就領著宮中女官進了暮家院子，叩見鳳尊，侍衣侍妝。

楊氏回京後，因伴駕有功，被特封為三品誥命。因古水縣是暮青的家鄉，崔遠又曾在古水縣任過知縣，步惜歡便下旨將當初沈府的宅子賜給了崔家，楊氏一家自此在古水縣安家落了戶。崔遠今年二月參加了縣試，中了頭名，如今正在家中苦讀，備考鄉試。

暮青已無娘家人，親近之人唯有楊氏和梅姑。梅姑性情古怪，一直暗中護主，甚少現身。少主人大婚，她倒是跟來了，卻道自己是奴，不敢充當娘家人，於是便縱身上房，專心瞧熱鬧。

於是，扮女家人送嫁的差事就落到了楊氏身上。

天還黑著，暮家房簷下遍掛喜燈，大紅對燭將西廂照得通明如晝，彩娥領著宮女們服侍鳳尊更衣，暮青穿著身絳色中衣坐到了銅鏡前。

龍鳳宮鏡，宮粉香膏，煙黛檀脂，額黃花鈿鋪滿了妝檯，暮青望著銅鏡中自己泛黃的眉眼，想起當年在家中時，爹用微薄的俸祿為她攢了幾盒脂粉，她卻從未敷過。那時想著，若有一日，對鏡敷妝，怕不得是成婚的時候了。

沒成想料準了，只是沒想到這樁婚事竟是大婚……

一身誥命行頭的楊氏陪在一旁，見女官為暮青敷著珠粉，眼中含了淚，竟有幾分嫁女之感。

門口，彩娥端著只玉盤進來，盛著已摘好洗淨的鳳仙花瓣，花瓣朱紅，珠潤如露。一個宮女跟隨其後，捧著玉臼小杵、明礬紅帕。

彩娥笑吟吟地請暮青將手擱到玉盤上，由宮女們為她塗染蔻丹，但暮青未准，理由是此花小毒。

宮人們嚇了一跳，紛紛請罪，儘管誰也不知，千層紅、鳳仙花等皆是女子常用之物，怎會有毒？

彩娥領著宮女們將一應物什都端了出去，暮青對女官道：「無需濃妝豔抹，略施脂粉即可。」

女官笑稱遵旨，依暮青之意，薄施粉，淡敷妝，遠山眉，畫朱脣，點花鈿，墜東珠，細梳髮，綰青絲。

雲鬢綰就，淡妝暈成，燭光搖紅，鏡色昏黃。小院寒舍裡，紅塵光影網羅著一張清絕容顏，驚豔了夏夜星光。

彩娥領著宮女們捧入鳳冠鳳袍，大齊皇后鳳冠集將作監和尚冠局之能工大匠的畢生造詣，冠上九龍九鳳。「龍」謂之天子嫡妻、儲君嫡母，「鳳」謂之鳳凰來儀，達王道，成九德。龍身鏨金，鳳身嵌翠，龍口銜珠，下垂珠結，鳳口含玉，點翠成雲。雲中牡丹十二、金梧十二、寶葉十二、鈿花十二，步搖博鬢左右各六，亦十二數。冠上珍珠之數六千，皆乃東海貢物，珠圓無瑕，寶光如鏡，更有金玉翡翠、紅藍寶珠、珊瑚玳瑁等宮藏奇珍，鳳冠之美冠絕古今，工藝之繁登峰造極。

而鳳袍亦集織造府內織女繡娘的織裁繡技，雲錦霞披，廣袖金墜。裙裾三丈，金繡日月雲霞，鳳凰于飛。廣袖如雲，織繡九天天闕，四海山河，綴以九彩霞披，鳳珮寶墜，好一派天命玄女、降而生瑞之相。

鳳冠霞披穿戴於身，暮青起身之際恰是破曉之時。金烏吐輝，濛濛晨光灑在暮家的青瓦上，命婦宮侍們齊伏而呼：「叩見鳳尊，賀鳳尊大婚之禧！」

「吉時到——」這時，禮官的唱喝聲在院中響起。

暮青走出閨房，迎著初露的晨光朝空蕩蕩的主屋一拜，朝雲秋山一拜，再朝鄂族中州方向外公與外祖母的衣冠塚一拜，而後才在禮官的唱報聲中出了暮家小院。

民間巷子窄，鳳鑾車駕進不來，便在巷子口候著。巷子裡鋪上了紅錦，暮青踏著喜毯走出家門，回頭望了眼自家的木門銅鎖、灰牆青瓦，而後仰望著勁拔的竹梢和淺白的天空，許久後，再朝家門一拜。

今日出嫁，再回鄉時，恐不知何年何月了。

宮侍們列於街巷兩旁，目視著皇后鄭重地拜別家門，而後轉身，踏著紅毯向鳳鑾車駕行去。

車駕旁，月殺抬頭望了望天。

暮青行至近前，問：「越大將軍這般神情，似乎有話要講？」

大喜之日，月殺依舊一臉漠然神色。「末將這般神情是在說：蒼天有眼，您總算嫁出去了。」

這老父親般的口吻聽得楊氏和彩娥等人垂頭忍笑。

「的確。」暮青掃了眼從鄂族趕回的千名神甲軍將士，笑道：「蒼天有眼，爾等皆在。」

當年陪她計殺嶺南王、勇闖天選陣、縣廟屠惡、義保鄂族的將士們，她曾以為今日難全，但今日眾人皆在，縱有傷殘者，亦是上蒼眷顧，理當拜之。

暮青朝天地一拜，朝將士們一拜，踏著玉凳霞階，入了鳳鑾車駕。

這一天，整個古水縣都醒得很早，城北到南門的長街上滿是送嫁的百姓。天色剛明，吉時即到，鳳駕大婚的儀仗伴著禮樂絲竹之聲，從城北後柴巷外浩浩蕩蕩地行來。

禮官居前，大纛緊隨，十二匹御馬牽引著導駕車隊，後為十二重禁衛引駕，列於駕後的是當年江北水師的五萬兒郎。

今晨四更時分，章都督率水師五萬乘船沿江抵達城外，當年皇后麾下的親衛、軍侯和五萬將士上岸入城，列入儀仗，為皇后送嫁。將士們齊著青袍銀甲，天光泛白，甲色如刀，軍容似鐵，步姿鏗鏘。兒郎們的戰靴踏在街上，為喜慶的禮樂聲添了幾分雄壯，四大營依照當年編列，軍伍之中隱約可見缺位，那是當年戰死江北的將士之位。而章都督的馬後，熊泰、侯天、劉黑子三位軍侯騎馬相隨，劉軍侯牽著匹空馬，那是當年為護鳳駕而戰死的武義大夫石大海之位。

當年渡江的，未能渡江的，今日都來了。

鼓吹樂隊，幡陣旗陣，儀仗威儀浩蕩地上了南街之後，古水縣百姓才見到了鳳鑾車駕。

鳳車赤木鑲翠，頂有金鳳，兩壁雕畫日月神祇、鳳凰丁飛，謂之神女降世、有鳳來儀。車駕四簷墜玉，簾繡雲鳳，霞旗秀木，威儀萬千。鳳車由禮官駕馭，八十駕士簇擁，宦官宮娥相隨，神甲軍護駕。

神甲軍乃皇后親衛軍，雖僅千餘眾，卻披戴神甲，身藏神兵，刀槍不入，削鐵如泥。神甲之貌神祕，世人鮮見，而今為送皇后出嫁，侍衛軍駕御駿馬，盡戴神甲，伴駕左右，鳳車彷彿行於萬丈金輝之中，威儀之盛，千古難見。

鳳鑾車駕後，扇麾儀仗壯勢，屬車八十一乘，備車千乘，送嫁儀仗足有八萬餘人！

待鳳車駛過，百姓們數著屬車後的嫁物，花瓶、花燭、香球、百結、交椅、青涼傘、畫彩錢果、五男二女花扇等象徵著百年好合、七子團圓等民間嫁娶吉件皆有，卻不見妝合、照臺、奩具、裙箱、衣匣、洗項、珠寶首飾、綾羅錦緞、金銀寶器等嫁妝。

皇后並非未備嫁妝，而是那嫁妝儀仗抬不起——皇后的嫁妝乃鄂族四州八十五縣城池。

去年大圖皇帝退位獻降，因降書上未蓋鄂族神官大印，故而所獻之地實為五州，而非九州。後來，聖上下旨受降，朝廷發兵平定五州，納五州而建大齊，鄂族仍由皇后執政。今日，帝后大婚，大齊與鄂族結為一家，從今往後，四州依舊由皇后執政，但歸入大齊帝國版圖。從今往後，皇后掌大齊獄事，執鄂族之政，與聖上共治天下。

這是從古水縣走出的女子，走出家鄉近十載，歸來身負四海名。

她脫胎官奴，生入賤籍，承事賤役，遭人忌避。一朝被迫離鄉，從軍西北，破奇案、救新軍、戰馬匪、闖敵營。破地宮機關殺陣，立軍功金殿受封，軍中練兵，京城破案，智揭陰謀，替父報仇。南渡之後，授業傳道，提點刑獄，問政淮州，定賑貸奇策，平嶺南割據。後又潛入鄂族，闖天選大陣，復大圖國業，化神女尊身，執鄂族之政。執政三載，廢舊俗，立新法，興農桑，開商道，建城郭，安民生，政績斐然。她從一介民間仵作到大興英睿都督，從南興皇后到大圖神官，一路行來，步步傳奇。

而今，天下大定，帝后大婚，她自家鄉出嫁，喜毯從後柴巷暮家門口一路鋪向汴都——聖上以百十里紅妝、八萬人儀仗相迎，這一場盛世大婚冠絕古今，後世怕也難以企及。

這世間只怕不會再有如此帝后了。

這天，晨陽照在城樓上的時候，古水縣百姓山呼賀喜，跪送著鳳駕儀仗行出了城門，沿著鋪著紅毯的官道向汴都古城行去。

這天，天下大赦，汴都城中百花盈道，萬民夾迎，宮娥手執盛著五穀、福錢和宮果的花斗從宮門外一路排到了城門口。城門口，禮象披錦，武將護旗，禁宮十二衛自城門一路迎至三十里外，文臣穿戴朝服伴著天子鹵簿候在飛橋上，聽著御林衛一個時辰一報，直至傍晚，方才望見了鳳駕儀仗。

漫天晚霞照著古道城郭，鳳鑾車駕在徐徐夏風裡與天子玉輅相會於虹橋之上，禮象齊鳴，鼓樂大奏，文武朝拜，將士齊賀，宮娥向長街兩旁撒下花斗裡的五穀、福錢和宮果，孩童爭拾，百姓歡呼，龍鳳寶車在兵衛儀仗的護送下浩浩蕩蕩地駛向了宮門。

酉時二刻，吉時到來，天子玉輅迎鳳鑾車駕自正東午門而入，經崇文門、崇武門、崇華門，過中路六殿三門而至家廟，先告祭祖宗，而後至金鑾殿舉行成婚大典。

鐘鼓大奏，天子在禮官的唱報聲中落駕，親手將皇后扶下鳳車，帝后執同心牽巾兩頭，共登玉階，同入金殿，在文武百官的見證之下叩拜天地，遙拜祖宗，行交拜大禮。

殿內張燈鋪錦，帝后立在龍鳳好合、琴瑟和鳴的五色織錦喜毯兩側，聽著禮唱，三叩三起，博袖佩帶在雕梁玉柱上交織出如夢似幻的畫影。天子大婚冕冠上的垂旒在步惜歡的眉宇間碰撞出幾分恍惚神色，鼓樂禮唱聲彷彿從耳畔遠去，眼前浮光掠影，晃過當年戲裡的嫁衣、提筆寫下的婚書和那落款上的日子——元隆十九年三月十六。

多少年了？

今日終如當年所願，莫不是一場好夢吧？

「禮成——」禮官的唱罷，呈上了機杼。

步惜歡接過機杼，欲挑蓋頭，竟覺手顫，不由失笑。他這心這手，博弈天下未怯過，指點江山未顫過，今日此時竟患得患失起來了。

金殿四角立著龍鳳燈臺，蘭燭高照，微香暗侵，蓋頭被緩緩挑起的一刻，日月龍鳳彷彿乘著人間燈火而去，天上閬苑，人間美殿，馳隙流年，一瞬千古。

當步惜歡望見那蓋頭下的暈暈嬌靨，流年霎時倒轉，恍若回到當年——薄施粉，淡暈妝，遠山眉，點朱唇，一片花鈿吹眉心，朱砂描畫定其心……這是當年成婚時他為她描的妝。

不論幾度寒暑，她與他一樣記得那年。

步惜歡望著暮青吟吟一笑，垂旒上的七寶玉珠流光絢影，眸中彷彿映入了一天星河，爛漫醉人。

隨即，兩人攜手登上御階，同坐於金殿御座之上，接受百官朝賀。金殿外，迎親送嫁的將士們立在殿前廣場和四門甬道中，放眼望去人潮如浪，賀喜之音如擂天鼓。

這場盛事，此時不過剛剛開始……

禮畢，禮官宣旨，賜殿外將士御筵九盞，步惜歡留在殿內大宴群臣，暮青則先還寢宮坐帳。

乾方宮中張燈掛彩，比起金鑾殿內的富麗堂皇，承乾殿裡處處是舊時記憶。門窗上貼的喜聯、窗花皆是當年馬車上貼過的，窗上甚至還貼著幾對他們在星羅和關州逛廟市時買的窗花，雖不應時節，卻令人心暖。

殿內擺著的瓷瓶寶器、百寶如意、玉杯玉盤皆是將作監按當年馬車裡擺過的器樣燒製的，連牡丹花卉、香果糕點都與當年一樣不差。

殿內唯有一樣擺設換了——龍床。

黃花梨，一丈寬，當年拌嘴時的一句玩笑話，他一直記著，早在她與大圖定下三年之約時，這床就雕磨好了。

當時，朝中有諫越制之聲，因皇后屢建奇功，且帝后正因家國而受著夫妻分離之苦，故而言官們口下留了情。如今大婚，龍床擺入寢宮，言官們睜一隻眼閉一隻眼，裝聾作啞，算是默許了——開國帝后，越制就越制吧。

龍床上疊有喜被，雙喜四福，龍鳳呈祥，明黃朱繡，寓意吉慶。被上擺著龍鳳喜枕，枕旁擱著一柄玉如意，結了喜綢，墜了香囊，依舊如同當年。

女官唱著吉詞，老王妃高氏和楊氏作為嫂子和娘家人扶著暮青坐入帳中，一坐下，就聽見喀嚓一聲。

暮青眉頭都沒動——老花樣了。

高氏和楊氏喜上眉梢，兩人恭請暮青起身，伴著女官「天上長生果，地上落花參，見了新人開口笑，兒孫滿堂，福多壽長」的唱喝聲，從喜被下摸出一只破了殼的花生，打開一數，裡頭躺著兩顆小果，粉白圓胖。

高氏和楊氏互看一眼，意味深長地打了個眼底官司。

「洞房花燭夜，新人共枕眠，今夜榻上行春雨，來年屋裡聽娃兒笑。」女官邊唱賀詞邊恭恭敬敬地接過兩顆花生果，包入喜帕內，擱在了龍鳳枕下。

暮青愣著神兒，心道：這一雙的數怎麼也跟當年一樣？

直到女官復請坐帳，暮青才回過神來，不由笑自己，莫不是被鳳冠壓蠢了，不然怎麼也信這些了？不過是風俗罷了。

坐了一日的車馬，暮青還真乏了，此時若能摘了鳳冠，她怕是能倒頭就睡，但大婚之禧，步惜歡盼了多年，縱是再累，她也會等著。

步惜歡比意料中回來得早，約莫二更時分，范通的唱報聲就傳入了承乾殿。

高氏和楊氏急忙見禮，宮人們捧著文房四寶、綾羅貢錦、金銀美器、脂粉首飾、美酒福果等物，一進殿，步惜歡厚賞宗親誥命、闔宮侍從，說道：「時辰不早了，都告安吧。」

女官道：「啟奏陛下，尚有撒帳、合巹諸禮未行……」

步惜歡望著暮青道：「皇后乏了，那些禮數朕跟皇后關起門來自個兒行一行便罷了，告安吧。」

女官訝然，高氏和楊氏都是過來人了，見帝駕自打進了殿，目光就未從皇后身上移開過，不由露出羨慕神色。

這天下間的男婚女嫁呀，六禮是辦給外人瞧的，圖的是個明媒正娶的名分。世間多少女子，空有名分，難得情分？兩者皆得的好姻緣，豈能不羨煞人？

兩人皆是識趣之人，飲了喜酒便跪安而去。范通領著女官和宮人們出來，殿門闔上，一雙人影映在殿窗上，燭火搖紅，夏夜靜好。

殿內，步惜歡為暮青解了鳳冠，眸中的歉色濃得化不開。「這一日，辛苦娘子了。」

她這些年累著了，近來身子乏，這一日折騰下來，他委實擔心，於是匆匆散了宮宴趕了回來。

暮青一笑，也抬手為眼前人解冕。「這大婚，如你所願就好。」

她沒那麼嬌氣，他盼大婚盼了許多年，能成全他多年心願，折騰一日有何不可？

從當年遇見他時起，他們就在互相成全，時至今日，終得圓滿。

「為夫還有一願，娘子可願成全？」步惜歡將冕冠與鳳冠擺去桌上，回身端著兩只酒盞，笑吟吟地望著暮青。

暮青道：「此生你想為之事，我都會成全。」

此話令男子眸中的笑意彷彿要溢出來，他端著酒盞來到龍床前，暮青一接酒盞就愣了。

酒器是溫的，聞來無酒香，湯色也不似茶。

步惜歡坐到暮青身旁，舉杯作邀，只笑不語。暮青舉盞為應，兩人挽臂交杯，仰頭共飲。

溫湯入喉，暮青眉心一舒——蜜糖水。

步惜歡一笑，笑意比殿內的燭火還暖柔。她乏了，酒傷身，茶傷眠，溫水最宜，添杓蜜糖，盼甜蜜白首，永不生離。

紅帳似芙蓉，燭影映帳紅，兩人端著空酒盞坐在帳內，含笑相凝。龍鳳杯盞銀光如月，寶石似星，一條紅綢同心結綰著盞底，頗似那架在漫漫銀河兩端的喜橋，牽繫著千年歲月，百年姻緣。

暮青望著步惜歡的眉宇，那份明潤，日月不及，那份矜貴，可奪天地。不知怎的，她總覺得看不夠他，當初的三年之約都熬過來了，如今只是小別三日，竟有如隔三秋之感。

步惜歡由著暮青看，待她回過神來，他才把龍鳳杯盞取回，一仰一覆，安於床下。

合巹禮畢，他又取了方喜帕回來，上頭擱著一把金銀剪，剪刀一半金製，一半銀製，雕龍刻鳳，寶氣奪目。

暮青瞅著步惜歡坐回自己身旁，鄭重其事地從她的雲髻右邊取了一綹青絲，與他髮髻左邊的一綹髮一同剪下，牢牢地結在一起，而後與一把玉梳包入了喜帕。

此禮謂之「合髻」，意為夫妻一體，白頭偕老。

喜帕包好後，步惜歡打開衣櫃，搬出一只衣箱。這衣箱是從都督府裡帶回來的那只，擱在衣櫃底下，他盤膝而坐，將喜帕放在了暗層內，壓在了那幅畫上。

暮青望著步惜歡忙忙叨叨的背影，龍袍上繡著日月星辰、山河火龍、華雉宗彝等天子十二紋章，天之大數皆在其身，這人卻跟個凡夫似的，新婚之夜坐在地上搗鼓衣箱。暮青忍著笑，終於良心發現，覺得自己不該太懶，這才起身整理被褥，把龍床上鋪著的紅棗、花生、桂圓、瓜子都包入喜巾，打好包袱拎到衣櫃前，一併擱入了衣箱裡。

這些東西一直收在衣箱裡會生蟲，只需按婚俗在新娘子的衣箱中存放三日，討個早生貴子的吉利即可。

見暮青把喜巾擱了進來，步惜歡頓時苦笑。「忘了撒帳了……」

他本以為成過三次親了，婚俗禮數早已默熟於心，可事到臨頭還是出了錯。看來，這親不論成幾回，他依舊是緊張啊……

暮青哼笑一聲，把喜巾往衣箱裡一擱就倚入帳中，眉眼裡的意味再明顯不過——要撒你撒，撒完你收拾。

步惜歡笑著把衣箱歸入櫃中，而後行至帳中，床邊坐定，挨著暮青。她倚在喜枕喜被裡，眸子似開半闔，昏昏欲睡之態別有幾分憨趣。他俯身為她捏腿解乏，捏著捏著，便繞住了她的裙角，三繞兩繞，繞到他的袍角旁，靈巧地一繫，便打成了結。

當年渡江前匆匆圓房，趕不出兩身喜服，他與她便同袍而婚。今夜，這兩身喜袍終於繫在了一起，龍尾纏著鳳羽，金絲相繞，日月與共，再也分不出哪個是哪個。

步惜歡心滿意足地往龍床裡一仰，托腮側臥，笑看暮青。他手裡沒拿穀豆、福錢和同心花果，就這麼笑吟吟地念，像是哄人入睡：「撒帳東，瑤池神女下巫峰；撒帳西，月娥仙郎情不移；撒帳南，好合戲情樂且戀；撒帳北，交頸鴛鴦尾並尾。今宵芙蓉帳子暖，來日晝堂迎春風，月娥喜遇蟾宮客，百年好合戀香衾。」

暮青聽罷，低笑出聲，睡意全無。

這廝又來了，這都什麼詞兒！

步惜歡也忍俊不禁，殿外星繁蟲鳴，殿內燭紅帳暖，兩人躺著傻笑，笑聲久未平息。

半晌後，暮青道：「你可知道，即便有幸多得這一世，我也從未信過命數。直到遇見你，我才信了……」

「嗯。」步惜歡應了聲，眉宇間的歡喜神色勝過了情念愛慾，她的情話可比春宵一刻珍貴，尤其是今夜說的。

她想說，他就聽著，聽入耳中，揣入心裡，此生就這麼珍藏著。

只聽她接著道：「我覺得，你就沒有洞房的命數。」

「……嗯？」步惜歡正等著聽情話呢，冷不防地聽見這麼一句，一時間竟不解何意。

暮青揚起嘴角，衝他勾了勾手。

步惜歡愣了片刻，方才附耳過去，少頃，忽然呆住！

那是一種神魂抽離般的呆滯，他此生從未如此傻愣過。彷彿歷經半生之久，他才怔怔地望來，木訥、詫異、歡喜……諸般神色生於眸底，若星辰擊撞，爛漫動人。

她說……

阿歡，我們有孩兒了。

番外一

朝朝暮暮

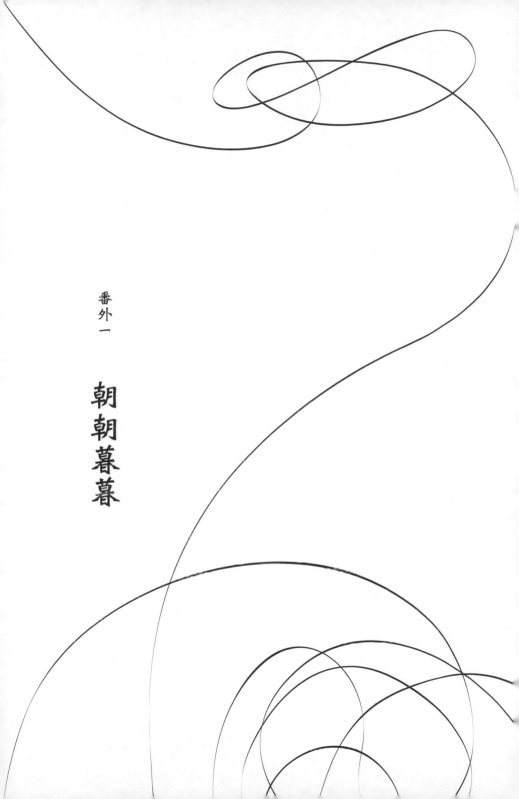

皇后有喜，舉朝震動，最喜的莫過於步惜歡。

大婚當晚，他從殿內奔出，急傳御醫。宮侍們見君王如此失態，不由大驚失色，連范通那一張死人臉都變了顏色，以為鳳體有恙，匆忙領旨而去。

御醫院老提點聽聞傳召嚇了一跳，沒想到一診脈，竟是皇后有喜了。

大驚變大喜，范通臉上的褶子揚了揚，與蹲在承乾殿飛簷上看熱鬧的梅姑那疤臉上的笑容一樣可怖。

皇后有喜已兩月上下，步惜歡大喜，厚賜了御醫，宮人侍衛皆有厚賞。

乾方宮雙喜臨門，自這天起，御醫每日晨昏請脈，御藥房、生藥庫、萬安堂、典藥局四司日夜候旨，連御膳房裡都有御醫當差，御廚們在膳食上倍加仔細，不敢出分毫差錯。小安子調到了乾方宮當差，暮青到御花園裡走走，他和彩娥都恨不得攙著，這架勢哪是伺候皇后，分明是伺候太后。

說來也怪，暮青本不害喜，被人這麼一伺候，身子好像真就金貴起來了，半絲油腥都聞不得，喝口水都吐。

眼看著暮青的臉龐瘦了下去，步惜歡甚是自責，責自己未能早早察覺，竟因婚事令她受累。

「這跟勞累有何關係？」暮青忍著害喜的不適道：「女子有孕後，體內絨毛膜促性腺激素增多，胃酸分泌減少，胃排空時間延長，故而會有頭暈乏力、食欲不振、喜酸厭膩、噁心晨嘔等症，此乃妊娠反應，多數一旬即去，莫要憂思過度。」

這人若知道她有喜了，大婚之禮必不會辦，那是他多年的心願，她怎忍心見他此生抱憾？瞞著他，可不是為了看他自責的。

步惜歡眉心微鎖，小心翼翼地撫了撫暮青平坦的小腹，殷殷囑咐：「母恩重如天地，切莫折騰娘親。」

「哪聽得見？兩個月，才這麼大，還沒個銅板兒重。」暮青拿手指捏了個大小給他看。「這麼大，手腳剛長出來，眼耳口鼻也就大略像個人罷了。」

步惜歡看著那還不足一寸的大小，眉宇間露出驚疑之色。

暮青失笑，這時，范通進殿奏說執宰等人在太極殿候駕。

原本朝中擇定十月開始遷都，但暮青有孕，步惜歡不希望她受顛簸之苦，便下旨改期。這一改期，許多部署要調整，國事愈發繁重。

步惜歡應了聲，望著暮青的慵慵之態，守在榻旁緩緩地為她渡著真氣，直到她闔眸睡去，他才理政去了。

暮青醒來後讓彩娥備文房四寶，而後執筆作畫，畫了幅胎兒圖。

彩娥和小安子從旁侍候筆墨，越看越驚異。

這人……打娘胎裡最初只是個叫「胚胞」的物什？

女子有喜頭一月，腹中之胎也就黃豆大點兒？這倒也罷了，怎麼模樣不像人，還有尾巴？坐胎兩月方才像個人，可臉盤子也就是只具其形罷了。

暮青只畫了兩張，著色工細，標註盡詳。

晚膳時分，步惜歡回宮，一見到畫就著魔似的，筷子都不動一下，眸中驚奇之色流轉，似那夏夜江波，深邃浩蕩，爛漫吞空。

「往後呢？」他問，像討糖吃的孩子。

「到了月分，我自會再畫。」暮青賣著關子，離席往榻上去了。她不能在這兒久坐，省得反胃，擾了他的胃口。

步惜歡嘆了聲，盛了碗粥，布了幾樣素菜，端到帳外逗問：「為夫服侍娘子用些粥菜可好？」

怕暮青聞不得味兒，步惜歡避在帳外，未敢靠近榻前。

他忙了一天政事，回來連衣袍都未來得及換，端著粥菜立在帳外哄人的樣子著實叫人心暖。

暮青不忍推拒，坐起來道：「我自己吃，你快去更衣用膳。」

步惜歡當沒聽見，來到榻前坐下，耐心地調著粥，一邊察著暮青的氣色，一邊餵她喝粥。

這一碗粥，暮青喝得很慢，步惜歡見她忍得辛苦，便擱下碗筷，為她渡氣調息，待她好些了，粥也冷了，宮人們忙端著粥菜去小灶房裡熱。殿窗下蟲鳴唧唧，燈臺上燭光暖人，宮人們端著碗碟進進出出，暮青喝著一碗不知熱過幾回的粥，這些年花前月下許過的誓言彷彿都在這碗粥裡，歲月靜好如是。

看出渡氣調息有益，這天後，步惜歡一日三餐都會回承乾殿陪暮青用膳，而後才去理政。被這麼陪護著，暮青的害喜之症略輕了些，日子一進四個月，她便覺得身子不乏了，胃口也開了。

步惜歡甚是歡喜，晚膳後，兩人會放下政事，牽著手在帝庭中散步。古都行宮，恢弘氣魄，宮樓殿宇四、五十所，步惜歡陪著暮青四處賞景，為她講宮史祕事。

六宮無妃，侍衛宮人們常見傍晚時分，帝后攜手走在廊中簷下，從夏末到深秋，花黃葉落，人影成雙。

十月的江南仍舊日和風暖，這天傍晚，暮青想到御花園裡走走，御花園南苑的秋茉莉開了，花下鋪著一道石徑，一座飛亭坐落在晚霞深處。步惜歡扶著暮青走過石徑，入了飛亭，看暮青倚亭而坐，裙裾帛帶飛舞在晚風裡，晚霞灑在她隆起的肚腹上，她的眉眼溫潤柔和，似天池鏡湖，令人沉迷。

步惜歡看得失了神，直到聽見暮青的話。

「你說……這孩子是兒是女？」她問。

步惜歡失笑，打趣道：「妳怎麼也在意此事？妳我的孩兒，是兒是女，皆是人中龍鳳，妳擔心這孩子會擔不起江山社稷？」

「我倒不擔心此事，只是想起了查烈。」暮青舉目西望，喃喃著笑道：「這孩子從小就鬧著要公主。」

步惜歡聞言笑容微滯。「為夫當年似乎沒答應過此事。」

暮青失笑：「我只是想起從前之事，提一句罷了，你倒當真了？你也不想想，查烈十二了，再過三、五年就當娶妻了，哪能等得起？他們的年歲終究是差得大了些。」

「年歲差得少也不成，遠嫁苦多，怎及京城安逸？」步惜歡面色甚淡。

暮青聽愣了，這人剛剛還說女兒也能擔得起江山社稷，現又盼著女兒安逸度日，合著社稷重擔給兒子扛著他不心疼，倒心疼女兒吃苦。孩兒還未出世，是兒是女，日後會有何人生經歷都還難料，如今只是提提嫁人這茬兒，這人就不樂意了，怕不是個女兒奴？

「若是個女兒，生得像妳，自是美事。」步惜歡怕暮青惱了，不由湊近了些，撫了撫她的肚腹。

暮青哼了聲：「生得像我，性子莫要像我，貼心乖巧，那才是美事。」

步惜歡假模假樣地愣了愣，眺望著亭外的花叢問：「嗯？這滿苑花香，哪兒來的酸味兒？」

暮青嗔去一眼，兩人伴著花香晚霞笑了許久，正笑得起勁兒時，忽然雙雙怔住，不約而同地望向了暮青的肚腹。

「方才是……動了？」步惜歡問，話音輕極，像身在夢中，怕驚醒了自己。

「嗯。」暮青微笑著應聲，這人每個月都盼著胎畫，上個月見畫上寫著胎動，日日想摸，可胎動尚輕，探不出來，沒想到今日湊巧摸個正著。

步惜歡的眸中頓時綻出爛漫神采，問：「孩兒可是聽見妳我說話了？」

暮青潑冷水。「那得八個月。」

「八個月？」他倒不失落，反生了盼念。「快了。」

日子確實過得快，秋去冬來，轉眼就進了臘月。

年關在望，暮青有喜八月有餘，步惜歡本該歡喜，卻被胎畫給驚著了。畫中胎兒已長成，母體的五臟被擠得移了位，怵目驚心。他不知不覺想起兒時，此後陪著暮青白日散步，夜裡捏腿，細心呵護，倍加謹慎。

暮青也很謹慎，她命御膳房多備果蔬，少食多餐，少鹽少油，膳食以多樣清淡為宜。

年關一過，御醫院就挑選了兩位登記在冊、身家清白、經驗豐富的穩婆入宮侍駕，步惜歡命御林衛去古水縣將楊氏請來了宮中。楊氏育有一兒兩女，女兒還是雙生胎，在產事上頗有經驗。

老話說：「牛生崽兒鍋沿過，女人生孩兒墳前過。」

眼看著皇后臨盆的日子一天天近了，乾方宮上上下下都籠罩在緊張的氣氛裡，唯獨暮青不慌不忙，她命人在西配殿布置了產房，並畫圖告訴穩婆如遇臍帶繞頸、胎位不正當如何處置，產後出血的常見原因有哪些，當如何處置。儘管知道沒人敢在她身上動刀，但她還是把刀具和解剖圖都備好了。她告訴穩婆，如發急情，莫要慌亂，盡人事聽天命即可。

兩個穩婆心驚之餘也算開了眼，頭一回見到臨盆在即，把樣樣急情與處置對策都想到了，非但不慌亂，還寬慰穩婆的新婦。天下傳言果真不虛，皇后娘娘能母儀天下，真非尋常女子。

萬事俱備，但整個正月裡，暮青一直沒有發動的跡象，御醫天天呈奏脈案，穩婆日日回稟宮高胎位，連步惜歡的心都提起來了，暮青卻甚是鎮定——該備都備了，餘下的不就是看天命了嗎？

隨後，日子進了二月，初二這天傍晚，暮青發現自己落了紅。

楊氏立刻吩咐穩婆侍駕前往西配殿，吩咐彩娥去請御醫，吩咐小安子去太極殿報信。

彩娥和小安子領命而去，暮青卻在桌前坐下，吩咐傳膳：「臨盆之兆而已，還早著呢，都去吃些東西，免得後半夜沒力氣。」

兩個穩婆正要來扶暮青，見她坐得穩當，不由望向楊氏。

「哎唷！您可真是……」楊氏又好笑又服氣，無奈地道：「殿下之言有理，頭胎是沒那麼快，後半夜才是忙的時候，我在這兒侍駕，妳們先去墊墊肚子。」

話是這麼說，可畢竟是皇后臨盆，誰也不敢大意不是？

兩個穩婆謝恩而去，到小廚房裡隨便墊了墊肚子，便回到了承乾殿。

剛站定，就見一道紅影當空掠下，似天降妖雲，攜著疾風，摧得庭樹枝搖花落，颯颯作響！

穩婆差點兒要喊刺客妖人，卻見楊氏笑吟吟地行了個禮。「妾身叩見陛下。」

穩婆們趕忙行禮，心中後怕，暗道險些闖下大禍。

步惜歡疾步進了內殿，卻未見到兒時記憶裡那些亂糟糟的景象，宮人各司其職，晚膳已經擺好，暮青正喝著碗銀絲羹。

見步惜歡回來，暮青放下碗筷，給他也盛了碗羹湯，說道：「剛剛發動，離臨盆還早著，怎麼也得五、六個時辰。今兒晚膳早了些，你多少吃些吧。」

步惜歡看向楊氏，楊氏稟道：「回陛下，頭一胎都慢，五、六個時辰算早的，一、兩日的都有。」

步惜歡聞言，心反倒愈發懸著了。他沒胃口，但羹湯是暮青盛的，心意難捨，便端起碗來喝了，那股矜貴勁兒今日有些持不住，匆匆用罷羹湯，便瞅著暮青，想布菜怕撐著她，不添飯又怕她夜裡脫力，正猶豫著，暮青擱了碗筷。

「飽了。」她道：「趁這會兒還不怎麼折騰，陪我再散散步去。」

「好。」步惜歡將暮青扶起，兩人攜手出了承乾殿。

兩個穩婆望著帝后的背影，不由面面相覷。

直到日暮西沉，天色漸暗，庭中廊下掌了宮燈，暮青才迎著螢火般的燈光往西配殿而去。

穩婆見步惜歡也要進殿，不由一驚，卻沒敢攔駕。崔老夫人早就耳提面命過了，萬勿在陛下面前提那些「產婦不潔」之言，以免觸怒龍顏。老夫人說了，帝后情深，娘娘臨盆之日，陛下多半會陪著，甭費勁攔駕，攔也攔不住，侍候好產事就是，旁的規矩不必提。

穩婆們跟進殿內，看著帝后相伴的樣子，不由感嘆什麼樣的人家都見過，就是沒想到帝王家裡是這樣的。

殿內早已布置妥當，床榻是將作監按圖所造，形似交椅，半躺在榻上，比平臥更便於使力。暮青歇了會兒，陣痛一發作，就下地走動，累了就回榻上歇著，歇好了繼續下地走動，如此折騰到後半夜，陣痛愈發頻繁強烈，穩婆們怕暮青的體力撐不住，勸她臥榻歇著。

暮青堅持走動，這樣頗費體力，但能加快產程。在一個醫學落後的時代，難產無異於赴閻王殿，加快產程不僅能保命，還能減少感染風險，這對她和孩兒都好。

她命彩娥備了糖水和點心，兩個穩婆見她熬了大半夜，非但一聲沒喊過，還能走動、用膳，不由服氣。

唯有步惜歡清楚暮青的手一回比一回顫得厲害，可任由痛意入骨，她只是吐納著氣息，不曾喊過一聲。

「痛就喊出來，沒事。」趁暮青臥榻暫歇的工夫，步惜歡一邊為她渡著真氣，一邊說道。

這半生歷盡風浪，他無能為力之事不多，此事算是一樁。

暮青道：「有那力氣，我還不如攢著。」

楊氏寬慰道：「娘娘說的是，使勁兒的事還在後頭呢。」

說罷，她望了眼殿外黑沉沉的天，問：「什麼時辰了？」

彩娥稟道：「回老夫人，快五更了。」

「五更了……」暮青低喃了一聲，自發作到此時約莫也有六個時辰了。

正想著，劇痛伴著溫水淌出的感覺襲來，暮青一低頭望向裙子，楊氏和兩個穩婆就臉色一變！三人顧不上禮節，把步惜歡擠到一旁，撩開裙襬一瞧，楊氏道：「唷！破水了……」

「快！扶娘娘入內室！」

「備熱水！」

宮女們急忙跑出西配殿，穩婆們扶著暮青下榻進入內室。

內室裡備有抱柱、產凳、雙椅、錦墊等物，不論是立坐蹲跪，還是躺臥，凡是臨盆能用得上的法子，物什都備齊了。

暮青素日裡習武強身，比尋常女子有力氣，於是抱柱而立，楊氏從後頭攬住她，讓她靠住借力，一個穩婆專事撫腹運力，另一人則跪在地上端望。

步惜歡想進內室陪著，奈何宮女們端著熱水、托盤等物進進出出，殿內除了穩婆的「用力」聲，就是宮女們急切的「叩請陛下讓步」聲。

步惜歡退到一旁，抵窗而立，望著面前來來去去的人、掀起落下的錦帳、忽明忽滅的燈火和內室裡若隱若現的蒼白面容，覺得像是在作一場流漫陸離的夢，心似潮汐，忽起忽落，不知歇於何時，安放何處。

不知不覺，窗外天光漸白，內室裡燭光人影交疊，像被天霜霧色所侵，漸失漸離。

步惜歡心中不安，再顧不得進去會添亂，掀開錦帳就闖了進去，剛邁入內室，就忽聽一聲啼哭，楊氏和穩婆們大喜，宮女們又開始進進出出。

暮青脫力而倒，卻墜入了一團彤雲裡，她被步惜歡接住抱起，出了人聲嘈雜的內室，躺到了乾爽潔淨的床榻上。

「青青？」步惜歡挨坐在榻邊，小心翼翼地喚了一聲。

暮青掀了掀眼簾，晨曦照入殿門，她微笑的眉眼在熹微的天光裡柔和繾綣，於他而言，勝於日月。

少頃，兩個穩婆跟在楊氏身後從內室行出，楊氏喜笑顏開地抱著孩子來到帝后面前道喜：「恭喜陛下，恭喜娘娘，喜得公主。」

公主？

步惜歡和暮青相視一眼，其中意味，兩人自知。

楊氏將孩子抱給步惜歡，步惜歡卻不知該怎麼接，只見明黃錦被裡包著個娃娃，面若紅霞，圓胖可愛，真真兒跟那長生果裡剝出來的似的，初初相見，便將人的心給甜化了。

步惜歡望著孩兒，一時間入了神，連接手的事都忘了。

楊氏憋著笑把公主小心翼翼地放在枕旁，暮青轉頭看去，也失了神。

真不敢相信，她此生竟能有孩兒……

原以為，此生即便遂爹之願成家，也難尋一心人，多半會常伴孤獨，終老此生。不料那年遇見他，從此被真情相待，他傾盡尊重換她此生相付，而今天下已定，大婚禮成，連孩兒都有了……

暮青微微一笑，忽覺手被握住，抬眼望去，正對上步惜歡繾綣情深的眸。他道：「娘子辛苦了。」

大齊定安二年二月初三，公主降生。

這天恰逢春日節，晨暉紅燦，層雲盡染，欽天監謂之吉兆。隨即，汴都宮中頒下詔書，公主賜名朝霞，封號永寧。

五月中旬，朝霞公主百日禮後，大齊正式下詔遷都。

遷都乃國之大事，龐大的朝廷機構調遷、巨額的國庫開支，故而一次遷都少則三年五載，多則十年、八年方可完事。

新國都嶺南滇州城改名望京，自去年十月起，朝廷機構就在有條不紊地往望京調遷，如今下詔遷都不過是帝后移駕望京、六部隨遷罷了，此後餘下的朝廷機構仍會陸續調遷。

遷都前夕，暮青微服出宮，去了趟武義大夫府上，看了看石大海的遺孀和兒女，又去了趟水師都督府，見了見章同、老熊、侯天和劉黑子等人，他們領兵戍守邊防，不能同去望京，這一別，不知何日才能再會了。

老熊的家眷渡江後在軍侯府中過得很安穩，他媳婦兒吃不慣米食，索性在西市開了間食鋪，做的是西北吃食，生意紅火，日子別提有多和樂。

侯天前兩年成了家，他不喜官家的嬌小姐，倒跟江南一家小鏢局的二小姐看對了眼，兩人成日比劃拳腳，打情罵俏，他媳婦兒年前給他添了個大胖小子，這廝如今一提起妻兒，嘴都能咧到耳後去。

連劉黑子都有意中人了，是將作監李監丞之女。監丞是從六品之職，李家三代匠人，皆是老實勤懇之人。李姑娘生得清秀，手巧心善，因李府與武義大夫府為鄰，她常到武義大夫府上串門子，教石大海的遺孀周氏做珠釵貼補家用，因此與劉黑子結識。一來二去，兩人看對了眼，只是劉黑子出身漁家，腿腳又跛，怕委屈了人家，一直不敢提親。後來聽聞李府有人上門提親，又經周氏點撥開解，這才請了官媒，定了婚事。

如今，終身大事懸而未決之人只剩章同了。

臨走前，暮青問：「他們都成家了，你呢？」

這些年來，聽說都督府的門檻都快被媒人踩破了。

章同垂著眼簾回道：「武將手握兵權，不便跟朝中重臣結親。」

侯天嗤笑一聲：「鬼話！御醫院常老提點到府上為你診了幾年的脈，有意將孫女許給你，這可不算與朝中重臣結親吧？眼下都要遷都了，御醫院也將調遷，常家不知要不要也搬往望京，你要再不答應這門親事，這輩子甭想再碰上一個心甘情願等你幾年的姑娘了。」

此事暮青已有耳聞，她明白章同的心思，所以才不便明說，因為她一開口，章同定會答應。若他不是自願的，只會委屈了人家姑娘。

身為友人，章同的婚姻大事，她不可不關切，卻也不能過度關切，這其間的分寸需把握得當，方不會適得其反。

「遷都在即，此一別，望再見之日，爾等皆能安好。」暮青點到即止。

章同聞言一笑，並未多言，只是抱拳道：「同盼殿下安好，盼公主安好。」

眾將起身，一同道賀，就此作別。

三天後，帝后移駕望京，十二禁衛護從，六部、諫臺、翰林院、御醫院及瑞王府上下隨行，萬民叩送，禮樂山呼之聲掩蓋了帝后玉輅內的博浪鼓聲，兵衛儀仗浩浩蕩蕩地出了古都，次日行至古水縣雲秋山下時，大駕稍停，步惜歡和暮青抱著女兒上山祭拜了一番，這才離去。

八月中旬，帝后大駕經過當年計擒嶺南王的仙人峽，過一線坡，進入了素有天下險關之稱的望京城。這座當年被英睿皇后不費一兵一卒攻下的城池，自此作為大齊帝國的都城，開啟了它歷史上最為輝煌的時期。

帝后大駕進京那天，已被封為定西侯的烏雅阿吉和滇州刺史率文武出城迎駕，隨行的還有德王、巫氏宗親子弟、前幾批調遷至望京的朝廷官吏，以及前來朝賀的神殿祭司和鄂族文武。

德王即是大圖哀帝，他獻降後被封為德王，彰的是恤民之德。大圖雖亡，巫氏宗親尚存，大齊建國後，朝中下旨將這些人悉數遷入望京，賜了田宅職俸，而當初洛都朝廷中的重臣多數被革職貶黜，留任者只有景子春等寥寥數人。

這天，臣民迎駕，滿城桂香，大駕儀仗浩浩蕩蕩地行過望京長街，入了內城氣魄宏偉、莊嚴絢麗的望京宮，從此開始了在望京的新生活。

望京的氣候比汴都溼熱，民俗、吃食多有不同，步惜歡擔心暮青思念家鄉，遷都前偷偷命御廚到汴都城南的福記包子鋪裡擲重金學了手藝，以便她在望京也能吃上家鄉味道。怕她戀舊，他甚至將望京宮內的宮院皆照汴都宮賜名，帝庭中的布局、寢宮內的擺設皆比照乾方宮，這些皆是工部命匠人在遷都前就趕赴望京布置好的。

望京地處大齊腹地，各州的文書奏報都來得頗快，步惜歡依舊在太極殿理政，暮青則在立政殿提點刑部要案和處理鄂族政事，但望京宮裡的日子還是跟在汴都宮中時不大一樣，不僅因為每月初一來宮裡請安的王妃命婦多了起來，還因為宮裡添了一位小公主。

朝霞公主初到望京時半歲大，眉眼生得像極了娘親，性子卻像極了她爹，不但愛笑，還慢吞吞的，吃奶都不急。

這天傍晚，步惜歡回宮時，小公主正躺在龍床上玩腳丫子，乳母陪在一旁。一見爹爹回來了，小公主立馬背叛了心愛的腳丫子，張開肉嘟嘟的小手，笑呵呵地要父皇抱。

步惜歡抱起女兒，拾起枕旁擱著的布老虎逗女兒，小娃兒對著快要懟到臉上的布老虎，咯咯地笑著抓住，咬著老虎屁股磨牙。

暮青也剛回來，正由宮娥們服侍著更衣，見父女倆玩兒得起勁，不由說道：「別總抱著，讓她坐會兒，該練坐了。」

步惜歡一邊欣賞著愛妻在霞光窗影裡更衣的美景，一邊笑看著女兒啃布老虎的憨態，好聲好氣地跟半歲大的女兒打商量：「娘說讓坐會兒，那咱就坐會兒，可好？」

步朝霞聽不懂話，看爹爹在笑，也跟著笑，兩顆剛萌出的小乳牙潔白可愛。

步惜歡抱著女兒放到床上，擔心摔著，後頭還給擱只靠墊，而後才小心翼翼地鬆開了手。

步朝霞已經能坐會兒了，只是瞧見爹爹就笑，一笑就倒，嚇得她爹急忙去接。也不知是她爹那受驚的神色逗樂了她，還是覺得躺在爹爹臂彎裡舒服，這娃竟然玩兒起來了，一坐就倒，一被她爹接住就咯咯笑，父女倆很快就把練坐的事拋到了腦後，一個逗，一個笑，玩得不亦樂乎。

暮青嘆了口氣，國事繁忙，她為了盡快恢復身體，應對遷都的長途跋涉，孩兒一直由乳母哺育，此事令她覺得甚是愧疚，原本想著當個慈母，可照這情形看來，她怕是只能做個嚴母了，畢竟某個當爹的人在遷都路上沒少幹抱著女兒批摺子的事，朝臣陛見奏事，見公主睡著了，說話都得小點聲。這是他的第一個孩兒，真真兒是喜愛得緊。

暮青換好衣裙走了過去。「好了，不鬧了，瞧這滿嘴的口水，當心嗆著。」說著話，她拿出條帕子來，坐到榻旁給女兒擦嘴。

步朝霞一見娘親來了，也咧開長了兩顆小牙的小嘴兒笑，這一笑，把娘親的心也笑化了。

罷了，今兒就不練了吧，畢竟只是個半歲大的娃兒，和她爹玩鬧了這一陣子也該累了，還是躺下接著啃腳丫子吧。

步惜歡歪到一旁，瞅著暮青眉眼間無奈又柔軟的神色，不禁想起當年。當年初見她，她待人清冷疏離，這一日盼了多年，終償所願，真有上蒼眷顧之感。

日子就這麼一天天地過著，遷都之後，朝廷下旨開通星羅與英州港之間的海上貿易，復通雲、滇、慶三州之間的商路，當初逃難至貿易市鎮上的許多百姓選擇了留下，在神脈山腳下和市鎮四周興建村落、分配良田，農忙時耕種，農閒時在貿易市鎮裡尋些活計。

朝廷削減了五州農戶的賦稅，與民休養生息，勸課農桑，鼓勵商貿，興建書院，改革取士，糾察吏風，舉賢任能。

國事雖然繁忙，但看著五州民生漸漸恢復，看著女兒一天天長大，步惜歡和暮青倒也不覺得累。

日子一眨眼就是來年，望京的天熱得早，三月便穿夏裳，六月已入酷暑，暮青偏偏在這時節裡又有了喜。

但這胎不同，她除了有些乏以外，別無其他害喜之症。這倒讓步惜歡有些不安了，御醫說害喜之症因胎而異，他還是不踏實，這天御醫來號請安脈，他忍不住又問了一回。

御醫跟頭一回聽見這問題似的，把之前的話原模原樣地答了一遍。

御醫跪安後，暮青倚在榻上閉目養神，嘴角掛著抹笑。

步惜歡道：「看樣子是個省心的孩子。」

暮青睜開眼道：「霞兒那時候折騰，你成日憂心，這孩子不折騰，也沒見你安心過。為人爹娘，總歸是逃不過操心的命。」

這話在理，只不過這一回，操心之人多了一個。每到傍晚，牽著暮青的手在宮中散步的不再只有步惜歡，還多了一個粉妝玉琢的小公主。

這胎不折騰，暮青懷胎理政兩不誤，若非有胎動提醒，她時常忘記肚子裡還有個娃。

臨盆這天仍是二月，午後見紅，傍晚發動，落霞時分，皇子降生，得名步朝暮。

這天是定安四年二月十四日，恰是當年大齊建國的日子，百官大喜，齊奏立儲，只是立儲的聲音中夾雜著言官的質疑聲，質疑皇子之名觸犯了皇后的名諱，諫議改之。

不料帝后對此毫不避諱，皇后甚至在言官的奏摺上親自提了一句朱批——兩情若是久長時，又豈在朝朝暮暮。

朝暮之意，非祈願大齊國祚日月久長，只在於紀念帝后久別的那段歲月罷了。

兩個孩兒都還小，步惜歡和暮青皆無太早立儲之意，只是與一雙兒女居住在乾方宮中，同寢同食，同教同育。

三年寒暑，眨眼即過。

望京的夏天甚是炎熱，一大清早，炎風陣陣，文華殿外，皇子步朝暮正打著拳，肉乎乎的胳膊腿兒揮劈踢蹬，頗有虎虎生風的架勢。

廊下，范通抱著拂塵倚著柱子打盹兒，聽見「喝」的一聲，不由睜眼望去，見皇子耍了個漂亮的收勢，稚聲稚氣地問：「老總管，你看我打得如何？」

范通眯著眼，望著那頗似皇帝幼時模樣的娃娃，笑出了滿臉老褶。「殿下打得極好，頗有長進。」

步朝暮道：「那你的掌法可能教我？」

范通欠身回道：「陛下已為殿下擇定了啟蒙恩師，老奴不敢僭越。」

他老了，已卸任大內總管多年，也不在這文華殿內當差，只是在宮中養老，閒人一個。前陣子兩位小主子在宮裡放紙鳶，斷線紙鳶掛到了樹上，恰巧被他撞見，就使掌風將紙鳶送了下來，打那之後，皇子殿下就老纏著他教授武藝。

這文華殿是兩位小主子學文習武之所，殿下年紀尚小，現下只宜啟蒙，正經八百地習武，少說也得再過個三年兩載，待到那時，陛下自會親自傳授心經之法，輪不到他來教。

「恩師教的這套拳法，我三歲就會了。」步朝暮試圖說服老頑固。

范通被逗樂了。「老奴沒記岔的話，您一句前才過三歲生辰。」

步朝暮眨著眼問：「一句？」

范通垂下眼皮子解釋：「回殿下，就是三個月。」

「三個月？」

「回殿下，就是百日。」

「對呀！百日嘛！」三歲的小皇子扒拉手指頭給范通看。「老總管你看，百日有好久好久了。」

范通這才發現掉進坑裡了，殿下由陛下和皇后娘娘親自教導，豈能不明一句之意，不過一句聽起來不久，故而這娃娃設了個套給他，把一句換成百日，聽起來就有好久了——對三歲的娃娃而言，百數的確是極大的數了。

望著小皇子紅撲撲汗漉漉的面頰和一雙天真卻認真的漂亮眼眸，老太監走下殿階，蹲到小皇子面前，用力擠出這一生中最為慈愛的笑容，說道：「回殿下，百日啊……相比人這一生而言猶如白駒過隙，不過是轉瞬之間。殿下福多壽長，定能享萬萬個百日的。」

這一年，步朝霞五歲，步朝暮三歲，兩人都到了與爹娘分屋獨居的年齡，步惜歡和暮青打算讓一雙兒女搬去中宮翠微宮的東西殿居住，但兩個小傢伙都不樂意，一直賴在乾方宮，護著自己的那點兒家當，不允許宮人搬走。

暮青不希望兩個孩兒有被爹娘掃地出門的感覺，於是決定緩緩為之，先說服大些的女兒搬去西殿居住，讓小兒子暫居於承乾殿內殿。

這天夜裡，三更的梆子剛敲了一聲，內殿就探出個小腦袋來，先往龍帳處探望了一會兒——帳內無聲，看來爹娘沒在辦要緊事，應該睡著了。

過了會兒，步朝暮搬著只小凳子從內殿出來，步子邁得小心翼翼的，生怕發出一點兒聲響。到了門前，他爬上凳子，踮著腳拉開門閂，爬下來後，輕手輕腳地打開殿門溜了出去。

小傢伙一溜出門，龍帳便撩開了一角，步惜歡瞥了眼灑進殿來的月光，脣邊噙起抹意味深長的笑意。

「暮兒去哪兒了？」暮青閉著眼問。

步惜歡笑道：「隨他去，有隱衛跟著，無需操心。」

暮青倒是挺好奇的。「何事需要三更半夜偷偷摸摸地去做？」

步惜歡笑道：「總歸不是壞事。」

這孩子打在娘胎裡就沒讓人操過心，年紀雖小，卻天資聰慧，勤奮好學，就是有些太自律了，連休沐日都去文華殿誦文習武，一日不缺，這性子真是像極了青青。他欣慰歸欣慰，卻擔心這孩子會錯失童年之樂，如今見他有小心思了，倒是鬆了口氣。

「看來，可以準備讓他們搬去翠微宮了。」步惜歡笑道。

「嗯？」暮青睜開眼。

「在自個兒宮裡住，夜裡方便溜出去不是？」步惜歡笑意濃郁，說罷挨近了些，那目光能把人的骨頭給酥化了。「難得孩兒不在，咱們今夜睡晚些？」

暮青氣笑了，拍了下他的手。

步惜歡笑了聲，隨即放了帳子。

月落幽庭，夏風徐徐，西配殿的後窗外，尚不知自己被父皇算計了的小皇子正扒著窗臺低聲喚著長姊：「阿姊，阿姊！」

「噓！」窗內傳來一道噓聲，隨後就沒動靜了。

少頃，永寧公主步朝霞穿著身騎裝從宮門裡跑出來，兩個小傢伙在後窗廊下碰頭，蹲下來嘰嘰咕咕了兩句，值守的禁衛們配合著兩位小主子演著「聽不見看不見」的遊戲，見兩個小娃子密謀了幾句，而後牽著手往西邊跑去。

西邊，那是御膳房的方向……

御膳房夜裡也有御廚當差，廚子一見兩位小主子來了，急忙行禮。

步朝霞聞著味兒望向灶臺，問：「都備好了嗎？」

「回公主殿下，剛出爐，噴香流油，您瞧瞧？」御廚說罷，急忙呈上膳品——一隻燒雞，一隻烤鴨，金黃流油，香氣撲鼻。

廚子不知兩位小主子三更半夜的點這兩道菜是為何故，更不知膳品為何不擱在食盒裡，非得用荷葉包起來，反正主子怎麼吩咐，他就怎麼辦差，待包好了，只見兩位小主子一人拎著一只荷葉包，你提著雞，我提著鴨，快快樂樂地走了。

兩人出了御膳房，往忘機殿而去。

忘機殿偏僻，乃供奉三清及靜思之所，兩個小傢伙推門進殿時，已是子夜時分。

「婆婆？婆婆？」一進殿，步朝霞就小聲喚道。

步朝暮在後頭關上殿門，跳了兩下沒夠著門閂，於是作罷回身。剛一轉身，一道魅影就自他身後飄忽而過，陰風驟起，草木颯颯，步朝暮後頸一涼，回身時只見門閂詭異地插上了，他身後卻連個鬼影子都沒有。

鬼？

娘說倘若世間有鬼，那麼鬼就是生物死亡後留下的靈體，是一種與人的腦電波類似的波形，是世上存在的許許多多的能量體當中的一種，沒什麼可怕的。

步朝暮看天看地的找鬼，一轉身就抽了口氣——那鬼就蹲在他面前瞅著他，灰衫白髮，半張人臉，半張鬼面。

「婆婆！」步朝霞驚喜地跑了過來。

「您就是阿姊說的梅婆婆？」步朝暮愣了愣，小心翼翼地撥開梅姑的白髮，露出那半張惡鬼般的疤面，問：「是誰傷了婆婆的臉？是宮裡的人嗎？」

梅姑聞言，那嚇唬小孩兒的目光頓時顯出幾分慈愛來——跟公主初見她那日問的話一樣呢，都是好孩子。

「我讓公主獨自前來，公主怎麼把皇子殿下也帶來了？」從前的恩恩怨怨，梅姑並未對兩個娃娃多言，只是反問道。

「婆婆可以教阿弟一起習武嗎？」步朝霞牽住弟弟的手，把手裡提著的荷包遞給梅姑。「我和阿弟給婆婆帶了好吃的。」

前幾日，她半夜餓了，溜到御膳房裡偷雞吃，結果偶遇了同樣到御膳房裡偷雞吃的梅婆婆，婆婆想教她武藝，讓她今夜子時到忘機殿來，恰巧阿弟也想習武，她就把阿弟一起帶來啦！爹娘說，拜師要給束脩，婆婆愛吃燒雞，她和阿弟就帶了燒雞和烤鴨來，以後他們可以每晚都給婆婆帶好吃的。

「可惜啊……皇子殿下年紀尚小，還不到習武的時候，就算到了年紀，也用不著老奴來教，想來陛下會親自教導的。」梅姑盤膝坐下，打開荷包，撕下隻燒雞腿就啃了起來。

「爹爹？」兩個小傢伙都愣了。

「爹會武藝嗎？」步朝暮問長姊。

「咳！」梅姑正啃雞腿，差點兒噎著。

兩個小傢伙急忙跑到梅姑身後拍背，步朝暮邊拍邊問：「婆婆，我爹真的會武藝嗎？比得過侍衛嗎？」

步朝霞也很好奇，但聽弟弟的話裡似乎有爹很差勁的意思，小臉兒頓時氣鼓了，扠起腰來教訓道：「什麼話！爹當然比侍衛厲害啦！」

步朝暮問：「阿姊見過？」

「沒見過又怎樣？反正爹爹最厲害！」

「哪裡厲害？」

「爹會治國啊！」

「就是管人？」

「爹擅謀略啊！」

「就是坑人？」

「爹還會陪我們玩兒啊！」

「玩樂也叫本事？」

一向好脾氣的步朝霞惱了，指著弟弟的鼻子凶巴巴地問：「那你是覺得爹爹什麼都不會嘍？」

「會啊！爹會和我們搶娘親啊！」步朝暮學著長姊的架勢扠起腰來回嗆。

噗噗噗！

梅姑在倆娃吵嘴的工夫裡啃掉了半隻雞，雞骨頭噴得到處都是。

「婆婆，您教阿弟吧，我找爹爹教去！」步朝霞忿忿不平，下決心一定要證明爹爹最厲害。

「《蓬萊心經》乃武林至高的純陽絕學，唯末卷之陰陽心法女子可修，但需得有深厚的武學造詣方可參透。老奴會將當年聖女殿下所修煉的素女心法傳授給公主，待公主學有所成再問心經之道不遲。」梅姑邊啃燒雞邊道。

這番話不知兩個小傢伙聽懂了幾分，姊弟倆只是不再吵嘴了，也沒再問個不停。過了半晌，步朝霞盤膝坐在了梅姑面前，步朝暮默不作聲地把荷包擱到了梅姑面前。

梅姑剛好啃完燒雞，見到烤鴨不由問：「老奴不教皇子殿下習武，這鴨子也給老奴嗎？」

步朝暮不太明白梅姑此問何意，理所當然地道：「婆婆不是要教阿姊嗎？」

梅姑一笑，縱然半張臉猶如鬼面，也遮不住眼底的慈愛目光。

吵嘴歸吵嘴，這姊弟倆的感情倒是好得很呢。

……

從這以後，步朝暮天天盼著長大，長到像阿姊那麼大，就能知道爹有沒有那麼厲害了。

春夏寒暑匆匆而過，眨眼便是定安七年除夕。

自從一雙兒女出生，承乾殿裡每年除夕都充斥著歡聲笑語，暮青喜靜，看著兩個孩兒在殿內嬉鬧拌嘴卻不覺得吵擾，步惜歡陪在她身旁，桌上擺著五穀和梅酒，就像當年他們在都督府裡守歲時那樣，唯一添購的就是一盤孩子們喜愛的糖果。

「爹，娘！」步朝霞與弟弟嬉鬧乏了，跑入亭中托著腮看爹娘飲酒撫琴，問：「來年女兒生辰，爹娘會備什麼禮物？」

二月是她和阿弟最喜歡的月分，因為每到生辰這天，娘都會為他們準備很特別的禮物。

記得去年阿弟生辰前夕，欽州有道摺子奏入朝中，說鹽井突發地火，死傷慘烈。欽州刺史奏稱地下有龍，疑是鹽工鑿井時不慎觸怒地龍所致。

娘說世上沒有地龍，引發地火的是一種看不見摸不著的易燃氣體，叫天然氣。娘推測是鹽工鑿井時，鐵鑿鑿到石塊迸出的火星點燃了天然氣，從而發生了爆炸。

百官對此存疑，娘就命人備了只糞桶，悶了幾日後，帶著她和阿弟還有工部的幾位大人到了城郊，尋了一片空地，然後把火摺子扔進了糞桶……

那天恰是阿弟的生日，那糞桶炸了的景象、臣工們發綠的臉色和阿弟那一身的臭氣，至今讓人記憶猶新。

那天之後，娘提出了鋪設管道的構想，將管道與鹽井相連，引氣入屋，燃氣煮鹽。而後，朝廷欽派臣工到欽州調研，臣工們回來後製定了以竹筒和木箍製作輸氣管線的方案，聽說明年即可竣工。

爹娘說，竣工時會帶他們去欽州參看一番，這將會是他們第一次離京，她甚是期盼。

「想離京遊玩去？」知女莫若父，步惜歡慢撫著琴弦笑道：「妳生辰時怕是去不成，竣工少說得夏秋之交的時節。」

「啊？」步朝霞一聽，一張小臉兒頓時垮了。

看著女兒那頗似愛妻的眉眼間滿是失望的神色，步惜歡住了琴，遞去一碟糖花生，哄道：「去欽州之事已定，早晚成行，何不要個別的？如此豈不是既能成遊玩之事，又有生辰之禮可得？」

步朝霞覺得很有道理，跳下凳子跑到爹爹跟前蹲下，仰著小臉兒問謫仙似的父皇。「婆婆說爹爹武藝蓋世，爹能乘風去那天闕瑤臺，摘片雲朵給女兒嗎？」

「……天闕瑤臺？」步惜歡著實愣了愣，無奈地笑道：「霞兒想摘雲朵，可知天闕高遠，遠在九萬里外？縱是搭座摘雲臺，怕也摘不到啊。」

步朝暮換了身乾爽的衣袍回來，邁進亭子時剛好聽見這番話，不由對著長姊翻了個白眼——看吧？就說爹沒那麼厲害。

「爹真的摘不到嗎？」步朝霞不死心地問。

「摘不到，縱是能摘到，爹也不去。」步惜歡撫著女兒絲緞般的髮，柔聲道：「天上一日，人間三載，爹可不願登那天闕瑤臺，爹就願在這紅塵裡守著你們娘親，哪兒也不去。」

兩個小傢伙愣了愣，見爹笑著看向娘，天上星河與人間燈火皆在爹的眸底，許不盡的溫柔。娘飲著梅酒，風起裙帶，意態微醺。串串燈籠迎風搖曳，繁光縟彩下，爹娘相伴笑飲，瑤琴聽風而吟，錦裡芳宴，繁星綴天，不在天闕，勝在天闕。

這年這夜，就這麼成為了兩個孩子童年裡最美的記憶。

來年二月初三，望京城裡格外熱鬧，這天是萬家春日宴，也是永寧公主的生辰。

宮裡從不為公主和皇子的生辰大宴群臣，身為公主和皇子，步朝霞和步朝暮從未收過臣工的賀禮，但他們依舊最愛二月。

兩人已搬到了翠微宮居住，這天一大早就結伴跑來了承乾殿，爹娘難得休沐，殿內擺好了豐盛的早膳，兩人給爹娘請過安後就四處搜望。

步惜歡和暮青只笑不語，待一家人用罷早膳，才命宮人將一應物什端了上來。

只見宮人端來的托盤上放著琉璃瓶、貢紙、玉壺、火燭、小柴、冰袋和漿糊等物，委實不知是做什麼用的。

暮青對女兒道：「不是想要雲朵？用不著建摘雲臺，也用不著妳爹去天闕瑤臺，娘今日就把這雲從天上請來人間給妳瞧瞧。」

「能嗎？」步朝霞瞪大眼，眸子裡滿是興奮驚奇。

「瞧好了。」暮青話音一落，兩個孩兒就乖乖坐好，眼睛發亮地瞅著桌上的物什，比在文華殿裡聽講還認真。

只見娘親取來一張事先用墨染黑候乾過的貢紙，四周塗上漿糊後，將紙貼到了琉璃瓶上。這琉璃瓶是星羅的貢品，澤潤光采，貴比玉器。宮人們備的是一只瑩白通透的琉璃瓶，一面貼上紙後，一半墨黑，一半剔透。

而後，娘往瓶中倒了些溫水，點燃火燭，燒了根小木棍吹熄後，將冒煙的木棍扔進瓶中，之後用冰封住了瓶口。

步朝霞目不轉睛地盯著瓶中，生怕一眨眼就錯過了神奇的景象。

少頃，姊弟倆瞪大眼，步朝霞跳了起來。「雲！」

七歲的小公主臉兒紅若明霞，興奮地想抱住瓶子，又恐撞散了雲朵，於是小心翼翼地觀望著，對待珍寶一般。

宮女、太監們也被奇景所驚，在承乾殿裡當差可真長見識，皇后娘娘真乃神人，竟連天上的雲都能造出來！

步惜歡托腮笑著，眸光亦比天雲奇麗。

「娘，雲該在天上，為何在瓶中也會出現？」步朝霞甚是好奇。

暮青道：「因為天上的雲也不是平空出現的，陽光會使江河湖海中的水蒸發，水蒸氣升到高空後遇冷會凝結成微小的水滴，當這些微小的水滴越聚越多，空中就會出現白色的雲絮和卷雲。此後，雲會逐漸增厚增重，聚集成離地面稍近的卷積雲，再聚集成離地面更近的積雲，最終擋住陽光，雲層背後呈現灰黑色，形成彷彿觸手可及的雨雲，此時的水滴因又大又重而從天空降落，這便是雨。雨落到地面後有的滲入地下水中，有的露出地表形成泉水，有的落入江河湖海。而陽光會使這些水再次蒸發，直至再次成雲降雨，所以，降雨是個循環的過程。但有時循環會減慢，會發生偶然性或週期性的降水減少，此時就會發生旱災——這就是今日娘想告訴你們的，每當大旱，百官都會上摺奏請祭天祈雨，但你們要知道，降雨是個自然的過程，祭天對此並無助益。」

「也不能說毫無助益。」步惜歡插了句嘴。「祭天雖不能祈雨，但可安臣民之心。」

姊弟倆聽後，你看看我，我看看你，要理解爹娘這番話，尚需時日。

「那如遇大旱，該當如何？除了祭天，朝廷就別無他法了嗎？」步朝暮皺著眉頭稚聲稚氣地問，似乎認為朝廷很無能。

步惜歡和暮青揚眉對視了一眼，其中意味心中自知。

暮青道：「大旱的成因除了自然因素，也有人為因素，例如植被的破壞導致山林的蓄水作用喪失，從而導致地下水和土壤水減少，又例如農業灌溉不當造成的水資源浪費等等。」

步惜歡道：「大旱一旦成災，朝廷能做的除了減賦賑災、安撫民心，別無他法。但此非朝廷無能，而是帝王之過。天災難躲，人禍可防，仁政之道，非在於災後濟民，而在於防災禍民，在於豐年之際，禁火可嚴？農事可修？禁火不嚴自是疏忽之過，但禁火令嚴卻仍發山火，則是朝廷教化、官吏布政之失，此關乎學政吏風之治，而學政吏風之治非一日之事，需經年累月勤政不懈方可見效。而灌溉改革、水利農事則在於能吏，能吏之任用在於取士之策、用人之明。故而治國之道，在於居安思危，擇賢任能，處事周全，計之長遠，方可得久安之治。」

聽罷爹娘之言，步朝暮的眉頭皺得更緊了些，這是他第一次察覺出爹的道理比娘的道理更難懂，欲明其中之意，似乎需要更久的時日。

時光飛逝，又是半載。

這年十月，鹽井氣道竣工，帝后帶著公主和皇子駕臨欽州。只見鹽井氣田之上，竹筒與木頭製作的輸氣管線綿延二、三百里，以火投之，其聲如雷，火光通躍，終日不滅。姊弟倆望著氣田上的壯觀景象，遠比沿路見到壯麗河山時所受到的震撼更甚。

回京的路上，姊弟倆都異常安靜，回宮後，步朝暮讀書更勤勉了些，一向喜歡質疑父皇的小傢伙，下了學堂常往太極殿跑，查江山輿圖，聽治國方略，勤學好問，十萬個為什麼既令執宰重臣們欣喜，又令臣工們頭痛。

步朝霞回宮後則常往娘親跟前跑，問東問西，問罷就回自己宮裡拆磚掀瓦，勁頭兒十足。

步惜歡和暮青對此並不意外，女兒除了每夜溜去忘機殿習武，幾乎沒有提得起興致的事。爹娘恩愛，六宮無妃，她甚是厭煩那些言行勾心鬥角的前朝宗室貴女，望京城裡沒什麼能與她玩得到一處的玩伴，故而她總顯得有些散漫，因為日子實在是太安逸無趣了。

人這一生，無關聰慧愚鈍，尋個願為之事，方可心悅滿足。可國事纏身，不能常常出宮，暮青只能想別的法子，希望能幫助女兒找到她想做的事，不料那年誤打誤撞，因欽州鹽井之事，她帶一雙兒女見識了所謂的沼氣爆炸，之後，女兒就彷彿「活」了過來，她開始對一些事情有所期盼，期盼出宮，期盼生辰，期盼見識新奇事物。

而同一件事，霞兒重因，喜愛探索；暮兒重果，自律克己。

兩個孩兒皆天資聰穎，步惜歡不著急立儲，就是希望未來的道路能由兩個孩兒自己選擇，時至今日，很顯然他們已做出選擇了。

……

定安九年二月十四日，齊高祖步惜歡下詔立儲，立皇子為太子，遷往東宮。

這天，步朝暮剛滿六歲。

此後，他就開始了由父皇親自教導，太傅賢臣輔佐，學習經史兵韜、捭闔之術，治國之道的苦日子，三更睡五更起，日常懷疑父皇非人。

而步朝霞遷往瓊芳宮後學業不輟，且多了娘親的教導，日日搗鼓新奇物件兒。那些物件兒惹得文華殿的恩師們頭痛不已，侍衛宮人們唯恐避之不及，她也自此開始了名揚望京的恣意日子。

正是這年，大遼太子呼延查烈發動政變，遼帝呼延昊兵敗，自封於帝陵之下，太子登基。

消息傳到望京時已是臘月了，暮青拿著奏報出神了許久，喃喃道：「十年了……」

她難得一見地命御膳房加了菜，晚膳時飲了幾杯酒，一直望著西邊出神。

步朝霞跟在爹娘身邊，對政事耳濡目染，自然知道大遼之事，只是從未見過娘親這般神色，遼帝、大遼太子與娘親之間的故事，她並未聽過。

這年，永寧公主步朝霞八歲，距大遼和北燕遣使呈遞求情國書，公主遠行，還有八年。

距大齊高祖皇帝禪位，與愛妻微服出宮，以行商的名義遊歷天下，尚有十八年。

但，那是另一個故事了。

番外二

北燕風雲

更始初年，仲冬。

二更時分，大雪紛飛，長樂宮中燈火通明，太監、宮女們端著一盆盆熱水進進出出，掌事嬤嬤的調度聲、穩婆的安撫聲和皇后的苦吟聲清晰可聞。

禁衛軍副使杜少陽匆匆來到宮門外，請來太監總管郭仁，耳語道：「方才打更太監路過營房時，發現有一班禁衛被藥倒了。」

「什麼！」郭仁大驚，問：「將軍是疑大內混進了刺客？」

杜少陽道：「不好說，現下還未生亂，可皇后娘娘今夜臨盆，不論是誰挑在這節骨眼上生事，都必定來者不善。御駕親征未歸，我等責任甚重，故而前來告知，望總管小心提防。」

郭仁道：「咱家知道了，有勞將軍嚴守宮門！」

杜少陽抱了抱拳，隨後便匆匆離去。

郭仁回到東暖閣，少頃，一輛鳳車停在了宮外，皇后由太監抱入鳳車，穩婆和嬤嬤陪侍在內，車子駛出長樂宮，冒著雪往永壽宮去了。

與此同時，郭仁去往崇華門，將鳳珮交給杜少陽，傳了道口諭。

杜少陽領旨出宮，半個時辰後，手執鳳珮將一個營的龍武衛精銳領進了宮，領兵的是國舅華廷文。

兵馬進了東五門，過了崇華門，直奔永壽宮。

永壽宮外無人，宮內黑寂，唯有宮道旁新掃出來的雪昭示著今夜宮中有人來去。杜少陽率龍武衛圍住宮牆，華廷文邁進宮門，獨自向大殿走去。

朔風呼嘯，大雪如毛，鐵靴踏上青石階，留下幾個森白的腳印。

吱呀……

一個獨守宮苑的老太監聽見腳步聲打開了殿門，望見來人不由一愣。「國舅爺，您……」

話未問話，老太監忽然露出驚意，他手裡提著盞油燈，微弱的燈光照亮了來人的眉眼，他的眉尾有顆小痣。

這不是國舅華廷文，是華廷武！

老太監慌忙退後，腳後跟兒剛挪半寸，一把血刀便破腹而出！

油燈掉落在地，老太監倒在燈旁，華廷武將刀上的血潑出殿外，雪裡頓時開了幾簇紅梅。隨即，他踏入殿內，停在了一面精雕彩繪的牆壁前。

永壽宮下的密室毀於當年二帝那一戰，北燕建國後，皇帝下旨重修，匠人在事後盡遭滅口，誰也不知機關何在。

華廷武卻抬起佩刀，用那帶血的刀尖在牆壁上一推，喀答一聲，密室應聲而開。

華廷武露出譏誚之色——人都死了，保留著生前的一切又有何用？

這時，喝問聲傳來：「何人……」

戍守在密道中的侍衛出來察看，剛露面，一支袖箭便射入了他的眉心！

杜少陽和扮作龍武衛小將的華鴻儒各領著一隊精兵闖入密道，一陣箭雨過後，眾人與殘餘的殿前侍衛刀兵相交，也就一刻的時辰，便踏著血來到了密室門前。

石門內靜悄悄的，華廷武提起個屍首擋在身前，使刀在門上敲了敲。

轟隆一聲，鐵索絞動，石門升了起來。

華鴻儒領兵在外張弓搭箭，華延武和杜少陽踏入內室，只見密室之中燭火煌煌，地上盆器翻倒，一片狼藉，一把帶血的剪刀壓著塊黃綢，放眼望去不見宮人，唯見上首立著面織錦屏風，其後人影綽綽。

華延武冷冷地道：「微臣見過皇后娘娘，還請娘娘把誕下的孩兒交給微臣。」說話間，他提著刀走向屏風，屏風後人影搖擺，他譏誚地哼了聲，忽然揮刀斬去！

帶血的刀在燭光下劃出一抹妖異的光，織錦屏風被豁開一道刀口，破口後的細碎星光刺得華延武眉目一虛，不由驚嘶一聲！

這時，破風聲逼來，他急忙仰身，見半空中拋來一只襁褓，下意識地就伸手去接。

噗！

一支袖箭穿過華廷武的手腕，血花綻開，襁褓落地，裡頭包著的竟然是只枕頭！

這時，侍衛們從屏風後殺出，杜少陽急忙招架，一個身穿鳳袍的女子自鳳椅前提鞭掠來，女子的容貌肖似皇后，但皇后文弱，根本不懂武藝。

華廷武暗叫不妙，招架之際回頭喊：「中計了！快去尋人！」

石門外，華鴻儒留下弓兵隊便掠出了密道。

中計了！皇后竟然有所防備！

人莫非還在長樂宮？

他一邊急思一邊奔出了密道，朔風捲著殘雪灌入大殿，門口霜白，油燈已熄，老太監的屍體臥在門前，殿外靜悄悄。

華鴻儒卻止住腳步，定睛望著宮門口。

殿外靜悄悄的，宮門口卻似乎有個人。

那人孤身立在夜色風雪裡，似一柄黑劍扎在宮道上，不動不搖，鋒厲凌人。

華鴻儒大駭，轉身便逃！

一支黑箭破開風雪而來，一箭穿牆！

轟！

牆穿石爛，塵土撲出大殿，風雪裡漫開血氣，那人放下弓望著殿內，沉默地等待著。

半炷香的時辰後，密道中傳來雜亂的腳步聲，伴著一聲悲呼：「我兒！」

華鴻儒被一箭釘死，身負重傷的華延武和杜少陽被侍衛押出大殿，宮外亮起火光，禁衛軍舉著火把進了宮門，照亮了宮道上的人。

「……陛下！」杜少陽大驚。

陛下親征大遼，九月前線大捷，大軍班師回朝，帝駕邊走邊巡察地方，聖旨上說臘月才能回京，如今應當剛進越州才是，怎會在宮中？

元修望著華延武，那是他的舅舅，渾身浴血，跪在階下，他卻無話敘舊，只道：「押入天牢。」

說罷，便轉身離去。

「元修！」華延武含血怒喝：「你害死娘親，迎娶賊后，戕殺手足，可有顏面面對你九泉之下的至親！」

元修聞言回頭，目光匿在風雪裡，平靜地道：「朕的妻兒也是至親，而舅舅乃外戚，事難兩全，取捨罷了。」

說罷，他便邁出宮門，策馬而去。

長樂宮裡燈火通明，一人一馬過中宮而不入，直冒著風雪奔北而去。

盛京宮北，供奉著祖先牌位的太寧殿裡未掌宮燈，大殿門口卻立著個人。

姚蕙青裹著大氅望向牽著戰馬走來的男子，兩人隔著雪白的宮道遙遙相望，風雪呼嘯，彷彿送來半年前的談話。

「大遼西域叛亂，遼帝西征，正是西北用兵的時機。大燕亟需開疆拓土，而顧老將軍年事已高，季延帶兵尚缺經驗，此番又機不可失，只怕唯有御駕親征。」

「不去！」

「朝中老臣疑我受封郡主而回，圖謀大燕后位，必是奉旨惑主，意在禍亂北燕。百官憂心社稷，陛下需得安撫臣心，開疆拓土正是那劑良藥。」

「你可知此番奏請西北用兵的武將裡不乏寧國公的舊部？自從寧家絕了，我那不省心的舅舅暗地裡沒少與他們走動，我一離京，你必有險。」

「那就要看他們的本事了，陛下登基近十載，兵權在握，朝野臣服，京畿固若金湯。如若起兵，他們並無把握事成，即便事成，也難守住。他們想拿捏陛下，唯有打我腹中孩兒的主意，故而若我有險，必在臨盆之日。得此先機，只要仔細謀劃，必能既不失開疆拓土之機，又能藉機拔除賊臣。」

「但我不想……」

「我知道你不想拿我和孩兒冒險，當年你回宮晚了一步，不想重蹈覆轍。可從陛下立后起，從你拒納嬪妃起，從寧國公祖孫憤鬱而終起，我就註定有險。這險不是你給我的，而是從我決定回來時，我就選擇了走入險境。若此次避險而行，依靠陛下的庇護，我自可安然臨盆，但日後難保賊臣不起暗害之心，與其日夜驚憂防備，不如趁此先機絕除後患，保孩兒未來無險。所以……去吧！去西北，去面對從前，陛下不會重蹈覆轍，因為這一次並非親眷相逼，而是同心共謀。我與孩兒就在這盛京宮裡等著，等陛下凱旋，賊臣伏誅。」

西北是他回不去的地方，盛京宮是他不敢離去的地方，大婚後，他改年號為更始，卻仍被過去撕扯著，故而她獻策勸說，助他面對，盼他歸來之日，能真正重新開始。

今夜風馳雪驟，他牽馬而歸，捎著一身血腥氣，眉宇間沾著的雪卻似乎化了。

「我說過會與孩兒在此等待陛下凱旋，我沒食言。」她笑道。

他也笑了，笑聲有些爽朗：「沒事就好……」

「恭喜陛下凱旋。」她福身見禮，他急忙來扶，卻見她抬頭時眼裡揉著驚意。她蘭心蕙質，一向大氣，少見這般神色，正當他愣怔時，聽她苦笑道：「也不能說沒事，這孩兒……怕是想見父皇了。」

今夜演了齣戲，她委實沒料到臨盆之象會真的發動，大抵是因為緊張吧，畢竟堵上了自己和腹中孩兒的性命，臨危不亂真的很難啊……

姚蕙青自嘲地笑了笑，元修怔在她面前，回過神來時已將人抱起，喊聲穿破了風雪——

「來人！御醫！」

……

更始初年十一月十六日，夜。

建安皇后假稱臨盆引蛇出洞，國舅華延武起事，被拋開帝駕急趕回京的燕帝擒於永壽宮中，華延武之子華鴻儒被當場誅殺，禁衛軍副使杜少陽被擒。

這夜，國舅府被圍，一干與華國舅過從甚密的寧國公舊部被悉數下獄，盛京城中的鐵蹄聲一夜未停。

次日破曉時分，皇子元煦降生於大燕宗廟太寧殿中，燕帝甚愛，立為太子。

六宮無妃，帝后居於中宮長樂宮，同寢同食，不避政事，相敬如賓，亦親亦友。

許是建安皇后懷太子時，燕帝御駕親征，心中甚愧，故而當皇后再懷喜胎時，帝常陪伴，呵護有加。

更始四年春，公主降生，燕帝愛若掌上明珠，取「玉有瑛華」之意，為公主擇名為瑛，封號安陽。

更始八年春，燕帝不顧龍體欠安、百官勸阻，執意二次親征大遼，太子元煦伴駕。十月，前線大捷，西北鐵騎打到了孜牧河北，曾經的狄部、勒丹部所在的大片草原及暹蘭大帝地宮所在的塔瑪大漠以北的綠洲，皆納入了大燕版圖。

燕帝下旨在嘉蘭關外修建關城，帝駕年底方才回京。

除夕大宴上，地方賀表，百官齊頌，年僅四歲的安陽公主祝酒時問：「父皇親征，為何只帶太子哥哥，不帶瑛瑛？」

燕帝笑道：「瑛瑛還小，父皇是去打仗，不是去圍獵。」

安陽公主又問：「那瑛瑛長大了，能跟父皇去打仗嗎？」

燕帝愣了愣，問：「瑛瑛想從軍？」

安陽公主道：「想！女兒想當我朝的第一個女將軍！」

百官聞言禁聲，紛紛窺著龍顏，打著眼底官司。

本朝雖無女將，當世卻有，算算已離開盛京十六年了，可回首當年，往事仍然歷歷在目啊……

燕帝笑了笑，撫著女兒的髮髻，英武的眉宇在煌煌燈火裡顯出幾分別樣的柔情。「好，那年後父皇教瑛瑛兵策。」

此話並非哄騙，這日之後，燕帝為安陽公主指了啟蒙老師教習武藝，准公主與太子一同聽學政事，並親自教習兵策。

一個五歲的娃娃，哪裡聽得懂兵策？但燕帝依舊從如山的政務中抽時間教女，宣講解惑，不厭其煩。

百官從中察覺出了一絲令人不安的兆頭，因為自從帝駕西征回京，宮裡宣召御醫的次數日漸多了起來。

此後，一直對娘家不冷不熱的建安皇后忽然傳召生父進宮敘話，父女二人談了些什麼不得而知，只知不久後，姚仕江便被擢至督察院左都御史，嚴查結黨弄權。

百官聞出了皇帝初登基那幾年的味兒，想起沈明啟時期的腥風血雨，紛紛與軍中撇清關係。此後三年，老臣致仕、能臣補缺，朝中宰輔班子和地方上漸漸換上了太子黨。

更始十二年，西北關城建成，帝駕巡視邊防，皇后、太子和公主同往，大駕抵達邊關時正值盛夏，嘉蘭關城外建起了一道雄關，北起大漠綠洲，東至兩部草原、西至孜牧河北的塞卡、庫車和大烏孜三城，立在嘉蘭關城上，一眼望不見雄關，卻見大漠如山，草原莽莽，綠水清河，古道蒼蒼。當年戍邊十載，戰馬曾經踏過的地方，都已是大燕國土。

燕帝懷抱公主，指著大漠關山外那一輪將盡的夕陽，一走下關城，便倒了下去……

七月初五，燕帝病重，御醫回天乏術，帝駕昏迷了三日後轉醒，望著含淚陪在榻前的皇后，說道：「一切都安排好了，我本已放心，看妳哭……又不放心了……」

皇后聞言抹了抹淚，擠出抹笑來。

燕帝道：「煦兒像妳，沉穩豁達，但尚未及冠，政事上要勞妳幫襯他幾年。」

皇后道：「好。」

燕帝又道：「瑛瑛日後若想戍邊，莫折她之志。」

皇后道：「我懂。」

燕帝笑了笑，當年因那句「我已無至親，陛下也無，你我何不作個伴，餘生做彼此的至親摯友」而立后、成家，做到了相濡以沫，卻難白首不離。「終究是虧欠了妳……」

「你不虧欠我，夫妻二十二載，我想要的，你都給了。」皇后想笑，卻終究沒能忍住淚意。

當年，他能從海上回來已屬命大，成婚後這些年，兩次西征，開疆拓土，治國勤政，日理萬機，身子虧耗甚重，這二十二載已屬強撐。

這三年，他肅清朝堂，改組執宰班子，從嚴治軍，嚴查結黨，為煦兒登基鋪好了路，卻仍擔心會生變故，故而藉巡視邊防的由頭將她和兒女都帶來了西北。他走後，有西北軍護送他們回京，朝野必定無人敢動。他用最後一段日子，將他們都保穩了，該盡的責任都已盡了。

「我還是覺得虧欠妳，來生……換我陪妳吧……」這是燕帝留在世間的最後一句話。

更始十二年七月初八，燕高祖元修駕崩於西北，享年四十八歲。

更始十二年十月十五，西北軍護駕回京，年僅十一歲的太子元煦登基為帝，建安太后垂簾聽政。

新帝一登基，督察院左都御史姚仕江就上奏告老辭官，以本官致仕。

建安太后聽政八載，內制娘家，杜絕外戚之害，外遣使節，與大齊結海路通商之好，助少年天子平穩地度過了登基初期。

至於太后還政，送女出征，那又是另一個故事了……

番外三

真武大帝

大遼王都，一彎冷月掛在王殿的金頂上，將白玉雕砌的殿階照得霜白如雪，狼衛奔進王殿，稟道：「啟奏大汗，太子宮中沒有搜到罪證，只搜到了這個！」

王殿裡充斥著一股子藥味兒，呼延昊揉了揉手臂上剛綁好的繃帶，將狼衛呈上之物接了過來。

那是一幅絹畫，畫中女子月襦紅裳，頭戴金冠，正策馬而來。戰馬揚著蹄，女子執韁高坐在馬背上，金冠遮了日頭，人似披著日輝自天上而來。烈日將女子的眉眼照得有些模糊，卻恰似那夜牆頭月下的模樣，如夢如幻，蝕心刻骨。

呼延昊失了神，輔國侯尉遲滿瞄著畫中人，心中生疑，不知畫中女子何人，竟能叫大汗如此神色。

大汗建遼後西征多年，諸國來降，獻女無數，從無女子能俘獲帝寵並誕下子嗣，連他輔國侯尉遲家的女兒也得不到閼氏之位，為何在太子宮中搜出的畫像會讓汗王這般沉迷？

「赦太子回宮吧。」許久後，呼延昊合上絹畫，把兵符扔給狼衛，說道：「明天一早，讓太子領兵戍北。」

輔國侯大驚，急忙勸阻。「大汗，太子可有謀逆之心！」

呼延昊卻滿不在乎地摩挲著鷹戒，玩味地道：「燕帝西征而來，本汗就不去見他了，讓太子去吧！太子是那女人教養大的，燕帝忍不忍殺她孩兒，本汗很想看這場熱鬧。」

那女人？孩兒？

輔國侯暗嘶一聲，心道莫非畫中之人是大齊皇后？

這時，狼衛已捧著兵符傳旨去了。

天牢內血腥氣嗆鼻，呼延查烈赤膊面牆而跪，手臂被粗重的鐵索吊著，背上新傷舊疤縱橫，狼衛揮著鞭子，鞭鞭皮開肉綻。

「傳大汗旨意，赦太子回宮，明日一早，領兵戍北！」傳旨之人手捧兵符而入。

行刑的狼衛聞旨，面色冷漠地解開了鐵銬。

呼延查烈站起身來，拾起袍子往肩上一搭，出了牢房拿起兵符就走，背上的血滴在地上，他的步伐絲毫不見虛浮，彷彿來去天牢就跟串門兒一樣。

一出天牢，迎面撞上一人，正是輔國侯尉遲滿。

尉遲滿道：「太子殿下明日出征，還望莫要辜負大汗的信重。」

「信重？這話是他說的？若不是，輔國侯大人還是莫要代言吧？還是說……

有人已經等不及想當新汗了？」呼延查烈把外袍抖開披上，腥風撲面而去。

尉遲滿面色一沉。「太子殿下是在誣蔑朝廷重臣！」

「說得像是朝中重臣們少構陷本宮似的。」呼延查烈走向尉遲滿，來到他身邊時停住腳步，悄聲道：「王宮裡夫人無數，卻無人誕下子嗣，有些人盼不到外孫奪位，為保榮華富貴，就作起了自己稱帝的美夢了吧？提醒輔國侯大人一句，夜路走多了會見鬼的，謹慎點，你畢竟不是本宮，可沒有被下獄的機會。他會將謀逆者車裂曝屍，讓他們的妻女慰軍，九族為奴，求生不得，求死不能。」

說罷，他就笑著走了。

太子回國十載，幾進天牢，每每都是吃些皮肉苦頭就被赦歸東宮。這次也能化險為夷，群臣並不意外，意外的是，大汗竟下旨讓太子領兵。

太子與大汗有滅族之仇，有舊部勢力的擁護，一直蠢蠢欲動。大汗心知肚明，卻一再縱容太子，養狼為患，今又給了太子兵權，不知做何盤算。

而太子雖有韜略，卻未領過兵，對手是北燕皇帝，他守得住北疆嗎？

群臣的擔憂並非杞人憂天，本初九年十月初五，前線大潰，太子呼延査烈連失塞卡、庫車和大烏孜三城，被西北軍追入了大漠深處，殘軍敗部不慎陷入流沙坑，全軍覆沒，屍骨無存。

呼延昊率王軍趕到大漠，尋見戰場時已是十月底，只見巨大的流沙坑中插著幾把彎刀，狼衛掘地三尺，卻未在沙丘下尋見一具人馬屍首，唯有被風沙掩埋的大片血跡在昭告著戰事的慘烈和古怪。

戰場上什麼都沒有，只留下了血跡，就像是有人打掃過，將屍首都扔進了流沙坑中毀屍滅跡一般。

擊車都尉暗忖：兩軍交戰，為何要將敗軍毀屍滅跡？莫非太子沒死，此事有詐？但太子如若詐死，會蠢到把戰場布置得這麼可疑嗎？

王軍的目光投向流沙坑中，戰場上留下的除了血跡就只有那幾把彎刀了。於是，一個狼衛揮動套索將坑裡的彎刀套住拽了出來。為防叛亂，大遼的兵器車馬製造都有烙字，幾把彎刀都是東宮的，唯有一把上烙著個「鄯」字。

擊車都尉大驚，鄯安城在漠西，距此不遠，太子被西北軍追入了大漠，莫非向鄯安城請援過？但鄯安城並未向王都奏報過此事。

莫非是隱瞞不報？

鄯安城長是尉遲族人，太子與輔國侯不睦已久，如若太子敗走大漠，會向尉遲族人請援嗎？尉遲族人會來救駕嗎？

鄯安城的兵馬顯然來了，但……是為救駕而來嗎？

戰場被打掃過，毀屍滅跡的真是西北軍？

擊車都尉不敢再猜，甚至不敢再看汗王的臉色，只是垂首屏息，聽著大漠風聲。

不知過了多久，呼延昊忽然將虎符擲給了狼衛！

「拿下輔國侯和鄯安城長。」呼延昊把彎刀往沙丘上的血跡上一插，耳上的鷹環迎風而動，血紅刺目。「殺！」

大漠裡的一聲殺令，兩個時辰後就令鄯安城陷入了腥風血雨裡，但這場腥風還沒颳到王都，輔國侯就逃了。

尉遲滿攜族人向西逃遁，一路召集親信部眾起兵。

與此同時，五胡舊部聽說太子兵敗遇刺，皆疑命太子領兵戍北是大汗呼延昊的陰謀，當初立太子是為了安撫舊部臣工以穩定朝局，而今十載寒暑，朝局漸穩，自然就到了兔死狗烹之時。太子仁厚，頗得部眾之心，汗王定然知道處死太子會激惹眾怒，於是假意授予兵權，借刀殺人，再嫁禍輔國侯一族，藉機除患，一箭雙雕。

於是，太子部眾譁怒，也紛紛起兵討伐暴君。

而遼帝呼延昊在離開大漠時忽然遇伏，西北軍從高大如山的沙丘後殺出，與王軍追逐鏖戰，一路進了庫爾干盆地。

庫爾干盆地被三山環抱，多鹽澤寶礦，壯美遼闊，乃帝陵所在。帝陵背依雪山，面朝白扎鹽湖，遠遠望去，似一座雪山下的王殿。

呼延昊稱帝後，強徵苦役，大修帝陵，又因連年征戰，動輒殺伐，各降部對暴政皆敢怒不敢言。而今，輔國侯叛逃，太子部眾起兵，呼延昊多疑，自知樹敵過多，不敢輕信任何馳來救駕的兵馬，故而趁救駕的兵馬與西北軍交戰時，率王軍往帝陵逃去。

時值夜晚，皓月當空，鹽湖雪白如鏡，王軍馳過湖邊時，被粼粼波光晃得睜不開眼，誰也沒看見湖岸的鹽層下透出的點點寒光。

當擊車都尉的戰馬踏上埋伏時，那輕微而熟悉的「喀」聲令他頭皮發麻，不由大喊：「伏擊！」

伴著話音，一支機關短箭刺破鹽層，短促而迅猛地刺穿了馬喉！

擊車都尉勒住韁繩一扯馬頸，戰馬橫著倒下，短箭噗噗地射入了馬腹，他避在馬屍後，短箭寒光似星辰般劃過頭頂，不知有多少人中了埋伏，待箭風停歇，他從馬屍後探出頭來，望見山下，頓時驚住。

白雪皚皚的山下，一支精軍張弓指著王師，帝陵前立著一人，湖光晃著人眼，那人面容難辨，身量氣度卻很眼熟。
擊車都尉吃了一驚，慌忙瞄了眼王駕。
呼延昊立在馬屍前，臉上竟有笑意，不知是高興還是怒極，只聽他道：「不是屍骨無存嗎？這不是活得好好的？」
呼延查烈道：「你還沒死，我怎麼敢死？」
呼延昊笑問：「那今夜……會是你死，還是我死？」
呼延查烈道：「試試不就知道了？」
說罷，他舉起彎刀，對月一劈！
擊車都尉拔刀躍起，大喊：「保護大汗！」
萬箭破風，刺破了話音，呼延昊卻迎著箭矢奔去，他有神甲護身，不懼殺機，揮刀格開撲面而來的殺箭，步伐敏捷地向前、向前、向前……
一支長箭射穿他的手臂，他拔出箭矢，血潑向呼延查烈面門，呼延查烈撥開箭矢，揚刀迎戰！
王軍和侍衛們不敢插手，抑或者說插不上手。
十八年前染紅王帳的血、八年漂泊異鄉、十載忍辱負重，王族的仇恨、「阿媽」的教導、部眾的期許，所有的背負都化作今夜的刀風，映在雪白如鏡的白扎鹽湖裡，如夢似幻。

「尉遲滿真命人刺殺你了？」呼延昊在火花刀影裡問。

呼延查烈沒有回答，並不打算為仇人解惑。

呼延昊笑了聲，自他被立為太子，朝中構陷無數，東宮數次遭查，從未被查出過什麼，唯獨那夜留下了一幅絹畫，在他遇刺受傷、燕帝親征的當口。

他准太子領兵，就知道他會生事，只是單憑他那夜與尉遲滿的耳語和那把烙字的彎刀，並不能斷定鄯安城一定出過兵，他能斷定的是，給尉遲滿通風報信的八成是太子，否則從大漠到王都，怎可能王令都沒到，人就逃了？

這些年，輔國侯野心漸大，太子知道他欲除之之心，便用自己的「死」給他遞了刀，又藉王令逼反輔國侯，同時藉假死和王令誘反部眾。大遼降部甚多，太子部眾裡自然不乏暗懷鬼胎之人，藉此時機，既能一觀部眾忠心，又能擾亂大遼，將王駕逼來帝陵，一舉數得。而且，西北軍出現的時機也太巧了……

一舉攬動全盤，她教養出來的小崽子長成了……

呼延昊一笑。「棋下得不錯，但有一個破綻——你不該『死』在流沙坑裡，她可是曾從流沙坑裡滾出來的人，她教養出來的孩兒，怎可能葬送在大漠？」

呼延查烈一愣，手下刀鋒不由一偏，登時被呼延昊格開，火花生滅的剎那，呼延昊移身換位，退到了帝陵門前，一叩機關，門轟隆而啟！

呼延查烈奪過長弓，開弓就射！

噗！

呼延昊避入帝陵的一瞬，長箭穿腿而入，血潑在玉磚上，伴著陵門緩緩落下的聲勢，裡頭傳來一道恣笑聲：「你剛回來時本汗就說過，你殺不了本汗。」

「呼延昊！」呼延查烈雙目血紅，開弓射向帝陵，帝陵的門卻轟然落下，將人影帶笑聲一併封死在了陵內……

呼延昊望著帝陵的門，聽著門外衝撞的聲響，笑著轉身，點起一只火摺子，靠著微弱的光亮欣賞起華闊的大殿九柱和殿柱上的九枝銅燈。

許久後，他向大殿盡頭走去。

盡頭有兩條甬道，一條白玉鋪路，壁雕華美，列有百官兵俑。一條屍骨鋪路，整整齊齊躺著殉葬者。

他孤身走進那條白玉甬道，如同當年一般。只是這年這夜，他走進的是自己的墳墓，一步一瘸，孤燈相隨。

進了圓殿，他點燃了青銅高臺下的火盆，熊熊火焰照亮了柱子上的浮雕，那裡繪著他的一生，火焰環抱之處是一座高臺，上頭放著一口華棺。

他拖著傷腿一步一個血腳印地上了高臺，躺進棺中的一瞬，機關扳動聲從棺下傳來，棺蓋緩緩地推上。

九門落下，蛇窟、三叉道、甬道、流沙火殿……機關一一扳動之時，他從衣襟內取出一幅白絹，僅餘一線的火光照亮了畫上的女子。

大遼帝陵依照暹蘭大帝的陵墓修建而成，墓中卻無厚葬金銀。

千百年後，後人開棺，棺中陪葬僅有兩物——一件神甲、一幅絹畫。

番外四

執手白頭

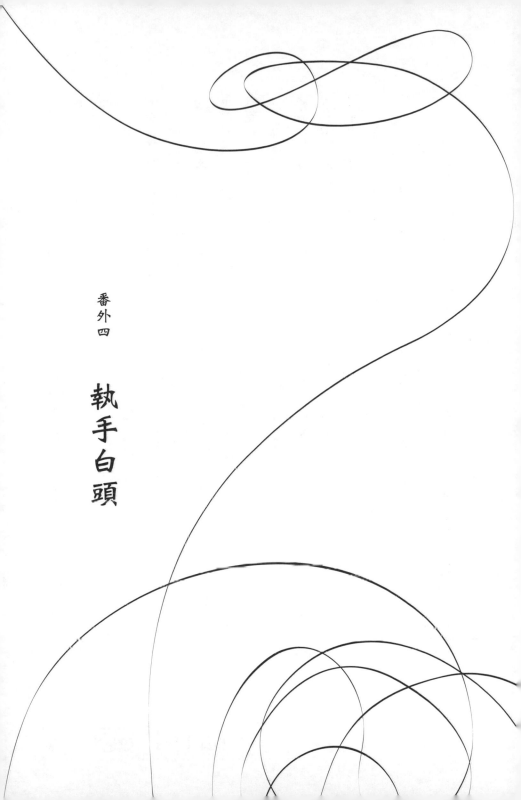

定安十六年二月初三，永寧公主步朝霞及笄，大燕遣使遞來了一封求親國書。建安太后姚氏為燕帝元煦向大齊求娶公主，步惜歡以公主玩心尚重為由未准。

八月初八，遼使渡海而來，也呈上了求親國書。登基七載、一直未立后妃的遼帝呼延查烈向大齊求娶永寧公主為后，步惜歡同樣未准。

承乾殿內，步惜歡立在窗邊望著帝庭，暮青坐在桌前正看國書。

「這事兒我當年可沒答應。」望京盛夏的風悶熱如火，吹得人心頭煩悶，步惜歡聽暮青不吭聲，便回頭望向她。「我知道妳有此意，不然這些年，妳也不會教霞兒西洋話。」

暮青擱下國書，淡淡地道：「星羅海船已有遠航之力，而你有遣使出使列國之心。早晚有一日，列國建交，遊學通商，在大齊會是一件平常之事。我教霞兒和暮兒說西洋話，教朝廷臣工子弟理工科算，都是希望大齊強國，怎麼就成了我想把女兒嫁去大遼了？」

「哦？這麼說，妳無此意？」

「我有無此意，你有無此意，都不重要，重要的是霞兒的意願。」

喀嚓！

被點名的步朝霞就坐在娘親對面，正抱著個盤子一邊嗑著瓜子，一邊欣賞爹娘難得一見的吵嘴場面。

見爹娘的目光投來，步朝霞笑吟吟地道：「每年娘親生辰，建安太后和遼帝陛下都會遣使送來賀禮，倒是都挺有心的。」

「是挺有心的。」步朝暮坐在長姊身旁，插了句嘴，補了把刀：「那年大遼送來的西域名馬和卿卿誕下一匹小馬，阿姊牽到街上致牠受驚，險些衝撞百姓，因此被娘親罰了好些日子。」

步朝霞頓時縮了縮脖子，瞪了弟弟一眼。

哪壺不開提哪壺！

他們身為皇子、皇女，雖然錦衣玉食爹疼娘愛，但也有規矩要守。

在家裡，娘是家規，爹是家法，家規有很多，家法只一條——不准惹娘親生氣。

那一回，娘親發了好大的火，爹爹難得嚴肅，日子別提有多難過。

步朝霞又瞄了娘親一眼，暮青淡淡地道：「當年的事都跟妳說過了，娘雖然想念查烈那孩子，但也不會為此就想將妳遠嫁大遼。妳的婚事自己做主，有何想法，說來聽聽。」

「我？」步朝霞笑了笑。「遼帝都二十七了，那麼老，我才不嫁呢！」

暮青頓時瞪起了眼——說什麼老？又不是不知妳爹聽不得這話。

步朝霞一臉無辜──爹是聽不得您說他，說別人又無妨。

步惜歡倚在窗邊，看著妻女的眼底官司，懶洋洋地笑道：「這話今日倒是聽著順耳。」

暮青嘖了聲，那蓬萊心經乃神仙功法，成婚這麼多年，這人眉眼間愣是不見歲月之痕，卻偏偏不知足，聽不得老字，明明一把年紀了……

「草原有什麼好玩的？反正我不去。」步朝霞察著爹娘的神態，見兩人好了，這才起身走了。

步朝暮若有所思地看了眼長姊的背影，也向爹娘告安而去。

大遼使節團遠道而來，大齊朝廷每年都會留他們在望京驛館小住歇整，並備足回贈的厚禮，今年也不例外。

步朝霞雖說不想遠嫁大遼，卻愛往驛館跑，向使臣們打聽西域的風土人情，求教那些來自關外各國的新奇物件該怎麼玩兒。

日子眨眼進了仲冬，使節團上朝辭行，步朝霞騎著心愛的西域戰馬親自相送，儀仗出城後，她目送著使節團遠去，直至望不見了，才打馬回城。

太極殿裡，御案上攤著本奏摺，步惜歡卻久未提筆。

暮青進了殿內，見到他一副心不在焉之態，不由嘆了一聲，把奏摺合上，說道：「秋光正好，陪我出去走走吧。」

步惜歡失笑。「這都仲冬時節了。」

「望京哪有冬日，冬賞秋景罷了。」暮青似乎話裡有話，說罷就拉起步惜歡出了太極殿。

乾方宮的亭外植著棵紫荊，這時節正花開滿樹，兩人坐在亭中，暮青倒了杯茶給步惜歡，問：「可還記得那年除夕，霞兒問你要天上的雲？」

步惜歡沒吭聲，一向甘香的貢茶今日品著竟有些苦。

暮青道：「從那時起我就知道，這孩子有朝一日定會遠行。」

步惜歡把眼簾一垂，淡淡地道：「她與遼帝素未謀面，不過是去了幾趟驛館，未必就有嫁人的心思。」

「我說的是遠行，不是遠嫁。」暮青嘆了口氣，把步惜歡手裡的茶盞端下來擱到了桌上，這茶他只品了一口，一直端著，也不嫌燙手。「霞兒又不是今年才愛往驛館跑的，自從查烈登基，年年遣使往來，她哪年不往驛館跑？前年魏卓之帶妻女來京，她也是興致勃勃地問東問西，打聽星羅的風物人情。她有外出闖蕩之心，別說你看不出來。」

她知道他很清楚，也很掙扎，不然也不會批不進摺子。他捨不得女兒，又知道不該將她的一生困於望京，故而掙扎不決，就像當年空相大師要帶父王出家時那般。

「這孩子其實也捨不得我們，那天你我拌了兩句嘴，暮兒話裡話外也有擠兌大遼之意，霞兒豈能不知家中捨不得她？所以她才說不走。以這孩子的性情，我們不開口，她是絕不會離開家的。」暮青握住步惜歡的手，兩人的手都有些涼。「阿歡，我不知道你能不能理解這番話，孩兒脫胎於我們，卻不屬於我們，他們只是爹娘人生中的過客，就像生在高山崖壁上的鳥兒，待羽翼豐滿，終將離巢高飛，去尋找屬於自己的那片藍天。身為爹娘，我們的責任只是幫助他們擁有振翅飛翔的能力，現在……我們的責任已經完成了。」

適時的放手，得體的退出，並不是一件易事，暮青並沒有催步惜歡抉擇，她知道他需要時間。

於是，這天之後，暮青再未提起此事，日子如同往常一般，很快就到了除夕。

這些年，孩子們雖然長大了，喜愛的吃食卻仍是兒時那幾樣，只是姊弟倆不再追逐嬉鬧，改成了比武弈棋、閒話鬥嘴。玩鬧累了，步朝霞進了亭子，仍像小時候那般看著爹娘撫琴飲酒，而後笑問：「來年女兒生辰，爹娘備什麼禮物呀？」

步惜歡撫著琴，眼神在串串燈籠的繁光縟彩下顯得有些朦朧，他笑道：「來年……挑一隊侍衛，待妳生辰過了，就跟著魏家的商隊去星羅吧，以行商的名義出海遊歷去。」

步朝霞愣住，咬了一口的花生糖吧答掉進了盤子裡，一旁的步朝暮也愣住了。

步惜歡看著一雙兒女，住了琴音，對兒子道：「爹娘也捨不得你長姊遠行，但更不忍將她困於金籠，你們兩個志向不同，註定走的路不同。爹娘能做的，唯有恪盡教養之責，成全兒女之志，哪怕終要別離。」

步朝暮性情內斂，宗室貴胄子弟裡雖有與他算得上童年玩伴的，卻因貴賤有別，難有長姊這麼知心。

女兒要離家遊歷，步惜歡和暮青最擔心的就是兒子接受不了，他們姊弟倆從小就感情很深。

但或許正是因為感情很深，步朝暮反而沒有哭鬧，他紅著眼，卻忍住了眼淚，怕自己一鬧，長姊就不忍心走了。

倒是步朝霞哭了起來，爹娘、弟弟越勸，她哭得越凶，結果吹了風著了涼，當晚就病了。

步朝霞五歲起由梅姑教導武藝，一向很少生病，除夕夜裡的這場病來勢洶洶，驚動了國寺高僧。僧眾們在宮中誦經九日，御醫們日夜守著，直至上元節，翠微宮才告安。

步朝霞一好起來就跟沒事兒人似的，日子照常過，直到生辰前一日才進了太極殿。「爹……」

「可別說不走了。」步惜歡合上奏摺，看著女兒眉眼間的愁緒，打趣道：「妳娘像妳這般年紀時已有陰司判官之名，敢去西北從軍了。妳倒好，爹娘讓妳出去遊歷，又不是將妳逐出家門，怎麼扭扭捏捏的？」

步朝霞不吭聲，她知道，勸她遠行，爹一定比她更不捨。

步惜歡從御案後出來，笑著正了正女兒的髮釵，望著她那像極了她娘年少時的眉眼，說道：「去吧！當年妳娘想做的事，爹從不攔著，今日也不攔妳。只有一樣別學妳娘，出去後勤寄家書，有何見聞和新奇物件，都寄回來給妳娘瞧瞧，她很捨不得妳，只是忍而不露，怕妳離家時會有負罪感。兒行千里母擔憂，多捎些東西回來，妳娘瞧著也能放心些。」

殷殷囑咐，似話家常，步朝霞終於沒忍住，悶在爹爹懷裡哭了起來。「女兒捨不得爹娘，捨不得阿弟……」

步惜歡笑了笑。「去吧！到了星羅，讓魏家把當年的航路圖給妳，出海後去那座無名島上瞧瞧。當年，空相大師在島上圓寂，妳皇祖父說要在石廟裡閉關潛修，也不知如今還在不在島上。妳去瞧瞧，若有緣相見，代爹娘問個安。」

這麼多年了，了塵和尚很可能早已雲遊列國去了，這話不過是給女兒尋個理由安心遠行罷了。

步朝霞心知肚明，卻抹了把眼淚，展顏一笑。爹娘忍著不捨在推她前行，她若還哭哭啼啼邁不出那一步，委實白費他們的心意了。

這年，步朝霞在宮裡過了個熱熱鬧鬧的十六歲生日，三日後，跟著魏家的商隊出了望京，遊歷天下去了。

次年，帝后出巡，太子監國，大齊開始了皇權過渡的十年時期。

定安二十四年，夏。

傍晚時分，晚霞如火，帝庭中闢出塊菜園子，步惜歡挽著衣袖正舀水澆地，對面廊下，暮青倚在美人靠上讀著家書。

家書有兩封信，一封是呼延查烈的親筆信。

暮青看罷，瞥了眼步惜歡。

步惜歡淡淡地道：「女大不中留，還指望她哪日在外頭玩兒累了，回家看看爹娘呢。」

暮青無奈地笑了笑，這事其實有徵兆。

查烈登基後，內施仁政，外建邦交，一心安定內政，與民休養生息。而燕帝元煦也有富國之心，於是擱置三國恩怨，一面與大齊商議開通海上貿易，一面與大遼議和，在關外建起了商路和貿易市鎮。

大約五年前，霞兒在大燕沂東港登岸，以大齊商號的名義出關進了大遼。

不久，渠勒山下的部族發了時疫，據說是鑿山時挖出了一具冰封的古屍，古屍貌若野人，百姓疑是山神，發了時疫後，族中盛傳是開鑿礦山惹怒了山神，於是建起祭壇，聚眾膜拜。

霞兒行經山下聞知此事，疑是古屍致病，便命侍衛趁夜潛入祭壇，一把火將那古屍給燒了。次日，商隊進了部族，向族長提議設立醫帳隔離病人，向王都奏報疫情，並封鎖部族嚴禁出入。而後，霞兒一面以醫蠱、針灸治療病患，一面將商隊裡帶的藥材和從附近採來的草藥進行配製，隨後與從王都趕來的醫官們會診，一個多月後便控制住了時疫。

族長設宴相謝當日，其子阿紮爾遞來一把金刀，霞兒以為是謝禮，沒想到竟是求親之意。當夜，霞兒來到阿紮爾帳外，想要還刀求去，不料就在這時，礦山上起了大火。

礦山半腰上有座孤帳，安置著病死屍，這些屍體本應火葬掩埋，奈何大遼的喪葬風俗是天葬，族長堅持要等王都神官到來，將亡者的靈魂送入輪迴後再焚屍掩埋。可神官未到，礦山就起了大火，這顯然不妙。

果然，商隊很快被圍，王都的一個醫官指責商隊焚屍，部族望族疑此前是商隊燒了山神，將可怕的疾病帶來了部族。族長決定將商隊看禁起來，奏報朝廷，等待王令。

霞兒深知有人想對自己不利，於是趁夜與侍衛們制住看守，策馬闖出部族，奔上了草原。

正值夏時，一行人在草原上遇上了狼群，前有狼群環伺，後有追兵逐殺，眼看要有一場大戰，草坡上忽然出現了一頭白狼王，月下昂首，體態英武，猶如神狼。一聲號令，狼群聞聲而散，一支王軍馳上草坡，領兵之人正是查烈。

時疫期間，醫官們將商隊的事奏報了王都，醫者的相貌言行使查烈甚是在意，故而御駕親臨渠勒，恰巧撞上了商隊遇險。

兩人相遇後，帝駕進了部族，經查，是部族貴族有意與阿紮爾聯姻，擔心大齊商隊會貪圖部族權勢，便買通醫官焚屍陷害，欲除後患。

一干人等當夜便被嚴辦，查烈邀商隊到王都小住，霞兒甚是喜愛那頭白狼王，便答應了下來。

這孩子後來在家書中感嘆，那白狼王如此如此英武，那般那般神駿，可惜不能寄回望京給爹娘瞧瞧。

步惜歡見信時氣笑了，說委實沒想到千嬌萬寵養大的女兒會被一頭狼給拐去了大遼王都。

後來，霞兒在王都住了半年後仍有遊歷的念頭，查烈便給了商隊通關文牒，命狼衛暗中護著，由著她遊歷去了。

這些年，商隊最遠穿過大遼西邊的諸小國，抵達了強盛的西曼帝國。霞兒在那裡接觸到了一些思想，對從醫有了想法，於是決定回國。

不料這時，大遼五部叛亂，查烈遇險，西境封閉。於是，商隊一面在諸小國散布消息，稱遼帝準備西征，一面又向大遼報信，稱諸國聯軍準備趁內亂叩關。遼軍出關一探，果見鄰國有動兵之相，霞兒見機行事，以獻策為名入境，一進國境便挾將帥以令大軍，策亂五部，奔襲救駕，終於與王軍裡應外合平定了內亂。

之後，她在王都建立了醫所，惠濟傷病的百姓。此番來信說，遼帝仁政治國，頗得民心，奈何大遼疆域遼闊，部族甚多，信仰不同，時有叛亂。每發亂事，城建遭毀，黎庶受苦，仁政毀於戰亂，令人見之心痛。久經思慮之後，她決定留下，成己之志，全人之情。

暮青知道，女兒遊歷大遼期間，查烈沒少以出巡為由與她「偶遇」，後來霞兒出了大遼，每傳家書珍玩，總有查烈一份。兩人應是志趣相投的，只是霞兒想去尋志，而查烈不想折她羽翼，感情的事便誰也沒說破，如今兜兜轉轉，終在志向與感情之間尋到了平衡點，也是件好事。

「查烈說，求親使團已在路上了，估計年底能到。不管怎麼說，霞兒算是尋到她的那片雲了，我們該高興才是。」暮青感慨地道，當年的一句童言童語，她委實沒想到能成真。

步惜歡扔開水舀，接過小安子遞來的帕子擦了擦手，懶洋洋地道：「照這麼說，女兒被人拐去了，咱們還得加個菜，慶祝慶祝？」

暮青瞥了眼水桶，忍著笑打趣：「你今兒澆地潑的是水，不是醋吧？怎麼這麼酸呢？」

這話是他總愛在她吃醋時打趣她的，步惜歡沒繃住，含笑帶斥地瞅了暮青一眼。

暮青起身繞出遊廊，來到菜地前端量了一會兒，拔了幾棵個兒大肥嫩的青菜擱進簸箕裡，而後往步惜歡懷裡一推。「說得沒錯，這事兒是值得加菜。」

步惜歡愣了愣，竟問：「真要吃？」

今春三州大旱，朝廷治水，她在宮裡闢出塊地來，讓他和暮兒體驗農事。園子雖不大，種菜卻是個講究活兒，翻土撒種，餵肥防蟲，打頂搭架，潑水治溝……跟養著個孩兒似的，如今見其日漸蔥郁喜人，還真有些捨不得。

暮青見這人抱著個簸箕跟抱著個孩子似的，不由笑著挑了棵模樣好的青菜遞給小安子，吩咐道：「把寢殿裡養的那棵水仙拔了，把這菜栽植上去給陛下賞看。」

步惜歡頓時又好氣又好笑，委實不知她這是寵他呢？還是挖苦他。

小安子憋著笑接過簸箕，給宮女、太監們使了個眼色，便領著人退下了。

人都走後，庭中只剩夫妻兩人，步惜歡將暮青擁入懷裡，伴著夏風晚霞，低低地道：「再過些年，把政事交給暮兒，咱們出海去可好？」

「想霞兒了？」她知道他思念女兒，尤其是霞兒剛離家那兩年，他常望著海上出神，於是她便鼓動他出巡，他們到鄂族神殿裡小住過，回汴河行宮住過，甚至去過前朝的洛都皇宮。出巡私訪、查辦贓官，這些年她總是不叫他閒著，怕他思念成疾。

「……嗯。」他知道她也思念女兒，當年她主張放女兒遠行，可人真走了，她又擔心女兒在外遇險，一顆心就這麼提著，已經提了七、八年了。

「好，你說去哪兒，咱們就去哪兒。」

這一生，不論他有何願望，她都願陪著他，天涯海角，執手白頭。

定安二十四年冬，遼帝再次遣使求親，齊帝准公主遠嫁。

次年春，大齊遣使向北燕朝廷遞送國書，請北燕開放海路官道，准大齊儀仗護送公主的嫁妝入遼。

齊、遼兩國聯姻對北燕而言實乃危事，但若不准，必將危及三國停戰通商的利好局面。但大齊英睿皇后與遼帝有母子之情，齊、遼想吞併大燕，根本無需藉聯姻之便，北燕夾在齊、遼之間，腹背受敵的局面並非源於齊、遼聯姻。

且永寧公主身在遼都，嫁妝進不進大遼，婚事都已成定局。大齊遣使商議借道，自無開戰之意，若北燕不肯成全大齊帝后嫁女之心，兩國鬧僵了，傷及停戰通商的局面事小，給齊、遼兩國來伐的藉口才是自取禍端。

於是，北燕朝廷答應借道，燕帝做了個順水人情，欽點儀衛兵馬將大齊的儀仗護送出關，進了大遼。

定安二十六年春，遼帝與永寧公主在遼都完婚。

次年三月初一，大齊高祖皇帝步惜歡下詔禪位，太子步朝暮即位，時年二十三歲。

半年後，一支商隊在星羅港登船出海，經北燕出關，進了大遼。

商隊在燕、遼兩國的貿易市鎮上小住過，走過大漠古道，到過大遼王都，遊歷過遼西諸國，最遠抵達過西曼帝國以東的諸小國，直至遼帝與大齊永寧公主的次子降世，才返回遼都住了下來。

一年後，望京傳來一封急奏——齊帝遇刺！

帝駕微服出宮踏春，因雨留宿於魏府的莊子，四更方去。不料行至半路，忽聞魏府闖入了刺客，疑是魏家在江湖上的仇家。

魏府裡住著魏卓之和蕭芳的獨女魏無雙，當年魏卓之擔心蕭芳懷孕有險，便謊稱她難孕，夫妻兩人商議著從宗族裡過繼個孩子，不料就在此時，戍守遠島的陳將軍陣亡，留下個三歲幼子，魏卓之便將這孩子抱回家中收為了義子。

一日，孩子在府中玩耍，撞見下人偷偷往義母的湯藥裡下東西，便去告知了母親。蕭芳審問之下得知實情，嚴令下人守口，裝作無事發生，而後使計懷了胎。魏卓之得知時木已成舟，只能重金請醫，小心陪護，十個月後，蕭芳冒死產下一女，魏卓之愛若掌上明珠，取名無雙。

魏無雙自幼跟著父兄在戰船上長大，上承兵策武藝，下承商算之道，無一不精。說來也怪，這姑娘出海護航剿過海寇，行走江湖殺過山匪，分明是個悍勇性子，卻偏偏怕齊帝怕得像老鼠見了貓，每每相見，不是躲就是逃。

魏無雙及笄那年來京走商，當時齊帝還是太子，太子監國，朝野蠢蠢欲動，京城生了不少事，兩人之間也發生過一些故事。

那年之後，一直嚷嚷著要請旨戍守海疆的魏無雙，每逢帝后出巡太子監國，必以商事為由來京。有一年，東宮六衛失察，太子險些遇刺，魏無雙策馬出京，提劍殺上刺客總舵，連夜把那江湖組織給剷平了。

太子登基後，魏無雙接管了魏家的生意，常年來往於嶺南、雲州和鄂族之間，幫朝廷刺探江湖情報，仇家不少，故而得知魏府闖入了刺客，齊帝拋下侍衛便策馬急回！

莊子裡血流成河，家丁府衛死傷無數，江湖上也不知從哪兒冒出幾個老怪物，魏無雙遭刺客圍困，渾身浴血，齊帝情急之下催動神功，隨後趕到的侍衛們雖將刺客擒殺，帝駕卻因內傷危在旦夕。

萬幸的是，有一老僧行經京城，渡功相救，帝駕才轉危為安。

密奏中稱，老僧自稱游腳僧人，法號了塵。

步惜歡和暮青見信時驚喜交加，當年女兒乘船抵達無名島時，島民們說高僧早已雲遊四海去了，故而誰也不知父王是否還在人世，一晃又是多年，兩人委實沒料到暮兒會在京城遇到皇祖父。

對暮青而言，這也代表著兄長或許尚在人間，雖不知人今何在，但父王救人後因蠱毒發作而歇在國寺中，他年事已高，此番若錯過，只怕今生再難相見了。

於是，步惜歡和暮青惜別了女兒、女婿和兩個外孫，匆忙離開大遼，經海路回到大齊時已是次年秋。

了塵和尚再未遠行，他將遊歷時請到的各國經法贈予國寺，拖著病體與住持高僧們傳經講法，步朝暮不敢打擾皇祖父，只在節時去聽法齋戒。

步惜歡和暮青回京這天，了塵和尚恰巧閉關，未言何日出關。

兩人在佛寺中齋戒靜候，九九八十一日後，了塵出關，正值清晨，禪室門前鍍著金輝，了塵盤膝坐在佛香後，面目慈祥，如虛如幻，像極了當年石廟中別離時的情形。

看著聞訊趕來的步朝暮，了塵笑道：「陛下神功大成了。」

步朝暮跪到禪室前，垂首答：「幸得皇祖父點化。」

「人人皆有智慧德能，但以妄想執著不能證得。」了塵笑了笑，目光落在步惜歡和暮青身上，說道：「二位施主，念乃執著，成乃妄想……老僧一生執著妄想，不能大徹大悟，此番閉關終能放下，望二位施主也能早日放下，阿彌陀佛——」

一聲佛偈，香絲飄蕩，秋葉捲地，禪室西邊忽然蕩起一陣鐘音！

國寺金鐘不撞自鳴，僧眾們匆忙聚到鐘塔下，靜坐誦經，經音悲憫。

禪室外，庭中秋風休住時，佛香扶正，了塵和尚圓寂了。

臨終贈言之意，步惜歡和暮青懂得，此後，齊、遼之間常有家書往來，但兩人再未渡海出關。

兒孫自有兒孫福，爹娘之愛深如山海，但至深至沉之愛莫過於放手。

半年後，嶺南與鄂族交界的貿易市鎮上新開了一家商號，鋪子裡擺的盡是洋貨，卻一樣不賣，只做典當生意。東家姓白，夫人周氏，聽說是出關販賣絲茶起的家，家底頗豐。

兩人瞧著也就而立之年，卻厭倦了南來北往跑馬走商的日子，於是來鎮子上安了家，收著南來北往的珍玩，聽著人間百態的故事，跟官府綠林打著交道，不像生意人，卻從未在爾虞我詐的生意場上失過手，不論哪條道上的，不軌之徒無不敗落。

誰也說不清這對夫婦的來路，誰也沒見過白家當鋪夜裡往來於望京的密信，只知當鋪在鎮上開起的第三年，皇帝下旨立后，皇后乃鎮南侯嫡女魏氏。鎮上的人都在議論這樁天大的喜事時，白家當鋪關了門，東家夫婦說要去望京看看熱鬧，可這一走，再未回來。

天子大婚之後，宮裡熱鬧了起來，暮青卻病了，御醫說是勞倦過度，正氣虛損，乃致肺氣失宣。

寧壽宮中天天煎著湯藥，皇后魏無雙每來問安，都見步惜歡在親自伺候湯藥，太監、宮女們都搭不上手。

暮青嘆道：「我只是咳兩聲，又不是端不住碗。」

步惜歡輕輕地吹著湯藥，說道：「娘子咳兩聲，為夫都心疼。」

宮人們低著頭，魏無雙陪在榻前，笑容底下難掩憂色，她總想起娘親臥病時爹娘相處的情形。

暮青只是乾咳，似乎不是什麼大病，卻再沒提出宮的事。寧壽宮的西殿被改成了書房，她閒來無事便在書房裡搗鼓人骨，增修《無冤錄》。

庭中一角又闢出塊菜園子，暮青常於午後在廊下捧本書，看步惜歡一身布衣潑水搭架。

傍晚時分，他會牽著她的手在紅牆綠瓦下散步，日子似乎與他們剛成婚時一樣，但他們已攜手走過了半生，孩子們都已長大成家。

傍晚，御花園裡多了一對牽手散步的年輕人，次年，皇后有喜，臘月裡誕下一對龍鳳胎，望京宮裡便更熱鬧了。

只是暮青的咳疾時斷時續，久不見好。

白家商號交給了魏無雙打理，每月十五，京城廟會，步朝暮和魏無雙常微服出宮賞燈遊玩，步惜歡和暮青也常出宮閒看京城繁華。

這年燈會時，京城一家戲樓起了火，死了兩個雜技伶人，步惜歡和暮青恰在街上觀戲，覺得火起得蹊蹺，便親自看驗屍身，查察了現場。案子當晚便結了，暮青回宮後卻咳疾加重，半夜宣了御醫。

御醫說是氣機不利，血行受阻，乃至津液內停而生瘀毒，於是除了開方內調之外，每日請脈時都下針疏經化瘀，步惜歡夜裡也常為暮青渡氣調息。她的咳疾時好時壞，日子卻照常過，只是越發喜愛下廚。

步惜歡從不提灶房裡煙火氣重的話，他常喚兩個小傢伙來嘗鮮，領著他們看祖母書房裡的人骨，抱著他們講《無冤錄》中的故事。

兩年後，望京宮中又添一個小皇子，臘月時，嶺南迎來了二十年一遇的寒冬，暮青給家裡的每個人都織了條圍巾。守歲的時候，步惜歡擔心她著涼，特意為她披了件大氅，在她腿上蓋了條駝毯。

但夜半時分，暮青依舊犯了咳疾，半宿不見好，連湯藥都喝不得，步惜歡便讓她偎著自己，小心翼翼地為她理著氣。

清晨時分，暮青睡著了，卻發起了燒熱，御醫們施了針，但都不樂觀。

此後直至初春，暮青時昏時醒，醒時咯了血。

寧壽宮裡的人來來去去，晨暉霞影在殿窗上換了一輪又一輪，步惜歡始終守在榻前。

這天，暮青醒來的時候，隱隱約約聽見了經聲，步惜歡坐在晨光帳影裡，暖風拂著紅袖，送來一陣清苦的熏香氣。

恍惚間，她以為自己在西北，或是在南渡途中，可那兩回，她醒來時，他穿的皆非紅袍。

歲月如梭，一晃竟已大半生了……

「一把年紀了，還跟當年一樣，你是個神仙不成？」暮青也不問自己睡了多少日子了，只覺得望京的天兒似乎暖了。

「為夫要是個神仙，哪忍心叫娘子受病痛之苦？」步惜歡拿帕子拭了拭暮青的嘴角，而後將那被血絲染紅的帕角藏在了手心裡。

「我是不是……老了許多？」暮青瞥了眼枕上的一綹白髮，他常年為她調息固元，故而這半生容顏常駐，少生白髮，沒想到病了些日子就白了這麼多。她常打趣他在意儀表，其實……她也是在意的。

步惜歡撫著枕上的白髮，晨光從他的指縫中溜進來，彷彿歲月從他的指間流淌而過，只是這麼輕輕一撫，她從青絲到白髮，一生就這麼走過了。他笑道：「說好了要執手白頭的，娘子的髮白了，說明妳我此生的誓言守住了……」

暮青聽了，不由想哭。她其實知道他為何總聽不得老字，為何那麼在意儀表，因為他們說過要白頭偕老，所以他一生都在自欺，想著只要不老去，他們就永無死別之日。所以她常打趣他，用半生為他做著心理建設，盼這一日到來時，他能平靜地接受。

暮青忍下了淚意，她沒有哭，這一生，她都在朝著志向前行，不知停步，永不言倦，若不是他半生如一日的為她固元，這身子也許早垮了。得此一生乃上蒼垂憐，她已足夠幸福。

淚意自喉頭嚥下，似一塊石頭，磨得胸口沉痛。

暮青微微蹙眉，卻堅持笑著。

步惜歡也笑著，這般繾綣情深的笑意，她看了一生，仍覺得看不夠。

「若是覺得辛苦，就去吧……」他握著她的手，話音輕柔得像在哄她入睡。「莫要擔心孩子們，他們都有本事守好自己的日子，若有難事，為夫會幫襯著。」

他沒有喚兒孫們前來，他知道，她不想見孩子們哭。

「路上……莫等為夫，莫守執念，免得吃苦……此生，有勞娘子相伴，來世換為夫去那邊尋娘子，可好？」

「好……」暮青含笑應了，儘管她不知來世是否能回，畢竟當年車子翻在盤山公路上，她失去了意識，不記得來路，甚至不記得來時走過奈何橋。

聽說奈何橋頭有塊三生石，她想去看看……

暮青撐著眼簾，感覺有道緩力遊走在臟腑經脈之中，身子暖洋洋的，舒服得讓人想睡。可她還想再看他一眼，就一眼……

阿歡……

步惜歡轉頭望向殿窗，晨風拂面，日光明媚，剛剛她似乎在窗外喚了他一聲。

掌心裡的脈息弱了下來，步惜歡看回榻上，像一尊坐化在紅塵裡的仙石，許久後，緩緩地道：「傳皇帝、皇后。」

步朝暮來到寧壽宮時，見宮侍們伏在殿外，不由推門而入，踉蹌著奔至榻前，跪呼娘親。

魏無雙懷抱幼子，眼中含淚，兩個五歲的孩兒在榻前喚著祖母。

「先別拜了，省得待會兒再拜一回。」步惜歡起身向殿外走去，對步朝暮道：「為父有話要說，你來書房。」

步朝暮望著父親的背影，來不及思索他話中之意，便跟了出去。

這一去，父子兩人許久未歸，魏無雙憂心忡忡，把幼子交給掌事嬤嬤後便出了大殿。

剛出殿門，就聽西殿裡傳出了虛弱蒼老的話音——

「……這些年在國事上，你已得心應手，為父沒什麼能教你的了，唯餘此身功力，日後護著你們……」

「為父對你娘說，來世要去尋她，可那黃泉路上人多，委實怕與她走散了……」

「爹娘去了，莫覺孤苦……往後有你媳婦兒陪著你，你須好好待她，她志在海上，卻為你嫁入深宮，當初你娘也是這般……」

「你娘給你長姊和姊夫留了封書信，在她常翻看的那本醫書裡，同喪報一同發往大遼吧。」

話音落下，殿門便開了，在滿庭的伏跪悲呼中，步惜歡走向寢殿，屏退了兒孫宮人，將人聲都隔在了殿外。

他坐回榻前，牽住暮青的手，那手枯瘦蒼老，披散的髮垂落襟前，如銀勝雪。

「這回是真老了，黃泉路上相見，娘子可莫要不識為夫才好……」他喃喃自笑著躺下，慢條斯理地挑了綹白髮與她的那綹白髮繫在了一起，而後舒心地闔上了眼。「嗯，想來這樣便不會走散了。」

春風和煦，拂著垂下床榻的紅袖，帳中似乎是那年成親之景。
一把金銀剪，剪去兩綹青絲，合為一髻，同梳入帕。
歲月如梭，眨眼百年。
回首一生，唯餘誓存——死生契闊，與子成說，執子之手，與子偕老。

特別篇

那年初夏

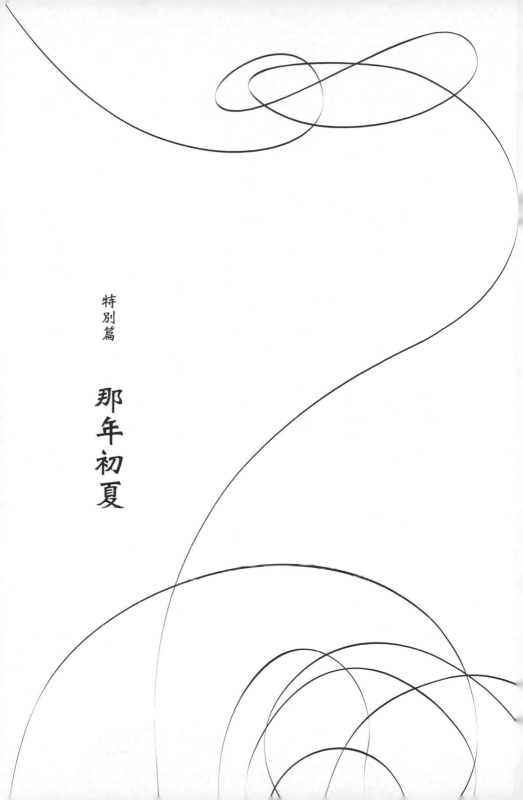

雲收雨過，蛙蟬齊鳴，文華殿的庭樹下置著張檀桌，步朝暮看著書，任長姊在廊下游說。

「午後鎮南侯夫人進宮敘話，娘沒空管咱們，咱們出去半日，傍晚就歸。」一枝新綠伸在畫簷下，步朝霞拈著片樹葉彈指一送，那葉子便飄向檀桌，往書上覆去。

「本是同根生，相煎何太急，阿姊。」步朝暮慢悠悠地翻了頁書，紙風拂過飛葉，葉子從中一裂，無聲飄落樹下。

步朝霞見弟弟眼不離書，明明才十一歲，卻一副老成之態，不由氣笑了。「喚你出宮走走，倒成了我害你了，要不是怕你成日待在宮裡悶壞了，我才懶得在這兒跟你磨嘴皮子。」

步朝暮道：「阿早桀驁難馴，牽牠出宮為時尚早，若衝撞街市惹出亂子，阿姊當心家法。」

前年遼帝遣使送來一匹汗血寶馬，高大神駿，英武無匹，去年早春與卿卿生下一匹小馬，阿姊甚愛，取名阿早。阿早自幼與阿姊親厚，只是性情暴躁，宮人伺餵之時常常被其所傷，年前阿姊聽監牧進言，常於宮中遛馬，阿早見慣了宮侍，近來已安順了許多。但望京街市繁華熱鬧，非宮中能比，讓阿早出去為時尚早。

「牠早晚得邁出那一步，我先不帶牠去鬧市，只在長安大道上走走，讓牠聽聽人聲。有我牽著，再讓侍衛們跟著，料想不會出什麼岔子。你要是打定主意不出宮，我可自己走了啊？」步朝霞問罷，見弟弟不吭聲，便搖了搖頭，笑著走了。

長姊一走，步朝暮就嘆了口氣，合上書起身道：「回宮吧。」

東宮的掌事太監蔡喜愣了愣，太子殿下下午在文華殿溫習功課是雷打不動的習慣，今兒怎麼這麼早就要回去？

這時，步朝暮已撂下書，逕自出了文華殿，蔡喜忙領著宮人侍衛們跟了上去。

文華殿與東宮之間隔著御花園，如非下雨，步朝暮從不坐轎乘輦，行至御花園時，見霧吞水殿，花纏仙橋，雨後景致甚美，便駐足賞起景來。

蔡喜大為驚奇，悄悄地對女官文茵道：「殿下今兒有些反常……」

文茵笑道：「殿下一向克己，賞賞景也挺好的。」

「那是……」蔡喜應和了聲。

這時，忽聽步朝暮問：「前頭何人？」

只見霧色錦道當中坐著一座水亭，一個少年立在其中，雪袍銀冠，玉帶乘風，遠觀頗有幾分灑脫之氣。少年聞聲回頭，見駕後愣了愣，顯然有些意外，隨即匆忙出了水亭，行至近前，拜道：「陳定遠叩見太子殿下！」

步朝暮揚了揚眉。「鎮南侯義子？」

少年道：「正是。」

「怎麼獨自在御花園中？」

「回殿下，母親今日覲見皇后殿下，我在此等候。」

「平身吧。」步朝暮伸手將少年扶起，少年垂首斂目，灑脫不再，一平身就恭謹地退了兩步。

步朝暮卻愣了愣，目光落在少年的手上，只見那手骨節粗大，瞧著是個武者的手，但掌心……無繭。

步朝暮打量了陳定遠一眼，他劍眉星目，面頰黝黑，眉宇間頗有英武堅毅之氣，與遠觀的灑脫氣度頗為迥異，且身形著實清瘦了些。鎮南侯義子有十三、四了，身量卻與他差不多，只是束髮簪冠，顯得高挑罷了。

「聽聞你武藝精湛，熟知兵策，本宮近日跟父皇學政，剛好聽了些海事。你若此時無事，不妨去東宮坐坐，咱們論論海防？」話雖如此問，步朝暮卻未給陳定遠拒絕的機會，說罷就走了。

少年垂首應喏，眼底藏著喜意，匆匆跟了上去，靴子踩在錦石路上，如叩金石，其音咚咚。

步朝暮聽著腳步聲，心頭疑竇更深，卻未動聲色，一路往東宮而去。

東宮。

攬月亭外松石相抱，竹林為屏，飛泉聲掩了兩個少年的論政聲。

只見太子伴泉而坐，少年恭謹而立，起初有問有答，後來不知辯至何處，少年拂袖踱步，言行激越，太子盤膝而坐，喜怒不露。

宮人們不敢打擾，只好端著茶水候在亭外，冷了就換，約莫換了十來回，才聽太子喚茶。文茵心細，端著兩盞溫茶進了亭子。

太子喝罷便起身往亭外走去，邊走邊道：「聽說妳武藝精湛，切磋兩招如何？」

少年正飲茶，聽聞這話腿肚子打了個轉，險些嗆著！

見太子轉身看來，少年忙抱拳說道：「能與殿下切磋乃在下之幸，只是……在下今日陪母親入宮，約好在御花園中等候，眼下時辰怕是差不多了……」

太子道：「哦，這事兒啊，本宮已命人報知鎮南侯夫人了，說妳在東宮閒坐，讓她不必等妳了。」

「……啊？」

「怎麼？」

「呃……這……」

「這有何為難的嗎？」太子揚眉折返，附耳悄悄問：「莫非有何不便？比如……」

他的目光落在少年的靴子上，閒談般地道：「比如此靴底子厚重，卿久站疲累，實難比武？」

此話如平地生雷，少年飄忽的目光猛然一定，眸中的驚色宛若夏夜流螢，剎那間的神采令步朝暮確信，這絕非一個背負家仇的堅毅少年該有的。

聽聞鎮南侯輕功蓋世、易容一絕，這身絕學八成傳了女兒，也不知魏家丫頭假冒義兄進宮，意圖何在？

步朝暮正猜疑著，忽見蔡喜從前庭而來，到了亭外匆忙稟道：「啟稟殿下，宮外出事了！半個時辰前，公主殿下的馬在街口受驚，險些衝撞路人，驚動了巡捕司，事情已報知宮中了！」

「街口？」步朝暮皺了皺眉頭，卻並不意外。

長安大道乃六部衙司所在，平日裡只走官轎，阿姊若只帶阿早在內城官街上走走，按說不太可能驚了馬匹，她必是見阿早尚能適應，欣喜之下心生僥倖，便想牽著馬再走走，結果一走二走的就往街市上去了，不料馬匹在街口受了驚。

「阿姊現在何處？」步朝暮問。

蔡喜道：「回殿下，公主殿下正在回宮的路上，聽聞……皇后娘娘震怒，陛下已住了殿議，往乾方宮去了。」

步朝暮嘆了口氣。「那本宮待會兒也去吧。」

「啊？」

「本宮今日偷懶，沒做功課，合該領罰不是？」

蔡喜聞言瞠目結舌，這才恍然大悟，太子殿下今日反常，莫非是防備著公主殿下出宮遛馬會惹事，故而有意偷懶，好去替長姊分擔家法的？

可殿下一下午都在跟陳公子辯論海事，也算不上偷懶吧？

「鎮南侯夫人出宮了嗎？」這時，步朝暮又問。

蔡喜忙道：「回殿下，尚未。」

「那正好。」步朝暮冷不防地回身對魏無雙道：「卿既要尋母，那便同往吧。」

魏無雙正憂心處境，見太子竟未揭穿自己，忙垂首抱拳，粗著嗓門回道：「謝殿下好意，帝后處置家事，母親想必也該告安了，在下去御花園候著就好。」

不料太子竟低聲道：「若本宮一定要帶妳同往呢？」

魏無雙聞言，心提到了喉嚨兒，只見太子笑吟吟的，眉目稚氣未脫，笑顏已如畫般，只是畫裡不見仙洲春意，和風化雪，唯見瀛海茫茫，殺機暗湧。

亭外起了風，松打嶙石，竹影暗動，魏無雙背抵畫柱，耳聞風聲水聲，眼觀松竹石影，四面殺機逼得她腿腳如灌鐵石，竟半寸也動彈不得。

只聽太子道：「除非妳肯實言，冒名進宮意欲何為？」

這些年來，前朝宗室、朝廷重臣們雖知帝后情深，卻仍不乏打後宮主意的，有趁宮會以色魅君的，有往宮中安插宮女的，望京城中的茶樓店肆、文玩書鋪，凡帝后微服所至之處，總有各色美人出入，京中貴女之中甚至有效仿皇后者，想以習文習武、參議國事來謀帝寵的。

魏家丫頭未至金釵之年，按說不該有這些心思，但還是查問查問為好。方才議政，這姑娘的政見著實令人意外，但難說是她自個兒的見解，還是從父兄那兒聽來的，且她的易容術尚未出神入化，身量也不及兄長，冒名進宮，怎可能瞞得過親娘？鎮南侯夫人為何由著她膽大妄為？

魏無雙聽見這話才知太子在疑何事，眼中不由燒起團火來！皇后娘娘對娘親有再生之恩，她怎會有那等齷齪心思？

她自幼見父兄和將士們戍守海防、抗擊海寇，聽娘親一遍遍地說起大齊建國前的故事，心中也有報國之志。可她是家中獨女，父兄心頭的阿囡，撥個算盤珠子他們都怕她手疼，何況戍守遠海的苦寂艱險？

此番爹爹趁奉旨進京的機會帶家眷來望京遊玩，娘與皇后娘娘有十來年沒見了，便常進宮閒敘家常，起初她都陪著，可宮裡常有宗親命婦走動，跟那些貴女們打機鋒委實無趣，故而今日娘親要進宮，她便謊稱身子不爽，在轎子行至街市時和兄長偷換了過來。

此事是她好不容易央求兄長答應的，娘親不知情。因娘親腿腳不便，在宮中能乘轎行走，她便避在轎窗後，未使娘親察覺，一路混了進來。

她自知年紀尚小，肚子裡的那點兒政見入不了聖聽，而太子殿下與她同年，聽那些貴女們說他勤學克己，午後多半在文華殿溫習功課，而後便會回東宮，她便在御花園裡候著，原本只是想撞撞運氣，不料真撞上了。太子並未見過兄長，她以為能蒙混過去，豈料他如此敏銳？

喬裝入宮，接近儲君，罪名往大了說可有刺駕之嫌，加上今日公主闖禍，帝后震怒，太子若挑此時揭發她，即便帝后念在魏家之功上大事化小，怕也不好收場。她和兄長的一頓家法是免不了的，事情若傳到朝中，被爹爹的政敵拿住把柄，必生事端。

魏無雙悔不該心急冒進，可禍已闖下，悔之已晚。

「在下之思，方才皆已訴與殿下聽了。」魏無雙不知解釋能否取信太子，見太子雖已識破她的身分，卻未張揚，猜想他應是有所顧忌，便把心一橫，決定賭一把——多言多錯，只此一言，愛信不信吧！

說罷，她把眼一閉，一副任君處置之態。

步朝暮看著魏無雙的神色，暗暗鬆了口氣，說道：「好，本宮信妳。」

啊？

魏無雙睜開眼，喜上心頭，如蒙大赦。

卻見太子湊近低聲道：「今日之事可大可小，若想化小為無，妳需得辦件事。」

魏無雙愣了愣，差點兒沒壓住脾氣，一拳揮過去！

這人知道她穿著厚底靴，八成是從腳步聲上聽出來的，他也許在御花園裡就識破了她的身分，卻不提此事，聽她論政。後來疑她，卻不揭發，說是信她，又差她辦事，耍著人玩兒很有趣？

這要是在家中，她早就提劍相拚了，但此時此地，她只能默念——此乃太子，揍不得！此事我錯，忍忍忍！

「願為殿下鞍前馬後。」魏無雙擠出個見風使舵的笑容，好端端的忠良之後，硬是讓她扮出了奸佞之輩的嘴臉來。

步朝暮假裝沒看見，吩咐道：「待會兒本宮會命宮侍出宮去迎阿姊，妳扮作小太監隨他們同去，出了宮速去將妳兄長換進來，本宮要領他覲見帝后。」

爹娘正惱著，此時引陳定遠覲見，雖非良機，但陳定遠乃忠良之後，爹娘再惱也絕不會先家事而後國事，拒見忠良之後，怒逐少年士子。

鎮南侯既能將女兒養得如此通曉海事，想必其義子武藝精湛、熟知兵策的傳聞理當不虛，爹娘見了棟梁之才必定欣慰，待覲見事畢，想必娘親之怒也消些了，阿姊受的罰便能輕些。因此，他不能帶魏家丫頭去，她尚未長成，膽略有餘，閱事不足，去了必露馬腳，宮裡人多眼雜，事情傳至朝中恐對魏家不利。只有帶鎮南侯義子覲見，才能既幫阿姊，又保魏家，還對陳定遠有好處，一舉三得。

魏無雙一聽太子這時候還要領兄長覲見不由愣了愣，待太子吩咐罷近侍，她已琢磨出了些門道，不由暗自心驚。太子與她同齡，行事竟如此周全，怕不是個妖孽？

這時，宮人來請魏無雙入殿更衣，她一邁步才發現身僵腿直，方才被太子問了幾句話，此時竟有虛脫之感。

魏無雙穿著厚底靴，一路進宮，又辯政半日，腳底早磨出了水泡，下階入殿鑽心的疼，她卻一聲沒吭，隨宮人進殿後，一番易容喬裝，待從殿內出來時，她穿著身藏青宮袍，手搭拂塵，垂首斂目，混在宮侍之中，已儼然是個小太監了。

差事緊急，蔡喜匆匆告安，便領著宮侍們去了。

魏無雙混在其中低頭行走，忽聞一道密音入耳——

「此事若辦得好，日後本宮宣妳兄長進宮，會讓阿姊也宣妳來，咱們大大方方地議事，不必藏著避著。」

這話彷彿福音，魏無雙卻低著頭走得飛快，靴子踏在宮道上，咚咚咚的響。

議事！議個鬼！

她這點兒本事，還是回家再練幾年吧！

阿呸！再練多少年，長多少本事，她都不會再進宮了。

宮裡有妖孽！

一品仵作 拾壹

MY FIRST CLASS CORONER

作　　者／鳳今
榮譽發行人／黃鎮隆
總 經 理／陳君平
協　　理／洪琇菁
總 編 輯／呂尚燁
執行編輯／陳昭燕
美術監製／沙雲佩
美術編輯／方品舒
國際版權／黃令歡、梁名儀
企劃宣傳／楊玉如、洪國瑋
文字校對／施亞蒨
內文排版／謝青秀

國家圖書館出版品預行編目資料

一品仵作（拾壹）/ 鳳今作．-- 1 版．-- 臺北市：城邦文化事業股份有限公司尖端出版：英屬蓋曼群島商家庭傳媒股份有限公司城邦分公司尖端出版發行，2021.11-
冊；　公分
ISBN 978-626-316-037-8（第 11 冊：平裝）

857.7　　110012703

出版／城邦文化事業股份有限公司　尖端出版
台北市 104 中山區民生東路二段 141 號 10 樓
電話：（02）2500-7600　傳真：（02）2500-2683
讀者服務信箱：7novels@mail2.spp.com.tw
發行／英屬蓋曼群島商家庭傳媒股份有限公司城邦分公司　尖端出版
台北市 104 中山區民生東路二段 141 號 10 樓
電話：（02）2500-7600　傳真：（02）2500-1979
劃撥專線：（03）312-4212
戶名：英屬蓋曼群島商家庭傳媒（股）公司城邦分公司
劃撥帳號：50003021
※ 劃撥金額未滿 500 元，請加付掛號郵資 50 元
法律顧問／王子文律師　元禾法律事務所　台北市羅斯福路三段三十七號十五樓

台灣地區總經銷／中彰投以北（含宜花東）　楨彥有限公司
電話：（02）8919-3369　　傳真：（02）8914-5524
雲嘉以南　威信圖書有限公司
（嘉義公司）電話：0800-028-028　　傳真：（05）233-3863
（高雄公司）電話：0800-028-028　　傳真：（07）373-0087
馬新地區總經銷／城邦（馬新）出版集團 Cite（M）Sdn Bhd
電話：603-9057-8822　　傳真：603-9057-6622
E-mail：cite@cite.com.my
香港地區總經銷／城邦（香港）出版集團 Cite（H.K.）Publishing Group Limited
電話：852-2508-6231　　傳真：852-2578-9337
E-mail：hkcite@biznetvigator.com

版　次／ 2021 年 11 月 1 版 1 刷　Printed in Taiwan